北岳·中国文学年选

《名作欣赏》杂志鼎力推荐
权威遴选
深度点评
中国最好年选

陈克海 ◎ 主编

2018年
散文随笔选粹

Selected Prose

山西出版传媒集团　北岳文艺出版社

·太原·

图书在版编目(CIP)数据

2018年散文随笔选粹/陈克海主编.—太原：北岳文艺出版社，2019.1
(2018·北岳·中国文学年选/续小强主编)
ISBN 978-7-5378-5803-8

Ⅰ.①2… Ⅱ.①陈… Ⅲ.①散文集－中国－当代②随笔－作品集－中国－当代 Ⅳ.①I267

中国版本图书馆CIP数据核字(2018)第298480号

书名：	主　编：陈克海	责任编辑：庞咏平
2018年散文随笔选粹	策　划：王朝军	书籍设计：张永文
	项目统筹：庞咏平	印装监制：巩　璠

出版发行　山西出版传媒集团·北岳文艺出版社
地　　址　山西省太原市并州南路57号
邮　　编　030012
电　　话　0351-5628696(发行部)
　　　　　0351-5628688(总编室)
传　　真　0351-5628680
网　　址　http://www.bywy.com
E－mail　　bywycbs@163.com
经 销 商　新华书店
印刷装订　山西人民印刷有限责任公司

开　　本　787mm×1092mm　1/16
字　　数　265千字
印　　张　17.5
版　　次　2019年1月第1版
印　　次　2019年1月山西第1次印刷
书　　号　ISBN 978-7-5378-5803-8
定　　价　58.00元

本书版权为本社独家所有，未经本社同意不得转载、摘编或复制

序

/ 陈克海

也是奇怪，想看哲学、了解历史，一定会挑"专门的研究"，但是偏偏对散文又改变了原则，散文还能职业写作？倒是喜欢一些画画的、搞建筑的、拍电影的、写诗的，甚至是写小说的，随手写下的文字。最近读佐洋野子的《没有神没有佛》、是枝裕和的《步履不停》，朴素自然的叙述，像极了家常，却又剔除了庸常的琐碎、拿腔作势的姿态。那些非同寻常的体验，肆无忌惮的坦承，洋溢着万物并作，原来人世如此奇妙谐趣。这是值得信赖的文章，美的存在。

后来翻见孙犁的文章，他说他平生读书，目的单纯，就是为了增加知识、探求文采，便也明白自己的那点功利心思，无非是想以最低的成本，获得更为丰厚的收获。

更是把周作人的一段话当成了信条，好的文章"要在文词可观之外再加思想宽大，见识明达，趣味渊雅，懂得人情物理，对于人生与自然能巨细都谈，虫鱼之微小，谣俗之琐屑，与生死大事同样的看待，却又当作家常话的说给大家听"。好像生怕没有走心，隔三岔五，还要拿毛笔抄上一遍。

但无论怎样标榜，一代又一代的写作者，才不会管什么领域与专业。他们饱蘸真情，写下独属于自己的发见。这也是每到年末，集中翻看散文随笔的乐趣，总有出其不意的文字清洗疲乏的神经。先前只觉微信公众号"正午故事"好看，现在又看到"单独""人间""读库"的文章也动人。散落在江湖中的儿女，更是以他们的腔调讲述这个复杂的时代。李敬泽的《会饮记》差不多追了两年。黄永玉连载了几年的长篇《无愁河上的浪荡汉子》，无论风景，还是人物，一段，又一段，纷至沓来，堪称精彩。合上书，仍会怀疑，这真的是虚构吗？总是忍不住时时对照，好像他们的复杂感受里也涌动着我曾失落的经验。

坦诚以待不容易，卸下面具，率性行走，一句两句话怎么讲得明白？无法准确评述正在书写的人们，是不是完全认清了自己。只是开心，看到这世上，还有像小安、蔡寞琰一样的人，在朴素地还原所看到的世界。也有帕蒂古丽、格致这样的作家，对乡野物事保持恒久专注的热情。当然，余华、魏微自成一格的文字也让我迷恋，王祥夫、刘洁自由又散逸的叙述，更是让人反复把玩回味。更有高燃、钱佳楠这样的青年，怀着热情和爱，把生命当成了一场修行，不动声色地讲述着他们对生活的发见。

他们是有话要说的。

2018年10月9日

目 录

虫鱼

3　种花去　　　/ 玄武

13　神遇记　　　/ 刘洁

24　故乡风物　　　/ 刘成群

33　玄鸟　　　/ 格致

谣俗

49　下雪了,我就回来　　　/ 帕蒂古丽

63　闲话(十七则)　　　/ 人邻

79　割稻记(外三篇)　　　/ 吴佳骏

84　禅修记　　　/ 陈蔚文

讲演

97　山西的文脉　　　　　/ 韩石山

109　打工者的故事　　　　/ 吕途

121　我只知道人是什么　　/ 余华

129　过度的道德主义值得警惕　/ 贾樟柯

人间

143　吕沟村支教日记　　　/ 高燃

163　老年色情店杀人事件　/ 蔡寞琰

175　半夜笔记本之四　　　/ 小安

181　审判布罗茨基　　　　/ 朵渔

读书

191　这些美的存在　　　　/ 钱红丽

199　李洱与《花腔》　　　/ 魏微

219　李国涛和他的书话　　/ 卫洪平

225　抽象画里的尤利西斯　/ 苏也

家常

237　混搭　　　　　　　　/ 王祥夫

250　长满苔藓的石头　　　/ 胡烟

258　那个画地狱变的人，是我　/ 钱佳楠

263　世界的世界　　　　　/ 李达伟

虫鱼

种花去
——自然观察笔记

/玄武

九里香

九里香之香,有王霸之气。卧室昨夜绽三两瓣,便香到不能呼吸。置于一楼门厅,花香直冲二楼。它应当在每年七八月份开花,却冬春开了三回。花每到我家,便添了猛兽气息,它们胡乱发飙,如之奈何。

九里香的香气,有点像暴马丁香。烈,久,喷水愈香,像丁香在迷蒙春雨中。友人说除了牡丹,所有最香的花都白而碎小,有道理。茉莉、桂花、米兰均不大,瑞香亦然,却是紫的。只栀子稍大。

栀子香浑浊,瑞香的香锐如刀尖。我爱茉莉之香,它清新,清晰,不经意透肤,浸透你,淹没头顶。

夏夜我坐园中,一树茉莉香气盛满院子,微微荡漾。到夜深不舍得离开。糟糕的是,我也因此不想干活写东西。

我用花和其他秘制的美容品,无人敢用。每天用来抹老虎嘴。狗嘴闪闪发光,它又臭又香。所谓明珠投暗、花插牛粪,又或者佳人寂寞老去、壮士一世无所用,大抵不过如此。唉唉。

香有光

一树樱桃花,或许就在今晚绽放。我很想看到它们从蓓蕾到开放的整个过程,但不知有无耐心等到。

某年夏夜,一树茉莉花蕾。母亲过一会儿就过去看看开了没。一直没,便拉灭房灯。大约五分钟后我开灯去看,一树的花蕾,像我打开灯一样唰地开了,繁华雪白一树,白得在灯光下闪闪发亮,浓郁的香气,仿佛也自带光泽。

母亲嘀咕说:"你家花像贼,偷偷地开。"

花开有声,但极微,几不可闻,一些不懂自然的文人,矫情夸张而已。

我倒是听到过月亮下葡萄生长的声音。窸窸窣窣,以为是风,但树叶不动。那是葡萄蔓在头顶架上往前蹿发出的声响。它每天往前长一大截。夏日的黄昏盯着它看,能看到忽然的跳跃和葡匐。那么多枝蔓,像大群欢喜的小兽。它们被造物囚禁不能开口,憋得绿森森,把全部力气用来往前爬。

夜观花

鲜衣跨怒马,夜花一身雪。
饿虎目灼灼,咆哮有列缺。
暗昧坚如铁,弯月几曾跌。
时岁散如烟,流水岂有竭。
客子胡不归,徘徊弄玉玦。
——旧诗《夜花》

一夜长风,总算吹开一些樱桃花,但仍未盛开。一两日内,要给它授粉了。如此才能多结果。鄙人自创的鸡毛掸子授粉法,已在老家普及开来。

花粉用掸子在八百里外的老家樱桃园胡乱粘来,在树上刷一刷就好。简单而效果奇佳。

清明前后,种瓜点豆。太原寒凉于老家,得清明之后。可以开始了。

写完一个东西,深夜,余力不足再成文,又兴奋不想去睡,也无酒意。

院里干点杂务。一边想什么,渐渐忘我。觉出有什么盯着看时,已不知多久。

抬头,原来是这树花,这阵它开出许多。一树雪白,目光灼灼。它的沉默有点像无声又齐声的呐喊;它多么谦逊,又何等骄傲,白的花串在苍黑的枝上密密排了开去,像行文密度过大、让人读得喘不上气的长章。

我盯着开花的枝条看,高处原本微绽白点的花束又开了。它几乎是猛烈。没有风和风声,我仍然没听到花开的微声。有个叫浦歌的写小说的朋友,耳力极好,据说他邻居夫妻轻微的动静能搅得他不能入眠——经常搅得他不能入眠。他若在,或许能听出开花的声音?

樱桃的花香接近李花,却又不同,是一种清新干净的苦苦的药香。煎药时的药味腾而热,而浊,它却是清凉,如同美好一词的本身。凑近细嗅,能分辨出阳枝和阴枝花香的不同,后者柔和,前者爽利。但凭花香,我不能区别花蕊的雌雄。我很想说,它像洗尽铅华的女子的气息,又觉亵渎。

种月亮

今夜之月,明亮得狗吠一般。

可惜树蕾未绽。否则便是:花月正春风。

花间一壶酒,独酌有小儿……还有叫老虎的狗。

二十二年前,要买个小房。我说买房得高一些,否则连月亮都看不到。富翁小姑父突然问:"你看月亮干啥?"

我当时脑子短路,兼有羞愧,因为我的确想不通看月亮干什么。但隐约仍觉得看月亮……重要。

这事我想了多年。窗上时常可见明月来窥,我视为世间最大幸福之一。

此刻窗上皓月正当空。伸展到空中的花枝,浸在月光中,积蓄着力量。花苞已累累,明晨起来看,花苞会增大许多。

晋南方言,月亮叫月明。明发音"mie",像个语气词或象声词。这总使我想到月像一只会吠叫的小兽,空中流泻的月光便是它的叫声。

在长文《白也》里，我不可避免地谈到月亮。李白很多不朽的诗篇均浸在月光之中。月对李白而言，像家乡一般，或者他原本就以月为故乡。他成年以后从未回到出生地，不像岑参那样前往西域，也不曾像王维那样奉使出塞。但看他的诗篇："明月出天山，苍茫云海间。长风几万里，吹度玉门关。"有一年我在天山，望明月君临人世，下意识涌上心头的，便是这些句子。那一刻恍然明白，李白写下的天山明月，乃是他的家乡情怀。他诗中对明月无法言说的亲近感，或许正缘于此。

我爱明月、浸在月光中的李白，以及李白诗篇中的月光。月光对人有疗伤意味，而自然界的月光的确如此：月光的流泻，有助于树木伤口的愈合。每见树木的疤痕，我便想到它里面的月光，那些月光，已有了树缓缓流动的绿色汁液的微温。

我更愿以一则童诗结束这篇短文。在院里给花喷水，两岁零四个月的小儿臭蛋抢水枪玩。我记下他童稚的话语。童子的烂漫快乐，或许更能给人安慰。这是他在童诗中第二次提到月亮。《臭蛋说之060：种月亮》：

"爸爸我要玩喷水壶，
给我，不要抱抱，
蛋蛋自己玩，
不吃好吃的。

"花花喷水水，
就能长大，
能开好多。
花花打针吗？

"爸爸给月亮喷水水吧，
让月亮长大，
长出好多月亮。
哈，月亮比昨天大啦！"

暮光中

什么叫又贫穷又自由的快乐？

我曾有同办公室的同事，他在温哥华待过三年。他说印象深的一件事：有个乞丐冬夜睡在街头，警察过去给他盖了件衣服。乞丐等警察走远了，轻轻把衣服拨开一边，不盖。

当乞丐是他自主选择，他愿意那样生活。他还不肯接受警察施舍，又顾及警察好意，等警察走远才拿开衣服。这个事我一直受震撼。

暮光中，隐秘开放的花朵。品种：情书。

微微有光，光中微微有风，花在风中微晃，花瓣宛若欲飞。品名：炼金术士。

一朵雪白的芳香大花。日光照得通彻，拍下的图片竟成微黄。我反复想拍下她最美的一瞥，却是始终不能。

开制玄酒。工作量巨大。须一千朵怒放而未全盛之各色花；五十斤汾酒原浆，度数为64.8度。花全盛则力已衰，不堪用。

很久了，我忘记在晨光中、月光下、暮色里，观察这些葡萄藤蔓欢喜地匍匐和跳跃。有时像是眼花，但的确是绿蔓忽然一跳。这是能看见的生长。

人在忙乱中，会错失太多动人的美。很多美的享受不用——钱买，却是至高之享。但唯有内心宁静时，万物才得以清晰映照。

古枣林

一大片数百年的枣树林。震撼。

姚村五十多岁的汉子说："我爷爷的爷爷的爷爷小时候这树就这么粗了。"一代一代人这么说。

枣树长得极慢，且长到一定年纪，人的肉眼几十年也难以辨别它的生长。大概因为长得慢，其木质极为坚硬。隋唐最重要兵器槊，骑将的槊杆用枣木以特殊方法一年以上才能制成，据说成后刀斫不进，只留白印。

我们熟知的英雄秦琼、程咬金、尉迟恭，他们常用武器均为槊。

枣树寿。北宋汴梁有单将军庙，其内有巨大枣树，苍然成景。单将军即单雄信，勇冠当时，其所用神兵槊唤作"寒骨白"，为他十七岁时斫枣木亲手所制。单将军北宋时享国家祭祀。事见拙著《失败的英雄》。

以前人们不懂，不少古枣树因结果少，就烧了。

市侩化、利益化在当代已深入人心，成为潜意识。一个十二岁男孩问："这老枣树值多少钱？"

我不能掩饰自己受到的震骇和心中的悲凉，也因此知道人心已彻底崩毁。钱成为衡量一切的价值，为钱不惜一切，可以毫不犹豫摧毁任何美。

历史上和平年代，罕见这样一直深入到社会生活各个层面，深入到最基层每个个体的鄙俗。对钱的追逐，已经有点像战乱年代对粮食的追逐。黄巾军张燕率三十万军对敌曹操，能为大家有口吃的，整体弃甲伏地。

唉。多教给孩子们美的东西，不要再让他们粗鄙化下去吧。

一棵棵古老枣树，如一支支大槊，深插入晋南丰厚的大地深处。我在枣林，恍闻铁马踢踏嘶鸣、冷兵器猛烈撞击之声，望见深秋枣叶落尽，一棵棵枣树凝果如血。食枣的确补血。

秋气至

一只秋蝶。可怜它活不太久了。一阵风起，它美丽的飞行便会滞重起来；再一阵风，它轻微的尸骸便不知飘到何处去了。

麻雀无忧无虑，北方鸟品种少，女儿说北方鸟几乎就是指麻雀。某年用弩射一群雀，一弩激发，去寻，好几只没头的麻雀。太密了。喂猫，猫迫不及待，它连毛带身体咬得咯吱细响。猫比我残忍得多。

近年不杀生。

山间鸟明显丰富起来，多不能认得。有一种蓝莹莹的鸟儿，曳长尾，少时起从未见过。

鸡真实是二八月落窝，即孵雏。秋天的称秋鸡娃，不易活。没见过麻雀阴历八月孵雏，它们在人类檐下却不低头，还每天聒噪，我行我素，从来不远虑也不缺吃的。又自由，暴躁，捉住很难养活。我几乎佩服它们了。

秋气至，有黄叶了。它们像是被强烈的日光烧灼了边缘，其实并非如此。

北天凉远。昼鸣知了、夜鸣促织之时，秋已切近。促织，我故乡唤作促唧唧。名字便是更直观的象声词，急促的唧唧声。

尘间行走这么多年，我还从未见到比这个叫法更让我觉得亲切的。晋南多存上古音。有时我想，《诗经》中的四言短句，用那种倔强的、像一块块石头一般硬不连贯不交融的晋南方言来念，可能更有意味。小时读蒲松龄的《促织》，总遗憾他写成促织而非促唧唧。有时几乎疑心，他是否写错了。明明是促唧唧嘛。我也曾捉了那秋虫，在灯下仔细察看。它在我手里并不能变化。它为何就能那般厉害？

细腻，勾画了了，深情，跃然于眼前。自清以降至今，状物之能，鲜有胜过蒲公者。《红楼梦》和《金瓶梅》则是两个我不喜欢的伟大作品。于我，读金如见蛆；读红嫌腻歪，它太像一个人无限拉长的青春期。

并非所有好作品都适合自己。我还是爱蒲公，他的作品符合我心目中好作品的异质化。至今日，我未见有汉语作家能超越他。蒲公对万物深情，因情深有时绝望，有时迸发出于现实的恨，恨和情一样强烈。那些艳鬼花妖生动到触手可及，我仿佛能望到她们低头时下垂的某一绺秀发，嗅见她们各不相同的体香。

于我，蒲公的文字也是故乡的况味，秋天的况味，那亲切，神秘，深邃，辽远。包括唧唧断续鸣叫的秋虫声。今夜我如此强烈地，想念故乡的气息，正午空无一人的乡间行道白杨的萧萧声，寂寞而久长。夜间空中迷人的气息升腾，可以分辨出植物的各种香气，苦香苦香。露珠的香气，可能还有月光皎洁的香气——无月光的流泻，植物未必能那般令人沉醉。

梨花满

梨花一枝春带雨。这是女性化的梨花极致之美，同时又是男性作家玩味的女子柔弱、幽怨、啼泣之美。

但梨花也可以是刚性的。一树雪白繁花，奢侈、热烈、满不在乎，更有肆意挥霍青春的雄野气度。李长吉歌：

丰蒙梨花满

春昏弄长啸

幼年常在姑家戏耍。姑家院中植一梨树，树下拴一大黄狗。梨子初结，是绝不许摘的，我记得我偷望过多次，每次去姑家，都瞅一瞅树上的梨子是否长大一点。大我一点的表哥懂事多，他悄悄告诉我，尽量不要看，自然也就不想了。

在我快忘记的时候，秋天的一个雨夜，姑父突然说，想吃梨吗？你俩去摘。

我清晰记得当时的兴奋。姑父拿马灯晃着我们，我们上树去摘。梨在湿漉漉黑黝黝的枝间错置、晃动，湿叶擦过脖颈，雨水滴入衣后领，冰凉冰凉。树并不大，我和表哥都是爬树高手，但这株小梨树我们爬了好几次，每人都至少滑跌过一次。

一共只摘了两颗。小小的梨子，握在我们被湿树枝弄得黑乎乎的小手中，在灯下发着诱人的光泽。我甚至能感觉到自己的心跳。梨子的味道，已经全忘了。但多年以后，我仍然不时沉浸在那个摘梨子的过程中。

一棵梨树，下面拴一大狗。那时候我并不知道，这样一个场景，会成为我小小的、却是重要的生活理想之一。

人何其卑微。这个所谓的理想，我用三十年才达到。我终于种了两株梨树，狗窝留在斜斜相对着两树的角落。而姑父，已经过世二十年了。

树粗于胳膊，高过楼房一层，据说是最新品种。帮我搞来如此好树的阿柯及其老公，不能理解我的开心。我只是连声说，好，好，好树。阿柯说梨分雌雄，难以辨识，必须有雌雄两株授粉方可结果。我答无妨，它们只要开花就好，不，只要它们先肯成活就很好啊。

帮忙拉树的司机师傅阿武，临走时车刚起步又停下，从车窗伸出脑袋来，喊，树开花了，记着发个短信给我啊。

吾儿温暖最喜欢梨花。昨日上午，一起去为树们培土、浇水，见梨枝上已有骨朵绽现，未知是花还是叶。

树花碎

望见一棵好树，忍不住驻车去细看。

我潜意识里，这才该是花的样子，高举一树繁花，满不在乎地开着。边开边落，它即便落花，也像神灵一般，抓了大把大把的花瓣自高空抛下，飞飞扬扬，洋洋洒洒。像那些低矮的植株，开几朵娇嫩的花，风一吹就陷在泥里的，我所不屑。包括牡丹。

这大树的花还能吃。

友人葛水平说，她幼年生活的山里有很多高高低低的大院深宅，但没有人告诉她那是美的。她也和别的孩子一样，去破坏那些院落，打烂东西，还有快感。她说活了这么多年，到今天，才明白些美，尝试着重新来过。

我们的教育，从不告诉人们什么是美。法国作家西尔万·泰松则说："七十年的唯物主义教育，彻底毁掉了俄罗斯人的审美。"他曾只身前往西伯利亚森林，在那里独居半年。

这大树之美，也恰是我幼年印象中极深的美。只是多少年，我不敢认为它便是美，大美，令人战栗的大美。它那么简陋，无须照料，随随便便开那么多花，又长那么快那么高大——它算花吗？多少年里，我的确有点羞愧地，不敢肯定。

而今日我知，它便是素朴的，强大的，坚韧的，是大美之花。

昨日我便路见一树这样的花，它正盛开，在正午与明晃晃的阳光夺辉。它满树披离的雪白花串，的确使阳光为之黯然。它在车窗外一闪而过。我心中起了惊悸。而时间静默中止，仿佛很久。

不是我开车，手机也没电。若是已高饮大酒，我唯愿上前，抱住它苍黑的、满是裂纹的树干，大哭一场。它凭什么，如此打动我。

然而它就站在一片臭水沟旁。周围破烂狼藉。

今天我遇到的树亦然，没有臭水沟，是路边。到处拆房、修路，灰尘恣意放荡于其上，花朵已是暗白，像被侮辱了的良家女子，脸上的绝望和木然。

树下，已有很多被拉断的花枝。显然，折它的人只取大的花串，小串不要了，上面花依然多，却已蔫软，想必躺在地上已有些时间。

不远处，有妇女仍在折枝。我没有说什么，开车离开。下次我来，树未必还在。也许它们只剩一个个仅露出地面的树桩，被截断的平面惨白如骨。什么都没了，连被锯断时它们发出的尖细的嘶叫，也消失在空中。更可能，它所在的村子也荡然无存。推土机呼啸，上面很快楼市林立。我所在的时代，这场景司空见惯，多到令人麻木，无奈到让人不愿去想，让人拼命在心里骗自己，这种事不存在。

　　我只是见证者和记录者。在此时既受到美的打击，又受到美被毁坏的打击，在这双重的打击之下沉默前行，而眼前恍惚。

　　它们是槐花。

　　　　选自《种花去——自然观察笔记》，人民文学出版社2018年3月版

评鉴与感悟

　　读玄武的诗文，不知为什么总想起他这个人。熟悉起来，自然不自然地，会感受他生命力的强壮。印象里，他总是光膀子扛着儿子走在原野，牵着巨犬在月下奔跑。平素对世相百态，看不惯的，总要发出他的愤怒。他是崇尚力量的，总是即便写下对花草的印象，也不带阴柔的抒情，斩钉截铁，落地有声。这篇《种花去——自然观察笔记》写得节制，眼中所见，并不面面俱到，他有他的剪裁和取舍，存留下来的简短文字总在表露他的欣喜和感激。此刻花草就是天玄地黄，就是洪荒之世，在他的陈述中，生命开枝散叶，正散发出原初的样子。

神遇记

/刘洁

1

工作没两年,社里要做一套大书,《中国古典文学名著分类集成》,那个时候出版环境宽松,经济压力不像现在这么大,三十本的套书就那么出了。这套书太大,举全社之力来做。我被抽出来做了一本,那本书叫《太平广记》。

接受这个任务的时候,完全没想到这部书让我此后多年不能再写东西。

彼时年纪尚轻,自认书读得不算少,留在脑海中的碎片杂乱得紧,说起来什么都知道,也什么都不太真切。80年代读过的小说最是不能忘,夸张的是那些年的电影凡取材于文学作品,绝大多数我都看过,甚至到后来看到一篇小说我首先反应出来的是这个故事如果改编成电影会如何。

没想过电视剧,80年代的电视剧太假,故事假,人物假,说的话更假,看电视剧要把自己的审美降低,又不甘心,只好放弃。里程碑式的一页是《渴望》,终于有一个故事编得看起来不太假的电视剧了,可场景又假。电影和电视剧正是一个还混沌初开,另外一个好歹能撒丫子跑路了。就这样怀着对小说的各种向往我到出版社编散文了。

主持大书的老编辑是新中国成立前的大学生,一派儒雅之气,风度特别好,社里专门找来的,那个时候有幸和这样的人一起工作,很罕见了。

不过除了编书时遇到不能处理的问题去请教，就没主动和老先生说过别的。我那时候性子急，总想早点干完了名下的活儿回部门去，身为著名散文大刊的小编辑，那些散文作品还等着我给提高呢。高度的责任感促使我埋头其中，不闻天下事，深扎在书里。所谓天有不测风云，该相遇的总也跑不掉。《板桥三娘子》出现了。

故事出于唐朝，板桥有个旅店，老板是女的，寡居。在她的旅店后院经常有许多驴，赶上来往客商的车驾出了问题需要驴，就出卖，买卖做得很是热闹。有个许州客人叫季和的，要去东都洛阳住在这里。晚上和先到的客商六七个人一起喝酒，那些人都喝得大醉睡下了，季和没睡着，听见隔壁有声音他披衣起来。这个人好奇心大，悄悄偷看，发现板桥三娘子从箱子里取出来一些耕种用的农具，还有偶人，一口水喷上去，那小人就活了，种荞麦，没多长时间长了芽开了花结了果，收成有了。板桥三娘子甚至还磨成了面，做出了烧饼。天亮了拿给客人吃，吃的人都变成了驴。季和有心，捏个词跑出去逃过一劫。第二天晚上又重来一遍，季和早晨偷了个烧饼藏起来，等三娘子没防备的时候给她吃了。才吃下去，她就变成了一头健硕的驴。季和骑着她（它）走天下四年，有一天遇到个老头子。老头子看见这驴大笑，说："三娘子怎么成这样了？"上来，从嘴那里撕开，板桥三娘子跳出来，还是原来的样子，跑走了，不知所踪。

就这么个故事，貌似老太太在豆棚下哄孩子们的玩意儿。其实不然，从小说的结构上说很完整，曲折度上也够了，一波三折，人物很立体，其中还有魔幻色彩，最后板桥三娘子被个老头子认出来，还能从驴皮里跳出来恢复人形跑走了，结果出乎意料。再琢磨一下，一个晚上就连耕种到收获还做成了烧饼，这速成的架势简直一晚上顶一年了，这个三娘子真是人吗？还有，那些吃了烧饼变成了驴的可怜人，是不是其实也是换了种形态生存，而人的本质还在，就等着某个老头子救他们呢？

这里是不是也有个命运的假托隐含着呢？最出乎意料的是三娘子恢复人形的手段，从嘴那里撕开，皮就裂了，三娘子跳出来。按照现在医学的认知，人在胎里发育的时候，嘴这个位置是比较晚的，所以那些会出现唇腭裂的孩子，都是在发育的最后阶段出了问题。虽然没特意交代，可那张驴皮应该是在的，既然三娘子当初变成了驴的样子，那皮是不是应该就是她的皮肤幻化成驴皮，那被撕开的进而被丢弃的皮，估计那时还没驴皮熬阿胶的事，可在三娘子跳出来后并没交代驴皮消失了，这又是怎么回事？

再回想全过程，从小人出现、耕种收获，到人变成驴，又因缘际会再变回人，而这个板桥三娘子的架势和后来的田螺姑娘比起来，量级差得太远，想象力足以秒杀百分之九十九的民间故事，尤其这是一千多年前的人写的。

这还没完。

这个故事还有道德和哲学意味，写出了彼时人民的道德观和对是非善恶的态度，带着股土腥气。读这样的故事能触摸到那个时代的血肉、作者的精神追求，甚至教化意义。作者把诸如此类的复杂动机都放在了这个故事里，叙述过程特别平和，我明确地感受到平和的叙述的力量也是从这个作品猛然抓住的。而最打击我的是这本书的年代，此书成于宋朝。我今天想做的事情，远在一千多年前已经有人完美地做到了。

我就一边歇菜去了。

2

有一年夏天，近二十年前了吧，承德避暑山庄里，几个人结伴走在从山的一侧到水的一侧的路径上。天上已经是乌云压顶，我们没有察觉，仍然在自顾自谈笑，直到惊雷阵阵就在头顶响起，才豁然明白要发生什么，一行人飞跑到处于山一侧和水一侧之间的亭子里。亭子斑驳得不成样子，紧邻的荷塘里雨打荷叶，风随着阵阵吹来，竟然也有声音的韵脚，杂乱中自成一派天籁。

我们几个人开始是焦急的，大门外面有人正等着，火车票也订了，偏偏进山庄的时候天只是看着阴一些，没人拿那点云彩当回事，雨伞不曾带着，雨衣更是别想了，三五个人欢快的情绪里完全没有给天变脸留出一点空隙。正是天要下雨，才不管人的处境。

雨下得没头没脸，跑到这亭子里身上淋得已经有些湿了，夏天的风本来不凉，避暑山庄不同，这里的风从那山的一半下来，寒意和雨一混，温度又降了几分。同伴中有年纪比较大的，跑得慢点，淋的雨就多些，已经打喷嚏了。大伙围过去，嘘寒问暖。也没什么用处，谁都没多带一件衣裳。

三伏天里，进个老园子，中午时太阳好好的在天上，我们时间紧，人人的眼睛都挂在园子的景色上，抬头看天这么简单的事居然没人想起来，看着雨滴打在地面上一个又一个大泡泡出现又消失，大伙的心堵得慌，经验主义让这些自恃生活经验丰富的人把自己忽悠了。

终于有人忍不住抱怨："其实我想带把伞的，要不是嫌麻烦……"这时好像某个门被打开了，纷纷说起来缘由，竟然各人早早地考虑到了，只是因为各种不得已，伞就被留在了大巴上。本来嘛，夏天出门，伞是必须有的。

外面的雨仍然在下，举目四望没有其他人，硕大的园子里好像只有我们，大伙静下来。天地之间只剩下雨砸在地上、水面上、荷叶上、荷花瓣上、亭子顶上、塘边的垂柳上的声音。偶尔刮来的风带着微微的声音，吹歪了荷叶，吹散了花瓣，一池摇曳多姿，令人生出无限怜爱。

多年后我在宋代著名小品《荷花图》里看到的样子，荷花与荷叶向一旁斜逸，没有刻意描摹风，又实实在在地把风这个主角呈现出来，恰如画史上著名的齐白石《蛙声十里出山泉》。此时柳树的枝条悠来荡去，地上的积水面积越来越大了，寒意比刚才更甚了些，穿着裙子的我比伙伴们感受的凉意更甚一些，亭子四下通透，没什么地方让我躲避，喷嚏打了一个，紧跟着又一个。我忽然想起来在什么地方看过，说避暑山庄里的温度比承德市里的温度要低一些，如果雨雪天就更明显了。

远处，园子里山的部分好像更高大了，一些看着似云似雾的水汽飘着，沿着山的高处走走停停，高的山阴阴的有些暗影挡着。几个小时之前我们还走在山路上，有些地方在修建中，青色条石和红色、黄色的土就那么随意地堆着，旁边随时都能斜出一根树枝，循着看上去，树木也是枝杈丛生，刺乱了天空，端的是荒山乱石，和美景毫无干系。

此刻被雨一冲，石头可能更青，红色的泥该是成了一股股的泥石流，但是，为什么这山上有些地方是红色的土呢？水的部分都氤氲在雨里，水汽聚成了气团，飘在离水没多高的地方，随风荡着，沿水边建起来的亭台楼阁越发清逸，色彩提亮许多，像洗完了脸，白了艳了，也清爽了。

头顶的亭子，破败感很强，我们跑过来的时候只模糊觉得进了个乌涂涂的亭子，这时端详，原来四个柱子是石头的，也有彩画，油漆剥裂得不少，卷翘着，水汽一足颜色都饱满了，是喜鹊登梅、断桥相会之类的吉祥图案。如果不是这雨，我不会细看的。我的心静下来，找了没被雨打湿的一边坐下，专注地看着荷塘对面的宫殿在忽浓忽淡的水汽中时而清晰时而模糊。

豁然间发现，这亭子空落落地坐落在山水间的交点，雨中空无一物走动的世间，竟是坐观万景的好去处。天地间此时自成一脉，雨是联结，风是挽手，除了我们这些闯进来的人，竟都是浑然一体的。可见人不能自大，这画一般的地方，从天而降的雨愈发冰清玉洁了世间，脱尽尘渣后，何等的空灵。这片风景，何尝不是当初建造者心灵的呈现。

有幸住过这里的人，自然遇到过这样的雨。一两百年前的人们，可能在我坐的位置上俯仰间谈论军国大事，又或者陪伴着皇帝的女人们一边看雨一边抚腮，将润润的粉颜对着皇帝揣摩他爱听的话，能如今时今日的我这般逍遥应该难得。不由高兴起来，想象正如太虚，都是做不得数的，却也想不放过，尽情沉浸其中。大化流衍，当我还是宇宙中的微粒的时候，已经决定了我之为我，而一息不停后，彼时的帝力于今天的我何所哉。

3

我一直认为，从小喜欢中国画的人是有点异禀的。工笔还好，写意简直是对思维的逻辑考验，一大片颜色泼到纸上，喜怒爱憎表达其中，中国人中须是性格有狂放底子的，才能做这个事。想做到极致，只怕要到徐渭的程度，至少从意识上他的表现很接近。我有些许体操的底子，很小的时候习惯性靠墙做倒立，总能在最低处仰视方增先的兰花。

一块说方正不方正的石头旁边，有一丛兰草，石头上那点黄色占不到五分之一，剩下的都是白，兰草就那么几片叶子，还是黑色，不明白的是，画纸上那么几笔出来的东西怎么就能让我意识到石头是石头、兰花是兰花，好长时间糊涂着。

上世纪80年代末期，家里挂的年历是西方名画，整本十三张，列维坦的《弗拉基米尔·卡路》和雷诺阿的《弹钢琴的女孩》都是第一次在那本挂历上看到的。列维坦的那条路我不喜欢，太阴郁和沉闷，看着就想跑走。彼时的我不知道这条路是当年俄罗斯人的流放之路。处在青春期的我喜欢钢琴边的两个女孩子，甜美，娇丽，明媚的阳光普照着她们，看上去幸福四溢，我多么希望也在那样的环境里生活。

有一天发现了电影《茜茜公主》，我就爱死了，那里面的皇帝和公主的爱情没打动我，服装和道具把我死死地钉在屏幕前，第一部我看了至少十遍以上，后面的两部也是。我甚至买了盘长久地保留着。和《东京爱情故事》《肖申克的救赎》《这个杀手不太冷》一起放在某个角落里，我可能再不会翻它们，可只要它们在那里，就行。

某个阴郁的下午，我忽然看到了一只鸟和一条鱼。一只贼乎乎的鸟站在石头边上，墨黑的身体前探着，眼睛里白多过黑，鸟喙不成比例的大而突兀，马上要冲下来。下面有一条鱼，孤独的只有它自己，甩着尾巴瞪着眼睛，那个架势紧张万分，知道马上就要成为鸟的口中食，千钧一发说的就是这样的瞬间。鸟显然占了上风，自为刀俎虽紧张却因为要动手了，有把握能一击即中，果腹应该成了，浑没防备那水中的鱼还能出来什么怪作什么妖。

鱼的眼白翻上去，黑眼球小得可怜，全身肌肉绷紧，尤其在吻的位置是抿着的，这是在进行心理战呢。只要你这只鸟朝我冲过来，我就是被抓到了也要给你来一下子。兔子急了还要咬人呢。水里的鱼咬鸟，少见，不过也不是从没发生过。鸟吃鱼是为了活下去，鱼同样为了能活下去，倾尽全力肯定不奇怪。不过，鱼到底是鱼，鸟还是鸟，鱼再有心力怕是实力够不上，鸟掌握了胜势，大局面应该是定了。这画看的，惊心动魄后忽然泄了气，没什么可以说的了。

世间的好多事，都是尽人力、听天命罢了。

我找款儿，看见了奇怪的几个字"八大山人"，又像"哭之"。甭管是谁吧，自此我在能找寻的范围里寻找这个人的作品，看他的故事、人生，替古人仰天长叹又低头默思，再想看过的兰花，很是和畅舒适。当年学国标，老师说："许多人有误解，以为学东西应该从易到难，其实不一定，比如学跳舞，应该先学探戈，这个最难，而且要从六步探戈学起，这个是难中之难。会了这个，后面学别的都是菜。"诚哉斯言。甚至有一段时间不能再看他的画，因为看过之后心情糟糕，脾气极坏。

前两年去南昌，雀跃着跑去八大山人纪念馆，从外观已经爱上，简单、方正，只在角落里有个款识。那一刻眼泪想掉下来。纵观此人一生，多舛多惊鸿，为僧为道，避世出世不成，总强要遵循着心中的大方大正，失去家国天下的他和李煜有相似之处，才艺是他们抒发心中块垒的通道，哪怕到最后路越走越窄，直到无路可走。想活下去让他们选择了生的方式，天性又让他们的痛苦比常人益发深彻。人是不了解自己的，矛盾存于每个人身上，左不过是当时的一闪念带来的结果，谁又知道哪个念头引发的后果更糟糕。

《鱼凫图》是钥匙，那只鸟那条鱼都是引路者，世界的一个角落訇然打开，走进去的天地之大出乎意料，本来以为是颗芝麻样的光点，跳进去才知道乾坤大到恒河沙数，每一粒沙中又自有它的无尽星空，绵渺四野，念力无边。

4

人言不足信。

这是我在见过孙犁先生后的总结。自此，许多传言中这样那样的人，我都不再预设，打了交道后再下结论。

孙犁先生有个著名的字条压在玻璃板下面：谈话请不要超过十分钟。此前许多人都被这张字条挡了，他的粉丝多，身体又不好，家人每每挡驾也是自然，都在天津，做了编辑也没机会见到。机会这个东西很怪，不知道什么时候就出现了，猝不及防，没有思想准备就看见馅饼从天上掉下来，我多半要伸手接住，在这个问题上，我的思想一向朴素。某个冬天的下午，我跟着两位前辈去了孙犁先生的家。

下午太阳仍然是高的，屋子不很亮，家具沿着墙放置，椅子也平常。时间已经太久，我不记得当时说了什么，前辈们都很恭敬，我只是看着他，瘦瘦的，精神还好，说话温温的，一进门的时候和我们每个人握了手，手有点凉，这个细节我一直记得。此前看过许多文学作品里都说，名人的大手是温暖的，有力的，带着革命的传导性，孙犁先生的手不那样就比较意外，反倒记住了。还有他略微带点口音的声音，说话不疾不徐的，都印象深刻。

孙犁先生的作品里，被提到最多的是散文，来天津的写作者都想见他，写散文的作者就更是了。早年他住在静园里，那个时候静园还是个大杂院，今天看着也没多大的地方，当时私搭乱盖，搞的从外面看不成样子。那里的优点是离《天津日报》的老社址很近，但居住条件逼仄，他的著名的套袖被写进了许多人的作品里。

好多文学后进是他提携的，所以来天津的作者，和我们说到想做点什么的时候，多半要提是否能见一下孙犁先生。有些人实现了，有些人赶得不巧，就没见成。做了多年编辑后，我发现同样是著名作家，他们在世人的印象里差别非常大，其中各种误会相当部分是旁人误读造成的。

而他们在世的时候，许多人被这样或者那样的因素左右，被高估或低估，需要过许多年有些人才能被恰如其分地放到应有的位置，而有些人可能再也没机会被重新认识，就此湮灭下去。上溯文学史，无论中外，类似的事情不胜枚举。

而有些著名作家，不喜欢被世事牵着走，可能造成的结果是在相同量级的作家里他们的出镜率要少许多，需要读者通过判断，自己裁夺其在文学史上的重要性，好在还有时间，日月穿梭过后有些人愈发光亮。

我要老实地承认，孙犁先生的作品，我最受影响的是小说。他的小说里，即使打鬼子那样惊心动魄的事，也淡淡地写出来，小两口做着平凡生活中的事，絮絮地说着革命，没有豪言壮语，不喊口号，彼此的爱和深情都在家常的交流里流露出来。

这样的革命者，更接近我想象中的样子，即使打鬼子，也只是每天的生活的一部分，人的基本生活总要维持，怎么可能分分钟都在战斗，真正的英雄是在需要他们付出的时候比常人付出得更彻底和坚定。更多的人是做了自己要做的事，这些人点滴的贡献汇到一起，把胜利女神拉到了自己的一边。有点像现在人总在说的攒人品，许多人的人品都攒到一起，自然就做成了大事。把这些平凡的人表达出来，同样是写作者的使命。

孙犁先生那天说得不多，来之前我想了一堆问题，见面之后全忘了，前辈们说的话我也是似听非听的，完全没有入耳。倒是先生中间问过几句什么话，内容不记得了，我怎么回答的也没印象。先生的家人进来，说先生要休息了。离开前我和孙犁先生照了相，告别时他握着我的手说："以后你就自己来，随时欢迎你来。"我看着那双平朴的眼睛，真诚，对晚辈亲切，我猛点头，想着一定再找机会来，我还有好多问题想请教。

当然，后来我没能再见到老人家。转年，先生去世。

去年我们社办百花奖，打扰到王蒙先生，和他的夫人单女士闲聊，提起孙犁先生。她说当年曾经因为办报到天津找孙犁先生约稿，临时借了辆自行车骑着，高大又特别难骑，去的是静园，特别破，同去的人和孙犁先生说着各种事情，她的事反倒不能仔细说清楚，她心里急又不方便表露。先生看出来，几次主动和她说这说那的，让她虽不能畅快淋漓地把想说的话都说出来，该表达的也都完成了。后来，稿子如约而至。那之后，她也没有再见到孙犁先生。

我们都沉默了好一会儿。

5

有多少爱可以重来。

有什么书值得重读。

少年人读书喜欢的是故事精彩，语言美丽且神奇，总是要超乎脑海里的成型模子才能吸引眼球，不止少年人，成年人也如此。直到今天，网络上要点击率的新闻，使用的办法仍然没脱出这个窠臼。如果翻一下史书，春秋战国时的辩士们用用的也是这套活。说明一个事，人这种动物的根底具有一贯性，符合了一贯性的就具有了永恒性。比如对爱情的追求，比如对生命的各种歌咏，比如对超自然力的向往。

再有，就是由对恐惧、死亡等暗黑色彩的事物的矛盾心理而发展出来的恐怖电影等文艺作品，只要看一下有多少人在津津乐道《午夜凶铃》，就可以了解这样的人群之广。在书架上有些书是一过性的，看一遍已经不少，能看完就是给作者面子；有些书是常看常新，看第一遍时候就喜欢，什么时候拿起来都可以，这样的书被归入"神书"一类毫无争议。还有一种，第一遍看没感觉，后来被忘掉了，扔在什么地方，某一天随手打开，发现这书以前没看过啊，这里的内容完全不记得了，现在看见的这些内容让我好喜欢。就读下去了。很长时间一直就放在手边，越看越有心得，甚至生出来想和作者聊一下的念头。

石涛说："神遇而迹化。"

人之存在是由无数个神遇造就。

就有这样一本书，拯救了我和写作之间的距离。

玄宗时兴庆宫的池中养着一条小龙，平时好好地待它，有时候高兴了这条龙就跳到空中做各种让人看得目瞪口呆的动作。玄宗避安禄山事到嘉陵江，船旁忽然出现一条龙随着船走。玄宗看到了，让下面的人拿好吃的和酒给它，流着泪说："这是我兴庆宫当年的那条龙啊。"这故事载于唐笔记《次柳氏旧闻》，用白话文写出来也不过百来字，文言文的短可以想见。

某一日忽然翻到，作者笔下的玄宗各种复杂情感都在他叫人给龙好吃的时候表达了，有四个字形容他的样子，"泫然流涕"，这四个字真真打动了我，一代天子逃奔到四川，曾经的臣下许多已经奔太子而去，他的感受有多复杂可以想见。唏嘘之后，我的不能写东西的毛病竟好了。

这肯定是当初写这部书的古人不会想到的，也出乎我的预料。

时机刚刚好。

选自《黄河文学》2018年第2/3期"散文专刊"

评鉴与感悟

唐传奇也就上学时看过几篇，早没了印象，一套《太平广记》就放在办公桌前，却也没翻开，这回听刘洁讲怎么遇见《板桥三娘子》，迫不及待找来读一遍，感觉是真的好，想着平素也号称读书之人，怎么就偏偏错过了呢？她讲承德避暑山庄里偶遇一场大雨，讲八大山人的写意画，讲孙梨先生的好，文字清丽又家常，看似直白，却也不腻烦，意思都在其中了。一篇文章，竟勾人，让我读了两三遍。至今还记得其中一句：想象正如太虚，都是做不得数的，却也不想放过，尽情沉浸其中。无意中碰到这篇文章，也算是我的神遇吧。

故乡风物

/刘成群

马齿菜

以前的时候家家养猪，猪除了吃糠吃泔水外，还要有大量野菜以为补充，譬如千穗谷、扎扎菜、落藜、拉拉苗以及马齿菜，这些都是猪常吃且爱吃的野味。那时候，下学后的第一件事就是要到地里打草或打菜，打草是为了喂驴，打菜则是为了喂猪。打得菜来，就会径直奔往猪圈，将菜倒给猪。猪吃起野菜来十分欢腾，嘴里冒着绿沫，并嚓嚓直响。

春天的时候，所有的野菜都刚刚冒头，茎叶纤细，难以抓到手里，因此不太好打。到了春夏之交，雨水渐足，各种野菜遂成浩然之势。那些千穗谷、落藜、拉拉苗，吸足水分，可劲生长，一片片，一丛丛，踊跃奔腾。当此时，马齿菜也不甘落后，它们伸脖挺腰，翻蹄亮掌，仿佛在一瞬间，就从纤细变身为粗壮，那些紫红色的茎随意匍匐，绿而肥厚的叶子则随茎四处伸展，宛如农忙时节血脉怒张的黑红汉子，健硕的肌体，闪着油油的亮光。

暮春时节，田野里的麦子长到尺许，溢出浓而腻的绿，齐刷刷大有滚动之势。不过在这万绿当中也间有一些白地，本是预备种花生、棉花用的。马齿菜喜欢在白地上肆意生长，形成一片片红绿交织的地毯。人们也特别愿意在白地上打菜，因为不用一棵棵地搜寻，稍一用力，便能打满一筐。那时候，平原上总是吹拂着袭袭的风，麦浪随风涌荡。人们背着筐子穿行于麦浪中，映衬着盖地的绿和铺天的蓝，宛如一首骀荡的童谣。

不过，夏天打马齿菜就没有那么多诗意了。到了夏天，白地里长满了花生和棉花，已经没有马齿菜的领地了。要想打到马齿菜，必须钻进棒子地中找寻。那时候还没有百草枯，马齿菜难以根除，即使在棒子底下不见阳光的环境中，它们也能散放无限生机。人只要能忍受棒子地里蒸笼一样的高温，打满一筐马齿菜也不需费多少工夫。那时候，蹴到棒子地里打马齿菜乃是日常的功课，也是农民的本分，孩子们养成习惯，也不觉特别辛苦。

夏天打的马齿菜除了喂猪，还可以晒干以供冬天食用。马齿菜茎叶肥厚，含水量大，晒干后分量则会缩减很多，一筐马齿菜也晒不出几斤干货。再者，马齿菜富含各种贰、酸，黏稠成分过多，晒干也着实不易。因此，晾晒马齿菜也要付出许多的劳动与耐心。那时候，很多家庭都会晾晒马齿菜，其中晾晒最多的乃是广成叔。广成叔是村里的乐天派，人缘极好，他在的时候，每年都会晾晒大量的马齿菜，但居多都是送了人。

我们每年都会晒上一些马齿菜，有的年份忘了，便会去广成叔家找，那一定是有的。每年的隆冬，冀中一代流行吃马齿菜馅的包子。吃包子最讲和馅，乡人喜欢将泡好的马齿菜，混以白菜、豆子和粉条，一起剁碎，并辅以各种调料，搅和得色香俱全。马齿菜相当吃油，因此所选用的肉要肥瘦相间，以肥肉多为最好，有的家庭甚至还要放些腥油。包子包好之后，以干柴大灶蒸之。揭锅时，屋里热气腾腾，遂与外面寒霜冻雪形成鲜明对比。

泡好的马齿菜类似笋干，其肉质十分肥嫩，做得的包子则鲜香可口。对于我来说，这总是思乡的蛊惑。对于汪曾祺来说，可能也是如此。汪曾祺曾提到过他的母亲也以马齿菜为馅蒸包子，至于他们高邮的做法是怎样的，就不得而知了。

广成叔不但是个乐天派，而且也是个美食家。在这一点上，他与汪曾祺相似。广成叔春天给猪打菜，他常常和孩子们一样迎着袭袭的风，穿行于绿色的麦浪中。夏天时，他在给猪打菜的同时，会晾晒大量的马齿菜。

隆冬时分，他将晒好的马齿菜分散到各家各户，怂恿大家蒸包子。那些马齿菜被广成打来，焯后晾晒，终于在寒风吹彻时，化作一锅锅人间的烟火。

高粱

据说在困难时期，高粱是冀中农民的主食。由于高粱面很难黏合，和面时必须要加入榆皮面，以达到食物胶的效果。不过，这也会导致一个排便困难的问题。当然，排便困难总归是小问题，有东西可吃才是第一要义。可以想见，那时候村东村西必然是红彤彤的世界。但在我小时候，高粱不再广为种植，夕阳中血浪无垠的盛景早已化为风烟中的传说了。

在我小时候，村东的台田也曾种植过大片的多穗高粱。多穗高粱不是本地品种，其植株矮壮，穗大粒实，固是酿酒与酿醋的佳品。不过，稍嫌缺憾的是，多穗高粱的籽实始终作淡青色，即便台田种植面积不小，却也无法形成血海奔腾的大场面。当然，鸟儿们不会在乎什么颜色，它们一群群在高粱地里，或起或落，像一团团游移不定的黑雾。

凤岐大伯每到秋风拂荡的日子，常常叫上我和凯舅去地里捕鸟。那时候的多穗高粱颗粒饱满，吸引着各种各样的鸟儿。入秋后的平原，碧空如洗，白云如絮，大风一股股地吹来，多穗高粱随之摇曳起伏，宛如淡青色的海波。凤岐大伯让我们来回驱赶那些鸟儿，而他在远处布网，从东到西，从南到北，他的身躯在漾漾的淡青里忽隐忽现，飘忽得如同一枕沉酣初起的秋梦。

多穗高粱的茎也有些甜味儿，孩子们常常当作甜高粱食用，虽汁少渣多，可也算得差强人意。捕鸟的时候，我和凯舅常常随手拔根高粱，折成数节，剥了啃嚼。但多穗高粱毕竟不是甜高粱，孩子们吃上两口也就作罢，更不会进一步祸害了，所以种多穗高粱不用搭窝棚看着。倘若种了甜高粱，待到将要成熟的季节，就必须搭起窝棚，派老人或是孩子长期驻守了。

甜高粱，又称甜芦粟、糖高粱，或北方甘蔗。在我们平原上，是直接称为甘蔗的。从外形上来看，甜高粱与高粱相差无几，但它们却拥有甘甜的茎，其口感像极了南方的甘蔗，这一特点仿佛使它们与高粱划清了界限。然而南方的甘蔗运到北方则价格不菲，比起甘蔗，甜高粱因本地出产而物美价廉，贫困的群体也多能吃到，因此它们就成为很多人童年里无法忘怀的味道。

　　我小时候很多家庭都种过甜高粱，种在田野里的需要搭窝棚看守，那时候村子里以石头爷、娃子爷两兄弟种甜高粱为大宗，而艳秋和建伟就成为看守专业户了。当然，他们姐弟俩也常常拖着一捆甜高粱在邵庄集上叫卖，大抵是一毛钱一根的样子。我家与石头爷、娃子爷一向搭伙种地，每次去他们家至少都能给上一根。如今，虽然石头爷已经去世十五年了，但他当年存储甜高粱的小院还在，每次经过那里，总觉得有甘甜的味道呼喊起来。

　　当然仅靠石头爷的馈赠解决不了馋嘴的问题。有时候馋急了，还得要去发发废，偷上几根尝尝。偷甜高粱需要技巧，或是在秋雨绵绵的下午，或是在黑咕隆咚的晚上，一般这两个时候无人看守。晚上的时候过于阴森，孩子们一般不敢；秋雨的下午也是极好的时候。秋日的平原，黄翠交织，漫无边际。秋雨淋漓，人畜皆无，则更见空旷。其时，我与浩叔、青松常常踏着泥泞的小路，去偷折一两根甜高粱，然后躲在村边的麦秸垛旁奋力嚼成渣滓，贪婪地吞下汁水。那时候的雨，打在村边的树上，那些杨树柳树，玲珑如玉，青翠如滴。

　　人们种多穗高粱是为了取穗酿酒，种甜高粱主要是取茎食用，另外很多人家还会在田间地头点种些普通的高粱。普通的高粱看似普通，但其功用确乎超凡。普通高粱全株挺直，可以掰去叶子捆作晒枣晒棉花的簿；普通高粱上面长穗的一段最为挺直，吾乡称为"莛杆儿"，带穗可以制作扫地的笤帚和刷锅的"炊帚"；去穗后，孩子们常常用以制作箭杆儿，老人们则常常用以穿成盛放馒头、大饼的"腰窝"与"盖帘儿"。在那些器具匮乏的年代，没有普通高粱，日常的生活似乎难以为继。

　　我的姥姥是串"腰窝"和"盖帘儿"的能手，每到秋后，她便将那些"莛杆儿"截好，戴上花镜，在秋天的艳阳下穿针引线，而我与表弟们用榆木做弓，以"莛杆儿"为箭，在院子里射来射去。那些旧时光缓慢且煦暖，如同凤岐大伯从高粱地里捕来的短趾百灵鸟，眯着眼睛，散了羽翼，慵懒得几天也不叫一声。那时候，凤岐大伯常常拎了鸟笼，来到姥姥家看电视闲聊，姥姥串着盖帘儿，凤岐大伯闲聊着，久而久之，他那油腻的头发将墙皮靠成了一大片黑色的印迹。

鸟声

在公园里时常见一些老人拎着鸟笼子遛鸟。他们把鸟笼挂在树上，施尽各种手段来逗引鸟儿鸣叫。鸟儿也往往不会辜负他们的期望，扑挣着翅膀，张开喙，"呱呱"地叫上几声。于是老人们就觉得很美，以至于撅着胡子自矜起来。然而，在这些笼子面前，我向来很少留步，任凭笼子如何雅致、鸟儿如何名贵，在我心中都引不出丝毫的美感。我曾经陪同朋友逛过几次鸟市，但却无心鉴赏什么，因为在我看来，锁在笼子里的鸟儿是无助和可怜的，恁是如何的窜动、如何的扑腾，总归是灵性尽失。

我喜欢鸟儿的鸣叫，无论是什么鸟，只要是自由飞翔的，其叫声总能使我产生神往的感觉。小时候看电视剧，镜头中几只大雕划过蓝天，伴随着一声声激越的长鸣，那样的场景曾使我不知如何的自失。长大后读《诗经》，又在其中发现了很多美好的声音，譬如"关关""绵蛮""雝雝""嘤嘤""嘒嘒""嗷嗷"，还有一句"鹤鸣于九皋，声闻于天"，其中虽然没有惟妙惟肖的象声词，却也曾使我心动许久，每每将其联想成一种高深莫测的境界。去了上海后，我曾好几次试图在郊区寻觅"华亭鹤唳"的风采，只可惜无缘得会，直到悻悻地离开上海。

上海的香樟树上常常有白头翁在枝头跳来跳去，唱出清脆的调子，那种欢快每每使我抬头凝望，怡然许久。回到北京工作后，遂为世事所羁绊，以至于竟然疏忽了那些美妙的声音。前些日子，有位朋友前来访我，我与他在饭余一同去了温榆河边散步。温榆河中有个小岛，小岛之上以及小岛旁边的水中有大量的野鸭子，"嘎嘎"地叫着，对面的树丛中也有许多不知名的野鸟，"喳喳喳"地吵个不停。那种欢畅热闹的样子，正像音乐会上演奏着的"合唱交响曲"，我一时神情恍惚，仿佛回到了鸟声四起的童年时代。

在我的家乡——冀中平原上，也有很多知名或不知名的野鸟，每天都"叽叽喳喳"地唱着歌，那种欢乐的声音充斥了我整个的童年。尤其在冬日里，北方的天空往往有一种高而深邃的蓝色，高蓝的天空又往往作为背景衬托着杨树突兀的枝杈，在风里微微瑟缩的枝杈上，又往往有大量的花喜鹊、灰喜鹊、黑卷尾、麻雀、野鸽子,它们或停止,或飞翔,移动着,跳跃着,一群群地,从这枝头到那枝头,从那枝头到另一枝头,翅膀颤动的声音似乎都可以听到。它们一边飞动一边"嘎嘎喳喳"地鸣叫,那些声音弥漫了天空,给全世界都画上了忘忧的颜色。

浪漫主义诗人雪莱曾热情讴歌过美丽的云雀,另外一位浪漫主义诗人济慈也把光明赋予了美丽的夜莺。相对而言,诗人纳什更会形容鸟儿的鸣叫:"Cuckco, Jug-Jug, pee-wee, to-witta-woo!"这些拼写绘声绘色,以至于连周作人都不敢翻译,但周作人却也有自己的"啾晰,啾晰""嘎嘎",这些有关鸟声的描摹,渗透着诗人们未泯的童心。当然,也只有童心未泯的人才可欣赏得鸟儿的天籁之音。

以前我祖母房子的西面有着一片杏林,杏林主人占山哥是位传奇人物,他酷爱园艺,精通嫁接。他种植了大量的杏树,杏树之间也夹杂着些许桃树、李树、海棠、苹果乃至梨树。每到春天的时候,林中就会出现繁花锦簇的景色。远远望去,锦绣一片,又似乎是天边美丽的云霞。在杏林当中,有大量的鸟类栖息着,比如白头翁、黄鹡鸰、麻雀、柳莺、蓝尾雀、山雀、黄鹂、啄木鸟。每到了晨曦微露、天色发白的时候,林中的鸟儿踏上梢头,抖擞起精神,开始呼朋引伴。起初只是一两只鸟儿,然后越来越多,当天色大亮的时候,所有鸟儿的鸣叫就汇集到一起,形成一派骀荡的海。其间叫声响亮的鸟儿,就如同风中起舞的雪浪花,跳荡不停。

吾乡的喜鹊与云雀是很常见的,其他平常的鸟儿也有许多,譬如野鸽子"咕咕咕咕"地叫、布谷鸟"嘎咕嘎咕"地叫。不太寻常的鸟儿也有一些,譬如野鸡常常在麦浪中慌张飞过,同时"咕咕嘎"几声。而戴胜——一种有着耸立的冠状羽毛和斑斓外衣的鸟儿,虽然外表华丽,但叫声却并不中听,当它飞来飞去的时候,常常发出"啵啵啵"的声音。乡人管它叫作"饽饽鸟",或者是"要饽饽的",意思是要饭的鸟,这种称谓与它华丽的外表别如霄壤了。无论野鸽子、布谷鸟、野鸡抑或戴胜,还是一些其他的鸟儿,其鸣叫往往不如人意,或不尽如人意,要说叫得好听的鸟儿当属百灵了。

我们家乡的百灵俗称"窝勒儿",百灵有三属十五种,"窝勒儿"只是其中一种,学名为亚洲短趾百灵。与人们笼养的大百灵相比,它的体型要小一些，色泽暗淡且麻，但鸣叫起来，却是一样的嘹亮。每当开春的时候，天空中就会有这种"窝勒儿"出现，尤其是春耕时，新翻泥土的气息飘荡在空气中，绿色的大地上升腾着紫色的烟霭，其时，在蔚蓝的空中，无数的"窝勒儿"上下飞舞，同时卖弄着婉转的调子，那声音我不能形容，只觉得如同春风一样让人沉醉。

黄鼬

农闲时节，吾乡的老人们喜欢在暖阳中负曝闲谈，其内容不外乎谈天雕龙，搜神录鬼。甚至有些老人即便在农忙中也不吝时光，有听众在场，他们往往就会搁下锄头，点燃烟袋，吧嗒——吧嗒——，青烟缭绕而上，瓜棚豆架也仿佛随之缥缈升腾。

老人们常常提及的神有青苗神和八蜡神，鬼的种类就更多了，如水鬼和吊死鬼等。此外还有一种"魔"，系涂了鼻血的树桩所幻化，其特点是随人同步进退，只有倒穿鞋子方可摆脱。除鬼神外，有灵性的动物也是不能随便触碰的，老人们把吾乡有灵性的动物归为四种，谓之"四大门"，分别为狐狸、蛇、刺猬和黄鼬。

我小时候村里的野生狐狸已经灭绝，蛇、刺猬和黄鼬倒是多见。吾乡的民众常以为黄鼬附体迷人，比狐狸尤甚，是以尊称为黄大仙。鬼物附体迷人，吾乡谓之"闹撞客"。所撞之客，可能为鬼，但亦可能是黄鼬作祟。据老人们说，黄鼬会模仿人言，亦能远程控制人的举止。着道儿的人只能任由其摆布，黄鼬说什么，人便说什么，黄鼬弯腰踢腿，人便弯腰踢腿。"闹撞客"往往发生在幽幽的暗夜，那时候星月无光，阴风怒号，端的是诡异无比。

我开始上学时，村里方才开始通电。在此之前，村里的照明只是靠豆粒大的油灯。那时候村里人口不多，荒宅却不少。人被束缚在共同体的土地上，完全丧失了对外面世界的遐想。唯有月黑风高之夜，那些呦呦叫着的狐狸，那些到处窸窣的刺猬，那些如黑色闪电般掠过的黄鼬，方可点燃乡老们那被温饱压抑住的点点灵光。

我上学时有了电，却没有了狐狸。那时人们开始热衷盖新房了，但闲院儿依然不少。我家前面就是一大片闲院儿。前面的前面以及前面的前面的右边，都有很大片的闲院儿，西面占山哥的居所，虽然不是闲院儿，但林多草密，亦同于闲院儿。众多的闲院儿便成为黄鼬绝佳的庇护所。纵使是通电照明外，黄鼬们也并不畏惧。它们一个个地穿梭在门窗射出的光隙里，滚滚如黄色的波浪，眼睛还时不时地射出电焊火花般的强光。

我曾亲眼看到过"闹撞客"的人，的确有古怪的话语与古怪的行为，是否为黄鼬作祟则不得而知。不过，在那人"闹撞客"的档口，我确实遇到过黄鼬蹲在墙头上拜月的场景，那只黄鼬面对空中清冷的明月，前爪做拱手状，一起一伏，一伸一缩。其时夜风阵阵，树影斑驳而婆娑，四下里寂无人声，只有黄鼬的导引和我的呼吸相伴。我并不觉恐怖，仰望长空，只是觉得一切都宛如神秘而通灵的幻境。

黄鼬拜月较为罕见，有的人毕其一生，也不一定能有机会饱其眼福。曾经有人给黄鼬拜月以科学解释，认为只是站起来观察情况而已，前爪拱手乃是为了保持平衡。当然，也有人给黄鼬附体以科学的解释，谓其臊腺能干扰人的神经，以致人产生幻觉。不过吾乡的民众却不以为然，他们固执地相信着黄大仙的道行，至于拜月、附体，那也都得听祖辈老话的解释。祖辈老话解释成黄鼬闹喧儿，那我们就权且相信吧。况且黄鼬这拜月和附体的手段，都是那么有喜感，仿佛故意和人开个玩笑，完全不像吊死鬼、水鬼找替身那样恐怖阴森。

以前我们村里的动物不少，有各种家禽和各种家畜。不过，家禽与家畜已被驯养得相当麻木，它们只是机械地吃食吃草，了无生趣，甚至连眼睛都是呆滞的。黄鼬却不如此，它们烂漫活泼，伶俐，幸好有它们存在，才给以往封闭的生活增添了一种灵动的新鲜。那些满院槐香的夜晚，那些一枕秋霜的凌晨，黄大仙的光临，总是伴随着鸡鸭乱叫、众狗猖猖。隔窗望去，时不时有黑魆魆的影子如闪电般掠过，它们在月亮或星星的照耀下，有时竟会泛起微微的银光。

黄鼬很难捉到，一则乡人出于忌讳不大敢捉，二则这些小东西着实狡猾。不过，我家的邻居——三儿舅却是捕黄鼬的高手。有一次，三儿舅一下子逮住了三只，还特意叫我前去观赏。我看见他家槐树下的管道中，有三只毛色油亮的黄鼬，个个目光如炬如刀。虽然已然沦为阶下囚，但那股骨子里透出的桀骜却令人不寒而栗。三儿舅家那只仰俯随人的狗，时不时冲着黄鼬喑呜叱咤，但那些黄鼬动也不动，仿佛一脸不屑。

　　三儿舅捉得的黄鼬实在有限，引不起黄鼬的种群危机。但后来很多闲院儿都盖上了新房，黄鼬的数量开始飞速下降。我们的前面、前面的前面、前面的前面的右面，连同占山哥那草木芊芊的宅院，都被平整得无半点歇脚之地了。黄鼬种群的衰减，与20世纪末人口的大量增长实成反比。

　　20世纪末中国的农村，权力与资本达成媾和，其间弥漫着机器零件和荷尔蒙的气息，所有这一切共舞成一种狂欢状态。在狂欢中，农业被日益边缘化，各种动物也在悄然退场。村边电力金具大楼建起的同时，蛙声、鸟声稀疏。近些年来，刺猬与蛇的命运大抵与黄鼬一样，几乎完全沉没在隆隆的机器声中，不见半点踪迹。

　　在前年春节期间，我于一个大雪的晚上经过村边的杨树塘子，其时白雪茫茫，四下明亮一片。我忽然发现远处雪里有东西在动，飘疾，宛如一股喷射而出的激流。我知道那是一只孤独的黄鼬，我努力定睛，却看不清它的面孔。许多年了，世事沉浮，幸存下的黄鼬一定经历了很多磨难，只是不知道它的眼神里是否还会放射不可逼视的光！

选自微信公众号"倔强的风土"（2018年）

评鉴与感悟

读成群兄的文章还是在大学，当时几位师兄办了一份同仁刊物，上面常见他的文章。写的也是山水草木。当时我沉迷于人的复杂关系、人性的善恶与勾斗，对这类文字并没什么耐心。后来只知道他去复旦读研，继而读博，偶尔懒惰，会把他当作比较的标杆。等到我终于成为社会人，关于人的那点研究也没了先前的好奇。猛然又撞见师兄的文章，仍是讲述家乡风物，有浓酽的感情在，却也并不激烈，只觉冲淡平和，像极了一位谦谦君子，好像才约略体会到他的识见，对喜欢之物的恒久坚持。

玄 鸟

/格致

　　我数电线上的燕子。我正闲着，看到什么就会去数什么。数燕子之前，我在数葫芦架上的葫芦。数葫芦总是遇到障碍。那些汹涌的叶子，怀里抱着玻璃杯，对云彩、风和我充满了警惕。葫芦里面，葫芦的孩子很多很小很拥挤，它们害怕下雨，害怕日晒，也害怕被我数清楚。

　　我准确地数清楚了电线上的燕子，它们唯一的燕子藏在屋檐下。但是电线上的燕子不能是五只，它们可以是三只六只七只八只，其他任何只，单单不能是五只。

　　其他数字我都可以心平气和，都可以像数葫芦那样悠闲，能数几个就数几个，看不清楚就不数了。但是电线上的燕子，我从左往右数是五只，从右往左数也是五只。它们不能是五只，是五只我的心就乱了，是五只我就得从春天开始说了。

　　我一直在努力，希望和燕子生活在一个屋檐下。为此我盼望了三年。今年是丁酉鸡年，我终于在春天等来了一对燕子愿意住在我家的屋檐下。这是个吉兆。你知道吗？我们家住燕子啦！我把这一喜讯告诉了很多人。然后我开始记录燕子的饮食起居，我像一个从来没见过燕子的人那样记录燕子的一颦一笑。我知道燕子秋天会走，我知道来年春天它们还会回来，因此我不会为秋天的那场离别伤感。

想不到的是，我和燕子的离别来得那么早——燕子初伏就走了。我从来没有听说燕子六月底就离开北方。惶惑之余，我开始往坏处想，我担心它们遇到了不幸，已经死了。在乌喇街的天空上，我还偶尔能看见鹰隼滑翔机一样的傲然黑影。鹰隼是空中食物链的金字塔尖。可是我家的燕子走时已经是五只了，它们怎么可能五只都同时被老鹰吃了呢？它们得多倒霉，同时遇到了五只鹰，而这样的概率基本是零。老鹰和老虎一样，从来不成群。这样一想，又觉得它们有活着的可能。只是不愿意在我这里住了，搬家了。

但是为什么呢？它们在春天决定住下来是经过了认真考察、论证，找到了住在这里的理由的，那么它们住了两个月就决定走了，那就是最初的理由都意外坍塌了，被破坏了，它们身处险境。可是，我家发生了什么吗？我什么也没破坏啊！我只是薅掉了菜地和花园里的野草；为黄瓜搭起了黄瓜架；早晨把南瓜的雄花摘下来，为雌花授粉……燕子筑巢的那座坐北朝南的老房子，我也没拆啊。我都没有说过拆这个字，连心里的计划都没有。这是多么难解的题啊！

只有燕子知道，只有燕子看到了，它们不说，悄然离开了险境。燕子的险境也是我的险境，它们能看到，我看不到；它们离开了，我无法离开。但是我害怕了。燕子走了之后，我的心慌了。我这个院子里的天下已经不太平了。

而此刻，中伏的最后一天，我坐在秋千上，秋千吊在榆树下；燕子坐在院子上空的电线上，一字排开，像五个黑色的象形文字。它们组成了一个句子，一句话，为我呈现出故事的结局。

这是最好的结局了——它们都活着！

这个故事怎么讲呢？一个故事，只有上半部分和结局，而缺失了中间重要的情节和内容，这个故事我怎么讲呢？这个故事不好讲我也要努力讲，因为结局是那么的好，它们都活着，并且惦记着旧巢。那旧巢安在我的房子上，我住在房子里，那么它们回来看旧巢，就把我也一起看了。它们也没有忘记我。那么这个故事我愿意讲。这是个和我有关的故事。把这个故事从头讲到尾，弥补上中间缺失的部分，我愿意试一试。

我离开秋千站了起来。一只巨大的冬瓜，忽然从木架上掉到了地上。

我的心就是一颤。我不愿意那只冬瓜掉到地上。我希望它继续吊在藤上，继续长大，长到浑身的绒毛都变成白色的。而现在，冬瓜身上的绒毛还是绿色的。冬瓜自作主张中断了生长，并不征求我的意见。

我发现我对这个院子里的很多事都失去了掌控：波斯菊长得太高了，风吹倒了它们；西红柿争分夺秒地长出新枝，与主干上的西红柿争夺有限的养分，梦想在主干的侧面打开新局面；小鸡都好好的，忽然就会死去一只，而我不知死因。到秋天的时候，我的院子里一共死了三只鸡。隔一个月就会死一只，而且都是母鸡。那么这个院子对雌性动物不利。我也是雌性，我很害怕；后院的黏玉米，被老鼠吃掉一大半，而我毫无办法；冬瓜吊在那里，没有一丝风，竟然学会了自杀；而燕子，忽然搬走了，留下四个空巢……

1

一开始它们是两只。两只是两个字，还不能组成一个句子。如果两只一直坐在那里不动，那么这个故事就没有开始。它们用飞翔开始了在这个院子里的故事。飞翔留下了轨迹，而轨迹组成了句子。整个春天，从清明到谷雨，它们飞出去再飞回来。飞翔的轨迹组成很多个句子，很多个句子组成了故事的前半部分：

老房子门楣上的燕子窝，为燕子的一天画上句号。门楣上方有两个燕子窝，三年前我搬进这个院子的时候就有了。不知道是什么时候，由哪两只燕子筑造的。就像我住的这所老房子，不知道是什么时候由谁修建的。我住进了老房子里，而门楣上燕子窝空着。我盼着来两只燕子住进来。这样这座老房子才算客满了。一座乡下的院子，光住了人，还是不够的。一座老房子上的燕子窝空着，就是这座房子还存在着漏洞。

第一年的谷雨时节，一天院子里的吵闹声很大，出来一看是两只燕子。它们先是落在院子上空电线上看，然后又落到院子里晾衣绳上大声地商量。它们说了很多话，听上去是那种激烈的争吵。好像是一只想住下来，另一只不同意。各自说着各自的理由。一只还飞到屋檐下近距离地考察那两个旧燕子窝。

我在心里期待着它俩能达成共识，住在一直空着的燕子窝里。那两个空着的燕子窝悬在我的头顶，出门进门都能看到，我一刻也没有忘记那里应该住着燕子，而燕子窝空着，说明我的生活有缺憾，甚至有漏洞。我虽然坚决地选择了这所宅院，但如果燕子也选择这里，那么我的理由就更充分了。我就更有理了。

燕子的争论持续了两三天，最后还是飞走了。它们不愿意住在我家。我是多么沮丧，这足以构成对我的打击。燕子如果一直没来还好，关键是燕子来了，反复地看了，议论了，然后不住在这里。这说明这里不好，这里有人类看不见的凶险。我很惶恐。我想起一句俗语：燕子不入愁宅。那燕子看见了我心里的忧愁了吗？我把整个院子都污染了吗？因为我的坏情绪，而使整个院子都成了愁宅了吗？那么燕子不住这里，不是宅院的问题，而是我的问题？可是谁没有忧愁呢？

第二年春天，又来了两只燕子，考察了两天，大声地争论了两天，最后还是不在这里住。燕子在考察的时候我还是暗暗地期待着，我有理由期待，因为第二年，我已经做了一系列的补救工作。我找人把院子做了围墙，院子中间种了许多鲜花，我种红色的花、粉色的花、紫色的花、黄色的花……我用这些花表达我的好心情，我在说我是热爱生活的。这个院子里的花园，其实是从我的心里移栽出来的。我还搭了葡萄架、葫芦架、黄瓜架。那葫芦不能吃只能看，种葫芦的目的也是想让燕子知道，你看我有多悠闲，你看这里多安宁，我心情很好。我不忧愁。

我努力取悦燕子，努力营造安静、繁荣、祥和的氛围，但是，它们还是飞走了。我的花园、我的葡萄、我的葫芦架都没能留住燕子。后来我找到了安慰自己的理由：春天的时候，我种的花朵还没有开放，葡萄也刚刚发芽，葫芦还没有开出白花，西侧新盖的房子还没安上门窗，燕子还看不出我为留下它们所做的努力。

今年春天，我已不再盼望。我已认定，这个院子有大问题。我有大问题。但是今年春天，好运就在我绝望的时候突然来了。有一天，天已经黑了，我从老房子屋檐下走过，看见一只燕子嗖地飞进去，我站住，等了一分钟，燕子没再飞出来。

我以此确定燕子住在我家了，因为天黑了，燕子回到哪里就是住在哪里了。第二天我躲在新房子里，偷偷向外看，又找到了一些两只燕子住下来的证据。我很激动，把这个好消息告诉了很多人，同时一直不安的心落下了。我的家终于不是愁宅了。我的所有努力都做对了：葡萄架搭对了，葫芦架搭对了，西侧的厢房也盖对了。燕子终于给予了我肯定。

两只燕子每天都很忙，在捉虫子吃，也可能是维修旧巢。我想仔细看看燕子，但是我不敢冒险，怕它们误会我，以为我要伤害它们。盼了三年才盼来的燕子，它们就是我的吉星，是我看不见的环境安全证明，我哪敢让它们起疑心呢。我总是从窗子后面偷偷地看，拿东西必须从它们的窝巢下面经过，我也要加快脚步，不敢停留。它们好不容易对我满意了，我要好好地表现，让燕子对我的印象更好一些。

此后许多天似乎每天都一样，燕子的故事没有进展，没有起落。时节到了立夏，停滞多日的燕子的故事，终于向前流动了起来。在燕子窝下面的窗台上，我发现了残破的蛋壳。蛋壳很薄，比鸡蛋壳薄多了。鸡蛋壳像粗陶，而燕子蛋壳像细瓷。黄色的蛋液也凝固在水泥台上。这说明这只蛋至少是一天前掉下来的。

也就是故事在一天前就往前推进了，而我没能及时发现。毫无疑问，蛋是从燕子窝里掉出来的，是燕子蛋。确定是燕子蛋后，一个问题出现了：燕子蛋是不小心掉出来的？还是老燕子有意舍弃的？燕子从来不对我解释它们的行为，我就只能猜。依据那只破碎在窗台上的蛋，依据那残破的蛋壳、凝固的蛋液，我像个依据蛛丝马迹破案的侦探，我的推论是这样的：那只掉出摔碎的蛋，是大燕子不要的——因为那是一只石蛋。

什么是石蛋？就是没有受精的蛋。燕子窝里的空间有限，住两只燕子刚好，加上几只蛋，就已经拥挤了。但是再拥挤也要孵小燕子啊，而不能孵出小燕子的蛋，就没有理由在那里占据空间。这只蛋的存在没有意义，这只蛋没有未来。大燕子就把这只没有意义没有未来的石蛋舍弃了。

燕子能知道哪只受精了，哪只没受精吗？据我对燕子的了解，燕子知道。燕子还知道很多。它们的感觉异常敏锐，是人所不能及的。女人自己怀没怀孕，会不知道吗？子宫的血管和全身相连。那里住进去了一个人，女人会不知道吗？家里来了一个客人，主人会不知道吗？受精的燕子蛋，就是燕子的子宫。燕子的子宫在肚子外面。燕子把腹部贴在蛋上，那里面的一切，燕子就都知道了。那些贴着蛋的羽毛，早就把获得的消息告诉了燕子。

蛋里面的小燕子，也一刻不肯消停。很傻的燕子都会知道哪只蛋里有小燕子、哪只里面没有。那只石蛋，要不了几天，就被燕子发觉了，然后就被丢弃了。我仔细检查那些窗台上的蛋液，里面没有哪怕一丝血迹。

至于燕子窝里有几只好蛋，我也不用鬼鬼祟祟地上去数，要不了几天，我就会知道答案。这个秘密燕子是守不住的。当它们一只一只飞出来的时候，我会数数就可以了。也没有等到它们一只一只飞出来，我就数清楚了它们。

十天，或者十五天之后，我听到了一个声音，那不是幼小无力的声音，而是嘎嘎嘎嚣张的大叫声，还此起彼伏的。这说明发出这种声音的不是一个个体，而是人多势众的。我看见大燕子飞回来，燕子窝里就会传出那种呀呀的大叫声。这是小燕子凶恶的叫声。它们在用声音争夺大燕子送来的食物。它们还不能动，连眼睛还没有睁开，这时候它们唯一的争抢工具就是大嘴和大叫。

那叫声很难听，很伤害神经。大燕子快速地飞走又快速地飞回来，就是要平息那凶猛的叫声。我急忙赶过去，数清大燕子当初下了几只蛋的时刻终于到来了。我在大燕子飞回来的时候，站在燕子窝下，看见了三张突然张开的剪刀一样的嘴。两只大燕子不停地往这三张大嘴里输送着昆虫。那么一开始，大燕子一共下了四只蛋。我数小燕子时，回来送食的大燕子警惕地看了我一眼，它还是不信任我。我赶紧说，我只是数一数，我这该死的好奇心，没别的意思。然后我赶紧走了。第二天我从那里路过，又数了一遍。

我在数数的过程中，意外发现了小燕子的凶猛。它们一出生就携带了两样凶器——那让人头晕的叫喊声和张开的剪刀一样的大嘴。

2

电线上的燕子，头都朝着院子里老房子的方向，那是它们曾经的家，也是那三只小燕子的出生地。它们坐在高高的电线上，就那么看着，不肯靠近老房子，也不说话。这期间，有另外一只燕子飞来，落在我家五只燕子的旁边，它只坐了几秒就飞走了。它叫了几声，我家的燕子也叫了几声。那是一只过路的燕子，以为这里有什么好看的，结果就是在看一座老房子，觉得没趣，就飞走了。我家的五只燕子继续坐着，继续看着老房子。

小燕子的初飞我没有看到。当我数完有几张嘴从窝里伸出来要吃的，为我的春天的疑问找到了答案后，我就不去燕子窝那里了。我怕大燕子误会，以为我图谋伤害它们的孩子。这时候的燕子怀疑一切。燕子不会咬人，但是它会紧张。我不想让燕子紧张。它们太累了，整天那么劳累还要面对三只小燕子的凶器，再因为好奇心而让燕子精神紧张，我于心何忍？接下来许多天，我都能听到小燕子凶恶的叫声。它们大喊——给我！给我！给我！大燕子像遇到三个蒙面的劫匪。

大燕子把嘴里的蜻蜓给了其中的一只"劫匪"，心里惦记着没吃到蜻蜓的另外两只"劫匪"。它们心甘情愿地被三个"劫匪"一次次地打劫。我坐在新盖的西厢房里，听着外面小燕子打劫父母的大喊声，知道一切还在继续，小燕子还没有长大。然后我就出差了，等我回来，那种嘶哑的大叫声已经没有了，而在院子上空忽东忽西飞翔的黑影似乎多了。我看见窝巢空空如也。

我紧张起来，我的老房子上面有老鼠，我一直担心老鼠会爬上去。我只离开了不几天，燕子的故事就结束了吗？燕子的故事讲到这里，出现了空白，我得想办法补上。我走后，院子里还有人，这个人是我的儿子。儿子在他幼小的时候，也曾把我洗劫一空。现在他温文尔雅，我可知道他为了吃奶，闭着眼睛大哭大叫有时候还蹬腿尥蹄，不比小燕子好多少。现在，他是燕子的故事的唯一目击者。我说，咱家小燕子呢？他说，它们都飞上天了。我说你真的看见啦？他说看见了。我又问，你看见了几只？他说一共五只，有三只小的。他说他看见五只燕子在屋檐下的电线上、在院子里的晾衣绳上落着。

原来故事没有结束，还有了精彩的情节。世界原本好好的呢，我真是瞎担心，这种世界观要不得，我得改。

在屋檐下，离它们的窝巢不到一米，有一条废弃的有线电视的白色管线横在那里。离这条管线不到三米就是院子里的晾衣绳。小燕子如果练习飞翔的话，这两条线可以帮助小燕子，不会掉到地上。因为掉到地上很危险。小灰（巨型阿拉斯加）的大爪子一下子就能要了小燕子的命。小燕子试飞，刚一出窝会很害怕，这时可以抓住那近在咫尺的电视线，稳定一下，再往三米处的晾衣绳上飞。

稚嫩的翅膀刚刚没了力气，晾衣绳已经到了。这样反复练习几次，就了解自己的翅膀了，等对自己的翅膀有了信心，就可以往高处的电线上飞了。有难度的是飞回来的时候，屋檐下的窝，位置太靠上，屋檐又长，得盘旋一下才能进去。小燕子一开始肯定不会盘旋。我认为盘旋很难，需要技术和熟练。盘旋就是在飞行的时候在空中的停顿、转弯。多亏院子里有晾衣绳，落在晾衣绳上，准备一下再飞到屋檐下的电视线上，然后再进窝。这样就把一个弧线分成了两段直线，难度就降低了。那个一连贯的动作被分解了，就容易掌握了。

我回来的那些天，刚进入伏天，天气非常热。院子里忽然有很多蜻蜓在飞。我还以为蜻蜓都灭绝了呢。蜻蜓出现了，我为燕子高兴，我觉得蜻蜓能比其他昆虫干净好吃。小燕子吃一两只就会饱了。蜻蜓飞得慢，也不扇动翅膀，小燕子抓得到。抓蜻蜓是很有意思的，我小时候的夏天游戏主要是抓蜻蜓。我不吃蜻蜓还整天抓得兴致勃勃，小燕子一边抓蜻蜓玩一边吃饱了，它们应该更喜欢。

我看见它们的时候，从形容大小上我已经不能区分谁是小燕子，谁是燕子爸妈。那个燕子窝，它们五个已经住不下了。住不下没关系，在燕子窝斜上方不到一尺的地方，还有一个空的旧燕子窝。它们五个可以分开住。从紧挨着的位置看，就像一套房子里的两个房间。我猜应该是小燕子住原来的窝，两只大燕子住旁边的窝。两个窝离得很近，有个什么情况可以互相照应。如果我是燕子，我就会这样安排。但是，我不是燕子，燕子也不是我。燕子的安排和我的安排出入很大。它们对生活的态度值得我学习，也值得大家学习。

一天我到老房子的窗台上找一根钉子。那窗台上不光有钉子，还有钥匙、锁头、螺丝刀……那里是我的五金店。我要找这类东西，到老房子的窗台上总会找到。可我的窗台，上面的东西是随便丢在那里的，找到要找的东西并不容易，有时得花点时间，并且需要集中精神。我低头仔细寻找，心里想着钉子，这时我感到有一股气流从头发梢上过去。我抬头一看，一只燕子落在了窗子上方。那里竟然有个刚建的新巢，泥还是湿的。

这个巢已经初具规模，应该就剩收尾工作了。而离这个新巢不到三十厘米，还有一个正在建设的新巢。这个巢只建到一半。它们依托的是我去年用塑料封窗子时钉在窗子上方的一段木条。它们竟然在这里大兴土木，一起建了两座住宅。燕子看见我，很惊慌，快速飞走了。好像建新巢得偷偷摸摸地进行。燕子也觉得建房子应该由我审批一下吗？既然我不知道，那么燕子的建筑应该算违章建筑。但是燕子的建筑不是违章建筑，因为老房子是有房照的，那么建在老房子屋檐下的燕子窝应该是合法建筑。

  这是个重大发现。比发现石蛋还让我意外。这么重大的事，我才知道。人家的新巢几乎建完了。这段时间我对燕子的关注度不够。自从小燕子不那么大叫，能自己飞了，我就不再每天观察燕子。我觉得它们已经长大了，每天飞出去找吃的，然后飞回来睡觉。空中飞着它们的食物，屋檐下有现成的鸟窝，什么都不缺，它们一家五口一起过着幸福的生活。

  什么都不用我操心了，我也真帮不上什么忙。想不到它们不安于过我为它们想好的幸福生活。它们在我不注意的时候，已经制造出了这么大的起伏和波澜。燕子的思路和我的思路一直没有重合过。那么一个很大的问题我就没法绕过去了：旧巢还好好的，它们为什么要建新巢？它们刚来的时候为什么不建？燕子的生活对于我来说就是一道复杂的数学题，不是一步就可求出最后的解。

  当冬瓜咕咚一声掉到地上，我已经意识到我对我的院子里的植物和动物都没有掌控力。没有谁按照我思想的道路走。我并不能主宰这里的事物。这里的一切都按照自己的意愿在行动。此刻燕子的行为，已经在我眼里心里都成了谜语。我不想学英语，不想学日语，我想学燕子语。我想知道它们为什么这样做。光靠猜测我已经不能准确地把握这个院子了。我也想和那只冬瓜交流一下，这里就藏着这个世界的奥秘，只会人的语言是远远不够的。世界的大部分我是陌生的，甚至是看不见的。

  虽然我不懂燕子的语言，我还是要尽力解读它们：两只大燕子春天来，住在了旧巢里，那是因为母燕子急着下蛋。它们没有时间建一个新巢。下蛋之后就更不能建巢了，它们的工作重点是孵蛋。等小燕子孵出来，工作重心是喂养小燕子，然后是小燕子学飞、学捉虫，这些时候，燕子都没条件建新巢。从小燕子长大后，它们建新巢这件事，可以知道，燕子对旧巢是不满意的。现在，小燕子长大了，有了劳动能力，五只燕子干起活来会很快的。我不知道盖新房子的决定是谁提出的，应该是大燕子吧。它们今年建好了，明年春天来时就不用建了。来了就可以直接下蛋了。趁着现在是雨季，水和泥土好找，人手又多，天又长，时间充裕，还可教会小燕子筑巢。

明年它们还会来的。新巢都筑好了，说明它们有了长远打算。明年会来两窝燕子，每一窝孵三只小鸟，两窝加上老燕子，一共是十一只燕子，那我的院子可就热闹了。院子里都是飞翔的翅膀，气流是欢畅的，一切忧烦都没有地方降落。

我不再关注它们了。连明年它们还会来，都被我洞悉了，我彻底放心了。那个建了三分之一的新巢会很快建好的。五张衔泥球的嘴一起上阵，那点活不愁。

3

转眼就是中伏了，这也是一年中的雨季。到了雨季这里就下雨了。下了小雨，下了中雨，下了大雨，有一天下了暴雨。下小雨下中雨的时候，世界还是原来的样子，仅仅是城市和乡村都被淋湿了；下大雨下暴雨的时候，这里就天下大乱了。

首先是南面不远处的城市，雨水滞留在城市的大街小巷，大街小巷满了，就进了居民的家。低洼的地方，雨水已经顺着楼梯上楼了，进了二楼的家了。没有谁家欢迎雨水来到家里，但是雨水没有地方去，它们该去的地方道路堵塞了。雨水有些像滞留在机场、火车站、汽车站的旅客。旅客谁愿意滞留呢，谁不希望快点到自己想去的地方去呢？因此，雨水进了居民的家并不是雨水爱去你家，它是没办法啊。城市的水泥挡住了雨水回到泥土里的道路，而城里人留给雨水回家的道路又是那么窄，而需要回到泥土的雨水又是那么多。

城市不能下暴雨，城市处理不了暴雨。一座城市就是一个不会游泳的人。乡村除了道路，还保留了大片的土地。泥土可真是个好东西。平时你不觉得，到了下雨的时候，到了下暴雨的时候，泥土的好就明显了。我的院子，暴雨之后，地面没有积水。院子里那片四四方方的菜地，把暴雨都接住，并且送到泥土深处去了。

我到大街上看了看，路面没有积水，玉米地里也没有积水，白菜地里也没有积水。原来，泥土和泥土之间悄悄地留着我们看不见的缝隙呢。这样的缝隙无法计数，多大的雨，都从那缝隙里走了。那么大地本来是一张网，它为雨水留着无数的通道。这些通道在天晴的时候，也把地下的水蒸发到天上去，形成云，云再形成雨，雨落到地上，流到下面去。这是水的生命路线。

这个路线不能堵塞，大地上要尽量少地铺水泥。水泥之间没有缝隙，水泥不是网，水泥阻挡了水的道路。

我住的村子暴雨过后，什么事也没有。可是村干部说有事。在村子的上游，有五座水库，暴雨之后，水库的水已经满了，满到就要溢出来了。如果大雨接着下，五座水库就要同时溃堤。五座水库，那是多少水？大片的农田也吸收不了它们。农田只能吸收雨水。而水库里的水，已经不是雨水了。雨水是从天上直接来的，而水库里的水，经过了水库的存储，性质变了。比如农民，在家里种田，就是农民，而成千上万地集合起来，打家劫舍，那就是土匪了。而水库里的水，就是组织起来的水，就是要作祸的水。

面对这样的水，谁也没有办法，只有躲避，我被通知撤离到地势较高的太平村去。

乡村不怕大雨，不怕暴雨，不怕水从天上均匀地洒下来，但是怕五座水库决堤，怕水横着在地上流。横着在地上流淌的大水，它们的方向是向前，而不是从上到下。它们人多势众，长期被囚禁，心情很不好。它们一旦冲破水库的牢笼，不破坏些什么是不能消气的。在这样的大水到来之前，政府通知水库下游的村子、集镇，都要转移。我就在水库的下游。我也得转移。我带上电脑和银行卡转移了。

小灰我也是要带着的。可小灰怎么也不肯上车，它不肯转移，它不理解水库，不懂水库的水为什么不在水库里好好待着，到它的家里干什么。我试图说服小灰，和它描述五座水库同时决口的景象。我想把一盆水从它的头上倒下去，又觉得这样做它也不会懂，只能留下小灰。院子里有十多棵二十岁龄的榆树，还有两座房子的房脊可供它栖息。旧房子土木结构，来水就会倒的，不来大水它都要倒了。

但是去年盖的新房子不会倒。小灰虽然不懂我描述的洪水，但洪水真的来了，它可比人有办法。除了小灰，我还有九只鸡，不准备带走了。两只白色的乌鸡，两只黑色的乌鸡，剩下的就是红色黄色的鸡了。有一只母鸡已经下蛋了。从春天就开始一直到现在，它保持着一天一个蛋的良好状态。洪水来了，那是养在水库里的怪兽，我想我不能把什么都带走，而不留下一点供奉和牺牲。

  太平村人家这名字好啊，太平村成了这片地方的诺亚方舟。天黑了，没有人睡觉。大家说，水库为什么在大雨之前不放水，把库容预留好，等大雨暴雨来了，世界的水已经够多了，水库又要放水，这能不淹吗？后半夜，雨停了，没有继续下。第二天早上，太阳竟然出来了。水库看来没有溃坝，那任性的在地上横扫一切的洪水没有出来。它们还在水库的牢笼里好好地锁着呢。早上，我往家赶。我只离开家一宿，仿佛离开了一世。小灰早就听到了我的脚步声，从大门的门缝看见我回来了，高兴得又蹦又转圈。院子里一切和我昨天走时一样。没有水流从院子里经过。地上只是湿了，没有存水。那么大的雨，地上没有积水。这土地的渗透能力真强啊。

  我知道我的小鸡也不会少的。走时留给了它们足够的食物。果然都好好的呢。那只大母鸡甚至还下了一个蛋。大雨和暴雨并没有让小鸡害怕。它们经过风雨见过世面，下个雨有什么奇怪的。它们不知道悬在头顶的水库，就算告诉它们，也不懂水库是什么。我走时为了劝小灰上车，我和小灰说了水库，说了溃坝，但是小灰不上车。

  小灰不上车，说明小灰不懂水库和溃坝。只有人懂水库，因为水库是人修建的。我并不是虚惊一场，而是侥幸逃过一劫。在这场大雨之后，南面的那个城市损失惨重，无数的汽车被水淹了报废了。更南的一个小城，大水带走了几十人的生命。原来大水不要小鸡，它要活人啊！在这样的灾难里，我连一只小鸡也没有损失，甚至都没有影响母鸡下蛋。小灰坚决不走，可能也是因为它感觉到了危险不会到来？

  我自己跑了，把狗留在了危险中，我感到愧对它，就在回来时给它买了蛋糕。它不爱吃肉，爱吃甜食，尤爱槽子糕。我买了槽子糕给它吃，又赶紧给小鸡准备吃的。小鸡吃玉米面和白菜。我爱喂鸡，爱看一群生灵因为我的努力而能活着。我尽可能让它们吃得好一些。我给它们放好食物和水之后，我都不马上离开，我看着它们吃食，然后努力辨认，它们谁是公鸡，谁是母鸡。除去年的两只，一只公鸡、一只母鸡已经尘埃落定，并且那母鸡已经下蛋了，公鸡打鸣了，而今年新养的七只小鸡，谁是公鸡、谁是母鸡，它们中间的界限我总也划不清晰。它们似乎也是故意和我周旋，制造谜团。或者这是那些公鸡的策略。它们不愿意过早暴露身份。因为一到冬天，公鸡就要被杀了。

　　天彻底晴了。雨不再下了。小雨也不下了。大地已经像一个喝了太多酒的人，需要太阳出来帮助泥土，把多余的水分吸走。日子继续。土豆应该起出来了。然后好种上白菜。头伏萝卜二伏菜。现在是二伏了。但是地里的土太湿了，得等一两天。这一两天我移栽花草。在别人家挖了一些马蛇菜花，栽到院子里，又偷偷在人家大门外薅了一把秋菊，回家栽上。面瓜秧子已经快要萎死了，补种上黄瓜。总之，你要愿意干活，一个农家院子，有干不完的活。

　　等土干了，土豆起出来了，装在纸箱子里存放到仓房里，连白菜都种上了，甚至白菜都长出来了，我忽然想到一个事儿——燕子呢？这些天怎么没有看见燕子？没有听见燕子？

4

　　燕子走了。五只燕子一起离开了我的家，离开了它们的家！这个结论是发现燕子离开后的第三天晚上做出的。我站在屋檐下，头顶着四个空巢。南天的天蝎座照耀着空巢，而我的心，被困惑包裹着，漆黑一团。已经三天了，燕子在天黑后没有回家。燕子和我不一样。我三天不回家，那是出差了，到别的地方开会，完了就回来了。燕子三天不回家，那不是燕子出差了，也不是燕子开会去了，而是搬家了，彻底不回来了。燕子也开会，商量个事，它们不会跑很远的地方。它们一般白天开会，开会的地点离家不远，开完会就各自回家了。天还没黑呢。

　　在我冒雨撤离乌喇街的时候，燕子也撤离了。我是村长通知的，燕子是谁通知的？我撤离到了太平村，燕子撤离到了哪里？太阳出来了，我回来了，燕子为什么不回来？它们飞到上游看到水库里那满满的颤巍巍的水了吗？从上空往下看，那五座水库，已经像五只装得太满的水杯，大地的手已经端不稳它们了吗？

这是燕子留给我的最后一个谜题。从春天开始，我跟随在燕子身后一路捡拾燕子抛给我的谜题。我在猜谜的时候心里是多么愉快啊！那只石蛋、有几只小燕子、为什么建新巢……这些问题多好猜啊！这些谜语就像河水中的石头，我踩着它们，一步一步过了河，走到了燕子身边，和燕子成了一家人。我以为我已认识了燕子，理解了燕子，掌握了燕子。但是，燕子就在我最自信的时候，突然抛出了最后一个谜题，呈现出它们从来不曾示人的部分。燕子给了我沉重的打击，我不知道谜底，连通往答案的路径都找不到了。

找不到我也得找。燕子的离去和水灾有关，和我也有关。我一定是无意间做错了什么。我在院子里转圈，在燕子的老巢、新巢的下面久久停留。我仰视它们留下的空巢，似乎那里装着答案。我踩着凳子，把头伸到和燕子窝一样的高度，把四个燕子窝都看了一遍。哪一个窝里燕子也没有给我留下说明去向和离开原因的书信。

几天之后，我终于找到了可疑的东西。老房子西侧的窗台上，有一个菜板，菜板上放着一把切菜刀。这是给院子里养的鸡切青草和白菜用的。小鸡喜欢吃蔬菜，但是得切碎才吃得进去。燕子新巢在窗子上方，菜刀在下面的窗台上，它们两者之间的距离非常近，不到两米。

而且切菜刀并不是老老实实躺在切菜板上，每天早晚，切菜刀都要切菜，来帮助小鸡消化巨大的菜叶和青草。刀把白菜切碎的过程就是杀戮的过程。这个过程发出的声音在燕子听来很恐怖吧？刀切菜的样子也很凶恶吧？切菜刀切碎蔬菜的场面很血腥吧？关键是这可怕的声音和这凶恶的现场，就在离燕子窝不到两米的地方，并且天天上演。

我努力回想，这把切菜刀是什么时候放在那里的。春天的时候肯定没有，应该是初夏，白菜和青草长大需要切碎的时候。是不是在放了刀之后，燕子就放弃了它们建了一半的新巢，搬走了？虽然我记不起准确的时间，但我感到燕子害怕刀，更害怕刀切菜的样子和声音。应该是燕子建新巢的时候，那把刀还没放到窗台上，当它们的巢快建完的时候，那把刀才来到了它们新家的下面。

于是那血腥的场面每天给燕子上演，燕子的神经受不了了。燕子担心那刀哪天也会切到它们的身体上，于是燕子害怕了，决定放弃这个家，远走高飞。找个安全的地方，找个没有菜刀的地方。而就在那几天也下雨了，并发了洪水。

儿子二十岁了。他和我之间有代沟。这个代沟多宽呢？有三十年那么宽。我们总是发生冲突，对世界的看法很不一致。我们站在不同的时间点上看世界的角度是完全不同的。他看见的我看不见，我看见的他看不见。他认为我已经老了，跟不上人类前进的车轮，我认为他基本上还没有进入人类社会的秩序里面去。

我们住在一个屋檐下，却生活在不同的时间里、不同的秩序里。儿子不想和我吵架，他想和我和平共处，他四处寻找导致我们不和的原因，不久他就找到了。他拿着厨房菜板上的切菜刀对我说，妈，刀用完要收起来，不能这样放在外面。他说刀会导致住在这个屋子里的人发生冲突。他说如果刀收到碗柜里，他的情绪就会平稳下来，不会动不动就发脾气。我猛然感到儿子关于刀的认识有些道理，但是我记不住，多年的坏习惯我一时改不了，刀还是经常躺在光天化日之下。儿子看到了，总是把刀收起来。

窗台上的那把刀，大摇大摆的，白天被太阳照耀着，晚上沐浴着月光，刀吸纳日月精华，在我疏忽的时候已经成精了？那把成精的刀，能那么老实地待在菜板上吗？天黑了后，它一定发出了什么声音，吓到了燕子。那刀在月光下可能还跳起舞来了，舞姿怪异邪恶，变幻出各种样子，故意吓唬燕子。燕子快要被吓死了。

一把刀会如此影响儿子的情绪，那么刀也会影响燕子的情绪。燕子无力把刀收起来，它只能选择离开刀的领地。

现在是下午，太阳走到西厢房的屋脊上面。丝状云从西向东铺在天上，像一碗泼洒了的甩袖汤。五只燕子坐在院子上空的电线上。头对着院子里的老房子。老房子坐北朝南，燕子坐南朝北。它们面对面对视着。我忽然感到老房子和燕子之间是能交流的。它们互相懂得。它们的语言我听不见，听不懂。现在，它们就在说话。燕子告诉老房子，它们搬到了哪里。至于搬走的原因，老房子是知道的。

我现在明白了，燕子回来，为什么落在高高的电线上，而不肯落到院子里的晾衣绳上。它们是和那把窗台上的刀保持安全的距离。它们想念老房子，想念旧巢，就飞回来看看。

几分钟后，当五只燕子一起飞走的时候，我的心并没有一下子空了。我从它们选择的位置，清晰地知道，它们只是回来看看过去的家，而不是回家来了。我的心是安宁的，因为我终于知道，它们还活着，找到了住处。这是我最后的疑问，它们今天给了我答案。这是最好的结局了。它们回来看过去的家，我恰好也在院子里，它们也看到我了吧？我如此牵挂它们，它们怎么会不知道呢？

发现它们走了之后，我困惑它们为什么搬走了？去了哪里？我做错了什么？而这些和它们的安危比起来，都是次要的。我最想知道的是它们还活着吗，这里的天空是有鹰隼的。鹰张开翅膀从我的头顶像滑翔机一样慢慢地飞过去。鹰霸占着这里的天空，而燕子是在鹰的翅膀的空隙里求生存。而它们五个把所有的灾难都躲过了，现在，它们都好好的，小燕子和大燕子已经长得一般大小了。它们学会了筑巢，学会了躲避危险，学会了在什么情况下搬家。它们都很强壮、聪慧。在灾难重生的人间，机警地活着。

可是，事情还没有完。当我以为所有的谜题都找到了答案，可以把这页翻过去的时候，关于燕子的最后一个谜题出现了。

一个月后，和后街的一个女人闲说话，我说到了燕子，我说我家的燕子走了。她马上惊讶地说，她家的燕子也走了。她又补充说，还没到走的时候啊。我说你知道燕子为什么走了吗？她说不知道。我说你家燕子窝下面的窗台上有一把刀吗，她说没有啊。

我的心忽然沉下去了。是不是整个村子的燕子都走了？我的燕子离开我，那把切菜刀只是原因之一，还有另外的原因隐藏在这个村子的空气里，人类的肉眼不能看见，但是燕子看见了。

这个问题我不想要答案了。我也无处得到答案。我忽然感到很累，对于猜谜失去了兴致。这是一件多可怕的事情啊。我宁愿相信，只有我家的燕子走了，只有我家出了问题，而不是整个村庄出了问题，整个村庄的燕子都走了。

2017年10月于乌喇街
选自《黄河文学》2018年第1期

评鉴与感悟

乡下院子,不单单是人的空间。神灵的殿堂明显是人的想象,虫鸟草木也往往不请自到。看似散乱的事物,往往寓意着自然的法则。几只燕子的到来,为格致的世界增添了起伏和波澜。甚至母子之间的代沟,都和玄鸟发生了微妙的关联。"他看见的我看不见,我看见的他看不见。""我们住在一个屋檐下,却生活在不同的时间里,不同的秩序里。"此刻,玄鸟不再是一只鸟,更是理解村庄、理解人世的一条通道。

谣俗

下雪了,我就回来

/帕蒂古丽

我对大梁坡说,下雪了,我就回来。似乎大梁坡冬天的雪,能够为我积蓄生命能量,似乎雪下得有多厚,我的能量就有多足。没等下雪我就回到了大梁坡,固执地等着跟村里的人一起迎接今年第一场雪。也许是故乡疼顾我,怕我冻着,进了十二月还不肯下雪。

天不亮,窗纱上隐隐约约有一层白色的碎花在飘动,我担心自己又在做梦。我总是梦见下雪了,一次次拉开窗帘,一次次失望过后,再梦见下雪,总是忐忑犹豫,不敢拉开窗帘。

我裹上围巾和棉衣,拉开门,地上白蒙蒙的,空气里有股雪花的寒香。下意识地蹲下去摸了一把地,湿冷的沙子和雪混合在一起的粗硬颗粒感,这是古尔班通古特沙漠边缘雪的质感。一直等待的雪,趁着我睡着,悄悄落满了我的院子,我的房顶,我的老河坝,我的大梁坡。

我跑出院门,在村道上飞奔,去看雪中的村庄。彻骨的寒冷,会让人调动身上所有的热能去应对,仿佛漫长的冬季背后有一种彻骨的力量在支撑着,奔走在大梁坡的雪地上,脚步总是那么有力。

1 雪变成满天的鸽子

天色在随着我的脚步渐渐亮起来,大雪中,我闻到了东北风吹过来的汽油味，接着看见东边阿哈提家的灯光。如果在过去，谁家一早要出门，一定先听见驴叫跟人声。起太早，驴嫌人吵醒了它的瞌睡跟人对抗的声音、人用道理驯服驴的声音搅和在一起，从风里滚过来，滚到醒来的人家院子里。这像是扔进东风里的声音包裹，你用耳朵打开就可以了解东边院子里发生了什么。你可以检查一下自己家的茶盐酱醋剩下多少，够不够坚持到下一次有人套驴车出门，决定自己是不是搭着谁家一早套好的毛驴车，去镇子里或者144团部、红旗农场买一点家里短缺的东西。现在阿哈提没有了驴，有家用小汽车了，给汽车加油的味道传过来，你根本无法判断他今天要去哪里。因为汽车一天可以跑很远，跑到乌鲁木齐、奎屯、独山子、克拉玛依再回来。人的耳朵和鼻子判断能力，没有毛驴车时代那么管用了，狗的判断能力也没有过去管用了，追着铲车、拖拉机、拾棉机死咬，惹人笑话。好在狗的嗅觉还是那么发达，能闻到村子里谁家宰羊宰牛，也仍然能闻到生人的气味，拽住裤腿不让动弹，弄得想在大梁坡顺手牵羊的人红着脖子根离开。

泽乃提罕家窗户的灯一闪一闪，似乎是开了电视，她是个倔强的孤老婆子。夏天我去看过她，送她两块做裙子的布料。她怀疑我给其他女人一块，给了她两块，是不是认为她穷，考虑要把一块退还给我，好保全自尊，尽管很不富有，她还是想活得体体面面。

阿哈提的小汽车朝西边开走了，没有人知道大雪天他要去哪里。泽乃提罕在这个村里很少出门，孤身一人守在屋子里，守着大梁坡。她的电视屏幕黑明都亮着，她的眼睛除了用来看电视，就是用来看大梁坡。她死之前不会离开大梁坡，死了也不离开。她拜托邻居，如果她先走了，就让邻居把她埋了；如果邻居先走了，她让邻居的家人把她埋了。她在黎明的黑暗里一闪一闪的窗户，其实比电视屏幕大不了多少，她的世界也就一个电视屏幕加一个窗户那么大。她很知足，在她眼里，大梁坡前面带着个"大"字，证明这是个大地方，而且是个可以完全交托自己生前身后事的大地方。

阿哈提家的灯黑了以后，图拉訇家的灯亮了两间屋子，估计是他妻子收拾着要去镇里食堂打工。为了不让狗跟鸽子抢食，邻居图拉訇把家里的大白狗和一窝狗崽药死了。现在他家院子里没有了他呵斥的狗对象，本来走路都看着天的图拉匋,更加不用看地了,初冬地上完全没有了他要看的东西。他每天天不亮就站在门口的空地上,抬起头看天上的鸽子。有时候天上什么也没有,他也一动不动昂头看着天。图拉匋为了看天,从来不戴帽子,以免抬头的时候帽子掉下来耽误他看天,一到冬天他的耳轮总是黑红的,像是被严寒给烤焦了。

雪从天上扯下一道道白纱,我满身披着白纱往回走,看见图拉匋又站在门口习惯性地抬头看着天,大雪也没有网住他执拗的视线。我也学着像图拉匋昂起头看天,天上的雪变成满天的鸽子,向我飞过来。

2 消失的人物

冬天,大梁坡的人们都和我一样生炉子、做饭、扫地、洗衣服,除此之外,男人们忙着喝酒、挣钱、追女人,女人们忙着结婚、生孩子、办满月酒。我相信,他们还有我看不到的内心生活,比我看到的和搬到纸面上的更彻底。

傍晚,我喜欢坐在炕上看村庄,从窗户里远远地看过去,新添几朵的路灯围着种棉花的大坑耀眼地开着,村庄像一本打开的书。大梁坡的人物就适合住在村子里看,他们一旦进到了我的书里,从此就从我的现实世界里消失了,被我用薄薄的纸张埋在了书里,再也出不来了。

我在村里再见到我写过的某个人,会有一种悲哀,我不愿意承认这个人就是我写进书里的那个人。我写的喀里喀孜,有着帅气的外貌,夏天我在他家见到他时,他抱着孙子出来迎我,人已经老得找不到一丝过去的模样,蓬头乱发,胡子拉碴,他还用少年时候的那样热烈眼神看我,却没有了那时的单纯无邪,比我早年见到的他父亲还要衰老。如果夜里见到他,我一定认为是他父亲苍老的幽灵。

有时候,我后悔把大梁坡的人们写进我的书里,他们被我锁在陌生化的描述里,再看到现实中的他们,反倒让我生疑。在村委会门口碰到童年伙伴小石头,他见面跟我握了个手,这个成人化的举动,一下子让我向童年记忆里那个顽皮的小石头告别了。他和我的手握到一起的刹那,我就把他和笔下的那个小石头彻底断开了,把他和我的童年断开了,我只认识记忆里那个小石头,不认识眼前的这个人。我有一种犯罪感,仿佛我把他俩其中的一个杀死在了我的文字里。文字是我给童年记忆修建的牢狱，进入我文字里的都成为我的囚徒，他们被我判了无期徒刑，一辈子不得离开我为他们铸造的牢笼。

清早，打开手机，锁屏图是一只艳红的沙发，旁边的矮柜上摆着三个银质的烛台。我这间屋里没有沙发，只有几只高低不一的旧木凳，是用来踩脚上炕的。我端坐在土炕上的炕桌前打字，屋子里没有通网络，我感觉被这个村子扔在了尾巴根上。隔了三十多年后回来，村子里总有一些东西，是我无法追赶上的。

我出了门，朝尚在熟睡中的白蒙蒙的村庄走去，想趁着早上村庄还没有苏醒过来，一个人安静地走走，复活一些过去的记忆。空气中有股干草的甜香，仔细闻，有种淡淡的草药味道，可能是艾蒿上下了雪，被晨曦一照有股艾香。村子四周房子顶上落着雪，有一种威严感，仿佛一个城堡，联合起来护卫着什么，一副提防着谁的架势。

一个人偷偷走过村子最东头，就像小时候边走路边捡柴火和牛粪那样，我躬下身在路口捡了一段谁家丢弃的拴过羊的麻绳，我抖掉绳子上的雪，绳子一股羊骚味，已经被拉扯成了一团乱麻。我多年没有看到过麻绳了，城市里的麻都用来做衣料了，只有在农村，麻才被拧成拴牲口的绳子。哈萨克邻居玛泰出来倒尿盆，撞见我匆匆招呼了一声，急忙隐到白刺墙后面去了。

我绕到哈斯木的旧房子门前，哈斯木家的那棵树还是老样子，我记得本来是两棵，不知什么时候少了一棵。哈斯木家门前的大坑是不是原来那个，我有点记不清了，拼命回忆，也想不起来这个位置曾经是什么，是亚森家的后窗？亚森每天等我从学校回来，经过他家后窗时，用左手的食指和拇指圈成一个圈，再让右手的食指不断从左手的圈里穿进穿出，那是一个在大梁坡小孩子都懂的动作。

我沉浸在那个带给我早期启蒙动作的回味里，突然有人打开哈斯木家旧房子的门出来，把我恢复的旧时记忆撞开了一道口子。道莱提罕大婶要生炉子烧火了，在院子里取柴火、铲煤，她朝大坑这边伸长了脖子，我赶紧背过脸往回走，生怕她奇怪我大清早站在大坑边上发呆，幸好大坑里积着的是雪，不是水，不然我恐怕像个要投水自尽的人。我绕回到原来的路上，把一串串可疑的脚印留在了雪地上。

清早不赶羊、不赶牛，一个人在村路上空着趟逛游，总有点形迹可疑，我有点忌惮拖着的那团麻绳。我穿着大棉袄、扎着布围巾、穿着棉拖鞋的样子，很可能像个贼，平时见了我老远就摇尾巴的阿哈提家的狗，一个劲地冲着我狂吠。人们睡着的时候，把村庄交给了狗，清早大梁坡的狗知道人们起得晚，仍然尽职尽责看管着整个村子。我只想去散散步，偷窥一眼苏醒前的村庄，没想到要乘机拿什么东西，走了一圈，无意间竟提了一段没用的麻绳回来。麻绳潜意识里似乎跟线索这样的字眼有关系，我是想寻找一些记忆的线索罢了。这根记忆线索可真的够粗够长，断断续续，纵横交错，盘根错结。

路边肉孜穹家的房子，夏天我来的时候，还有一些残墙，现在被推土机推成了一堆土，像一个坟墓的样子。本来看家护院的高高大大的白刺，如今戳在土堆上不肯倒下，它还不知道，主人早已经不在了，不需要它了。这傻傻的植物，多少年过去了，仍然偃乎乎地挺在废墟的积雪上。

天色亮了，空气飘散着牲牛羊反刍了一夜的草料的气息。我回到炕桌前，开始反刍清早在村里偷窥到的一切。我用笔将好几个熟悉的人物，从现实中拉进我文字的牢狱里。对于大梁坡，我不仅是个文学小偷，可能罪行比这要严重得多，不知道被我关进书里的那些大梁坡人，会不会宽恕我。

3 父亲的车架子

父亲的车架子，是由榆木做骨架支撑起来的。这个车架子使光了大黑驴的力气，使光了父亲的力气，也使光了它自己的力气，跟父亲一起躺下了。父亲躺进了墓地，他的车架子现在躺回了房子西北角，那是父亲过去最喜欢躺在车架子上睡午觉的位置。夏季在自然风吹拂下，父亲把车架子当成他的木床，土墙的阴影长长地伸过来，像一块灰色的毛巾被一样盖在父亲身上。

穷困的年月，驴车是父亲载着我们渡苦海的方舟，承载过我们全家七口人的生活。它拉过庄稼的种子，地里的收成，过冬的煤、柴火、白菜、土豆、大葱，有一年夏秋之交，还拉过半车苹果。

那个正午，父亲把车赶到柳毛湾，卸了车让毛驴休息，我跟父亲坐在车架子上，等着看苹果园子的人来开门。我们等了很久，父亲心情很好，坐在车架子上卷莫合烟，眼睛时不时地瞟一眼路口。父亲似乎很有把握，看园子的人会从那边路口走过来。

我问了父亲好几遍："看园子的人什么时候来啊？"

"看园子的人吃午饭去了，吃完饭就会来开门。"父亲等得很耐心。

我想，看苹果园子的人，可能是这个世界上吃饭最慢的人，要么他没有牙，要么他是数着米粒吃饭的。

"爹爹，我猜你小时候也很喜欢吃苹果。"

"小时候喜欢吃，现在牙不好。"父亲龇了龇满口的金牙。

我怀疑父亲镶了金牙，就尝不出苹果的味道了，不过这没关系，我吃了以后可以告诉他。想到吃苹果，我咽了口涎水。

其实我没记住那天有没有等到苹果园子开门，也没记住有没有吃到苹果，只记住了跟父亲坐在车架子上乘阴凉，父亲抽着莫合烟，我闻着太阳晒出路边树叶甘涩的香气和风中的苹果味，听父亲说话。他一说话，下巴上的胡茬儿就在树叶漏下来的光斑里一闪一闪。那胡子是早上新剃过的，从父亲脸上薄薄的一层皮里，探出一层断了的钢针一样的青楂子。父亲什么都可以瞒，剃胡子他没法瞒着我。家里只有一面穿衣镜，就挂在里屋，那镜子是我和他一起坐着毛驴车，从144团团部商店买来的，上半边画着天安门，下半边写着"战无不胜的毛泽东思想万岁万岁万万岁"。父亲对着没有画和字的镜子两边，左顾右看地剃胡子，我就知道这天必然有好事情，无论如何都得跟定他，不能让他偷偷把我给甩了。

给父亲送埋的那一天，从路上赶来的我看到他的胡子没有剃。他似乎下意识地担心自己剃了胡子，家里就会有人一直跟着他。一辈子唯独这一次，他知道要防着我们了。父亲那天套上赶着那辆榆木做的驴车去医院看病，再也没有回来。他断气的时候，我在千里之外的噩梦里挣扎。

父亲去世以后，我们谁都不敢轻易去碰那个车架子，仿佛那是他的骨架。在老房子的地基上造好了新房子后，还是让它躺回原地。有时候见它淋在雨里，想用塑料盖起来，转而想想，塑料不是白的就是黑的，也就让它那么淋着。晴天，太阳在东南边的时候，它在西墙根的阴凉里，让我想起跟父亲等苹果园子开门的那个正午。太阳转到了西面，它就在太阳下晒着，就像那次跟父亲去野地里挖柴火，中午累了，周围没有阴凉，父亲晒着大太阳，倒头睡在车架子上打呼噜，我守在父亲挖好的柴火旁，时间仿佛停止了，只有戈壁滩上的流沙在流，旋风在旋。

父亲在戈壁滩上的那个午觉睡得可真够长的，比等待那个开苹果园子门的人时间还长，似乎永远也等不到他醒过来。没想到，有一天父亲真的会以这样的方式离开我，一觉睡到再也起不来。现在想想，戈壁滩上父亲睡在车架子上那次，还有坐在车架子上等苹果园子开门那次，比起他现在睡在墓地里，是多么短暂的时光。

现在，父亲的车架子躺在他喜欢睡觉的位置，上面盖着厚厚一层雪，像父亲盖了一床白色的被子躺在那里一动不动。

4 彩虹发辫

我家窗户根下的大坑斜对面，土坡上被一团芦苇和树木围着的，是古丽尼莎家的老房子，芦苇摇晃着沉甸甸、毛茸茸的缨子，像一群黄头发的孩子在风里奔跑。每次我有干不了的泥巴活儿，对着大坑那边喊一声，古丽尼莎应声就到了。她飞奔过来，那天，替我用河坝边的淄泥墁好了裂缝的火墙，把柴草和枯树枝折断，放进煤炉，忙着点火。

我在一屋子的柴草烟火气里感叹："我终于回到大梁坡了。"

"理所当然要回来，这是你和父母唯一一起生活过的地方。"她忙着往炉子里燃烧起来的柴火上添上碎煤。

世界那么大，只有这片土地上，才会浮现我父母的影子，那影子是我看熟了的他们劳作或劳作回来，在屋子里像我现在一样烧炉子加煤，在院子里喂牛饮驴、喂羊喂鸡的身影。

我站在院子里梳头，问古丽尼莎，还记不记得，小时候揪着小辫对着彩虹说："我的头发快点长，长得像彩虹那么粗那么长！"

古丽尼莎神秘地笑了，"这是我奶奶告诉我的，她说这样头发一夜之间，就会长得像彩虹那么粗那么长。"

她拉开掩在头巾下的两根长辫子，"很久没有玩'彩虹发辫'的游戏，头发明显的稀少了。"

"我的头发都少了一半。"我捏起薄薄的头发给她看。

"我们再试一试那个游戏，说不定还灵。"她像小时候那样，大眼睛里闪着央求的目光注视着我。

古丽尼莎帮我梳了两根辫子，"辫了头发不会再被野风吹散，也不会被大风拔走。"我看到自己地上的影子，瘦瘦小小的，仿佛回到了童年。

古丽尼莎收起梳子上缠绕着的头发，"掉了的头发埋在家门口的树根下面，这样你的头发就会像树一样越长越密实。拾不回来的那些头发没有了根，就再不会长了。"

我一根根捡拾起地上的头发，跟梳子上的头发合起来，绕成一小团，突然想起几十年来散落在南方的头发，那些没有了根的头发永远不再长了。我把那一小团头发埋在李子树下，古丽尼莎又在土上面浇了一桶井水，李子树密实的根，紧紧抓住土不放。

尽管天上没有彩虹，我心里有个稚嫩的声音在说："我的头发快点长，长得像天上的彩虹那么粗那么长！"

真想跟古丽尼莎一起，再回到那条童年的彩虹下，向着天空乞求，赐我满头发辫，像天上的彩虹一样。

5 火热的炕

我们家橡皮红的新房子，是旧房子的废墟垫底盖起来的，整栋房子向南都是窗户，看过去像一列火车。去年夏天回来，我特意挑选了朝南的卧室，这样拉开窗帘能看到河坝和南山。从老房子靠南的窗户望出去，结冰的河坝像一条巨蟒，透着生猛的威力。冬天的雪最先灌进南窗，南窗上结着的冰凌花，在火炉里的火苗升起来以后，最先融化。我们的眼睛都朝南长，向南一点就离太阳近一点。

今年冬天，我住在最东头有炕的屋里，早上睁开眼睛就能迎上太阳的第一缕阳光。北方冬天的太阳只能给人看，不暖身子，取暖要生煤炉、烧火墙和炕。

盘炕用的是门前的土，散发着淡淡的尿味，像我很熟悉的小时候尿炕的味道。村里的羊毛，蘑菇湖水库的盐碱泥巴，地里的麦草，这几样东西混合在一起，几乎是把大梁坡有的东西都盘在了一铺炕上。南山的煤烧开土井里的水，再搅拌进大梁坡牛奶，住在大梁坡上，大地上的味道齐备，这是我的山水、我的血脉，这就是我的生活、我的世界。

弟弟让人给炕周边钉了一圈带圆孔的金色瓷砖，说要给屋子勒个金腰带，我看着觉得好笑，像一圈蛀了洞的金牙。弟弟给红砖火墙围的一段白栅栏（目的是防烧热的火墙烫着人），跟一大圈"金蛀牙"合起来看，像父亲满嘴金牙中几颗没有镶金的白牙。我夸弟弟，这个大炕盘得把地下的老爹都能逗笑。

在大梁坡，传宗接代都是在炕上完成的。炕，很容易让人联想到繁衍。我看到过母亲跪在大炕上，从这头跪到那头，再从那头跪到这头，来回几次，就有一个弟弟或者妹妹，像熟透的西瓜一样滚到炕上。父母在炕上滚了一辈子，滚出了我们七个孩子，我们的身体都是在无遮无拦的大炕上滚大的。宽大、平坦、结实的炕连着地面，不动不摇。炕承受再大的压力也不会叫，除非塌下去。大梁坡一代又一代人，都是从炕上滚出来的，沾着泥，带着土，就像土豆从土里繁衍出来。

我躺在炕上，大梁坡的天空，时不时响起飞机的呼啸声，那声音，仿佛火炉里的火被火墙吮吸后，呼啸着进入炕洞的声音。飞机白天黑夜地在天上呼啸，我的火炉白天黑夜地在地上呼啸。飞机划在天空的那道长长的白，一次次跟房顶烟囱里冒出的白烟连起来。坐地日行八万里，我睡在土炕上做梦，梦到坐着土炕回到南方。

冬日的梦境里，他的手臂从后面搂住她的腰，把记忆中的那个她重温了一遍，像温习过去的爱情。她忐忑着，分辨不清这感觉究竟是好还是不好。他只是抚摸了一遍记忆，似乎抚摸能给她注入生命，然后他开始相信，曾经在照片上用目光抚摸了千百回的女子，这次是活生生地被自己搂着。

醒来的那个她，仍然被晾在大梁坡的土炕上。梦里的拥抱，让我想起煤、牛粪和土加在一起的那种燃烧物，不是煤炉跟炭火直接的爱情，掺了许多许多煤炭以外的东西。有时候我觉得，一个没睡在炕上体验过"灼热"的人，没法真正理解灼热的情爱，没生过炉火的男女，没法真正理解"火热"这个词的含义。我怀疑离开了炕以后的男人和女人，爱的能力和欲望也会渐渐退化，变得没有那么热烈了。

我把田野上、渠沟边干枯的树枝、树根拖回来，折成一小段一小段，把废弃的树根劈成巴掌大的木片，从田埂边拾回来一捧骆驼刺、半把蒿草，一层层放进炉膛里，用麦草和芦苇垫在最下面引火，一股柴草的烟气，熟悉得就像从父母身体上散发出来的气息。小时候，在炕上睡了一个冬天以后，家里的每个人，身上、头发上都散发着柴草的气息。

趴在炕上，热乎乎的炕像父母的身体。北方的冬天，人是靠火生活的，火是冬天里的希望。在我渐渐长大的那些年月，一个个漫长的冬天里，火炉里的火从早到晚都是红红的，每一次生炉子烧炕的都是父亲。那时的每一个疙瘩煤、每一团火的温度，都是先从父亲手心里，传到炉子里火墙里炕里屋子里，传到我们身体里。那炉火至今暖着我们的血。

6 父亲的印记

一大早，东窗和南窗根的地裹在雾里，刚翻的泥土蒸腾着水汽，新撒的一层牛粪、羊粪上落着白霜。弟弟计划着明年春天，这边种菜，那边种花，再搭个长长的葡萄架。

我揶揄弟弟："这块地像是父亲刚刚犁过，等着他下种的样子。他最了解这块地，明年种啥，我们问问他吧。"

"这块地上的每一把土，父亲都用手捏遍了。"弟弟蹲下身子，捏了一把泥土。

新鲜的土在秋阳下摊开着，一言不发，仿佛默默地等候父亲发话。

"看到新翻的泥土，就觉得父亲还在，好像他的影子随时会出现在地头上。"

弟弟手一指说："他们正看着我们呢。父亲在那儿，母亲在那儿，那个我们没见过的姐姐也在那儿。"

弟弟指的是院子周围的三棵树，父亲是房后面蹲着的那棵老榆树，母亲是守在门前的李子树，那个出生没几天就殁了的姐姐，是老榆树后面的那棵小柳树，矮矮地立在我们从前上学的路口。

"应该给他们留个门，一年四季不去关上，应该在河坝边上搭一座桥，不然他们回来，会被河坝挡住，过不到家里。"

"我们六个长大后，朝着六个方向走散了，你看那六棵白杨树，就是在我们走远的年月被人伐掉的，幸好根子还在这里，只要根子在，就会回来。"弟弟指的是北边一圈被伐掉杨树墩。

只要根子在，家园就在。只要村庄在，童年就在。只要土地在，父亲就在。冬天，在大梁坡，处处能看到父亲的印记。

我的脚白天在雪地里奔走，晚上伸在火墙根上取暖，脚后跟干裂蜕皮，脚上的皮肤像极了父亲。在大梁坡待久了，我终日干着父亲干过的活儿，父亲在我忙碌的身体里一点点复活，仿佛在我全身的皮肤下面隐藏包裹着，要从我的身体里长出来。

首先复活的是父亲的双手，指甲里藏着煤炭的灰，手指上套着一层洗不掉的黑，像戴了一层丝网手套。那双手长久地握持炉钩、火钳，渗进铁锈和煤粉后跟手汗黏在一起，指纹掌纹里像是始终粘着黑色的印泥，手摸到哪里，哪里就会留下印有他指纹的印记，无论父亲亲昵的抚摸，还是他愤怒的巴掌落在脸上，都是他权力的印章，证明我们是他最疼爱的孩子。

父亲用汽油或柴油清洗手上的炭黑、铁锈，用拖拉机润滑油润滑他干裂的双手，仿佛他的双手是铁制的。他恨不得夜里睡觉前，将这铁制的零件拆卸下来，浸泡在柴油里保养，白天再组装在身体上使用，就像他的假牙，晚上泡在盐水里休息，白天安在他的嘴里吃东西。

继父亲的双手之后复活的，应该是父亲瘦削的脸，眉毛、睫毛上落着霜雪，随后是他矮小的身子。父亲活着的时候，身上年复一年积满了一层层黄土。最后掩埋了他的黄土，只是积得比他在地上的时候更厚一些。

7 墙上的风洞

咳嗽哮喘又开始轮番折磨依拉訇，他老伴大婶被风呛得没法呼吸，被风湿痛折腾得没法睡觉。他们对我不停地抱怨着，这都是他们搬进我们家的老房子后，那些风洞给害出来的病。

依拉訇家炕上放着氧气管，努热拉罕大婶被风呛得没法呼吸，动不动就得吸氧。她向每一个来她家的人不停地撒娇，七十岁女人剩下的唯一撒娇方式，就是告诉别人自己哪儿又痛了，示意人家关心关心她的身体。老化身体只有一直疼痛，才不会被忽视。

他们搬进我家老房子前，没有堵好墙根子上那些风洞，长年累月灌进来的风，在伤害完我父亲之后，又伤害了依拉訇的气管和他老伴的关节，钻进了依拉訇的肺和他老伴的骨头缝里游走作祟。依拉訇说,风把他的气管当成气管子,把他的胸腔和肺当成了风箱,从早到晚呼哧呼哧响个不停。

依拉訇想到了我父亲留给他的那句话:"你不把墙洞收拾好,风就会来收拾你。"

依拉訇早晚会搬进我们家的房子,父亲殁之前就有预感。对依拉訇说上面那句话的时候,我父亲身体里已经扯开了风箱。他央求依拉訇和点泥巴,帮着把后墙根的风洞堵上。依拉訇看看父亲已经没了力气,需要靠他的力气堵那些风洞,就出了个大价钱。父亲摇着头,大口大口地咳嗽着,他被这几百块钱的要价给呛住了。

"我帮你把风洞收拾好,就能把你的咳嗽也带走,不把风洞收拾好,你就得和你的咳嗽在一起。想留着咳嗽,还是留着钱,您自己选择吧。"依拉訇以为用咳嗽威胁我父亲,我父亲就会被吓住。

"咳嗽是我养的狗,有咳嗽陪着我,晚上家里不敢进贼。这风洞也是宝贝,我留着,夏天吹个风,图个凉快。您走吧,依拉訇,风洞和咳嗽我先留着,你啥时候想要,我回头再转给你。"

依拉訇把我父亲和他的咳嗽声晾在风里,头一扭走了。

我父亲殁了不到半年,依拉訇搬进了我家的老房子。

我父亲真的把他的咳嗽留给了依拉訇,依拉訇蹲在地上对着墙根咳,扬起脖子对着房顶咳,咳得前仰后合,房顶的尘土被他的咳嗽声震得四处飞舞。他对老伴嘀咕:"当年依布拉音家的风洞我没帮着堵,那天他蹲在墙根用咳嗽声送我。哎,他一定料到,有一天我们也会吃这风洞的苦头。"

"当时你要是堵上就好了,咱们现在就不用被风欺负。"老伴腰疼得直不起来。

"依布拉音说过,我不收拾他的房子,风会来收拾我。自从我们住进他的房子,我一直在收拾过去那些风洞,可是有什么用,风像是认识那些洞一样,堵上以后过不了多久,又从原先穿过的地方刮开了,我们还是被风收拾。"

"等我们搬进来,风洞已经开得太大,堵不住了。"

一到冬天,风就开始折腾依拉訇老两口,袭击他们薄弱的关节、气管和肺,甚至侵入到心脏了。愧疚和懊悔让老两口常年失眠,风一刻不停地在他们的良心上穿孔打洞。

他们用棉花堵,风从棉花缝里钻进来,用破布堵,破布被风撕掉。他们用泥巴堵,老的墙皮不认新的泥巴,新墁上去的泥巴被旧墙皮挤得脱落。他们干脆铲了一大堆土,堆在墙根,土每天被风吹掉一些,被狗刨掉一些,被蚂蚁做窝,鸡叼走土里面的草籽和虫子,最后被老鼠、黄鼠狼洞穿。似乎满世界的东西都在跟他们作对,帮风把风洞重新打开,风的嘴对着他们不停地吹,他们怎么合也合不上。

依拉訇总是感觉,我父亲没忘记他们,一年四季都在用风洞里的风,问候他们一家的生活。

为了逃离我们家老房子的那些风洞,依拉訇盖了个结实的房子,把我们家的老房子拆了,抽走了檩子和椽子。这些檩子和椽子被上到了陌生的房顶,不愿意服服帖帖承担起别人家的重量,时不时地漏点土、漏点水,让依拉訇的咳嗽、哮喘和他老伴的关节炎、风湿痛加重。

住在新修的房子里,依拉訇和老伴还是感觉冷风像蛇吐着蛇信一样,从四面的墙洞里钻出来,风蛇的毒液已经浸入了他们的身体深处。

"依布拉音一定在怪我,怪我不帮他堵风洞,人搬走了,还要抽走他家老房子的这些木头。你看我们盖的这新房子的屋顶,总是往下面漏水、漏土,好端端的墙上就裂口子,感觉到处都在漏风。"

努热拉罕大婶,指着头顶说:"那不怪依布拉音,幸亏依布拉音那间老房子里这些椽子、檩子,不然我们这房子盖不起来。"

依拉訇怀疑我父亲对风念了咒语。他们每次见到我就拉住我,给我诉苦,希望通过我让父亲收回他的咒语,不要再让风跟他们作对,收拾他们衰老的身体。

我说,我父亲都睡在土里了,总不可能趴在墙根子上帮着风刨土打洞。

自从他们跟我说了那些风洞的事情,风洞就打在我心里了。好像依拉訇和努热拉罕大婶的身子,变成了我父母在世时的身子。父母用衰老羸弱的身体,抵挡那些风洞的漫长冬夜;我在远方,睡在四壁结实严密的楼房里,梦里总有风雪漏进来。

如今父母躺进严实的黄土,坟墓里应该不会再有风,可我总担心那些老鼠、蜥蜴和蛇,他们依旧会把洞打进坟墓。我总担心坟墓的一角会漏风,就如同小时候,父母总担心我晚上睡觉被子没有盖严实。我一直没法堵上心里的那个风洞。

依拉訇把房子连同墙上的风洞卖给了老邻居,就像当年哈斯木把我家的老房子买过去以后,转手卖给依拉訇。依拉訇又把老邻居晾在了风里,就像当年把我父亲晾在风里。依拉訇老了,已经没有力气堵上那些风洞了。

依拉訇两口子搬走了,带着他的咳嗽哮喘,带着老伴和她的风湿痛,搬到了镇里的女儿家,他们的女儿最终在父母活着的时候,让父母永远逃离了那些风洞。依拉訇的女儿把那股吹彻过父母的寒冷留给了我,把愧疚和懊悔留给了我,把那些我没替父母抵挡的风洞植入了我的身体。在冬夜,那些吹彻过他们生命的风洞,在我的身体里不断地开合,仿佛天地的呼吸都变成了风,吹进我的每一根骨头,在我的骨头上打孔钻洞,让它发出类似骨哨骨笛的声音。

选自《大家》2018年第1期

评鉴与感悟

她其实是在求证,甄别。关于故乡,谁的眼里没有弥漫愁绪?咀嚼记忆并非她的目的。"他们还有我看不到的内心生活。"帕蒂古丽就是要以她的理解,重新谱出大梁坡人内心的那支歌。

闲话（十七则）

/人邻

掐算

前面走着一个六十多岁的男子，穿一件混合纤维的蓝色外套，手工的，极是宽大。见过许多这样的人，衣衫宽大，节俭得似乎是怕以后胖了不能穿了。又走几步，稍近，忽然注意到他背在后面的手，几根手指似在掐算什么。心想，这人的手指这一会儿掐算些什么呢？几根手指动来动去，一会儿静，一会儿又动，一会儿又犹豫。若是古时人物，大地沉浮，社稷安康，也许就在这手指的掐算之间。

可这是寻常人，手指的动作，也许是无所谓的。可这动来动去，尤其犹豫，心里是会想些什么的。寻常人的家长里短，想，不想，想通，或者是终于不能想通，去他的，不管了。

他一行还有两个女人，三十几、五十几岁，风尘仆仆的，该是他的家里人。

看看这男人的背影、掐算的手势，这一家人的命运就在这男人的手指上。

流浪者

儿童公园走路，现在叫市民公园了。下午不到六点，公园里还僻静。

走多半圈儿，见小道一侧水泥凳子上坐着一个中年男人。年龄，不好说，是因为那人的脸几乎是过度的风吹日晒，上下五六岁，甚至七八岁都不好说。

男子身边，是两个很旧的提包，样式很老了。一只，拉链开着，里面乱七八糟的一些什么，似乎有衣服，也有金属的什么旧物件。这人背对着小道，左手拿着半个手掌大小的裸着的镜子，右手一把小剪子，对着镜子在剪胡须或是鼻毛。我第一圈走过来的时候，他在剪着。第二圈过来，他手里还拿着这两样东西，听见人过来，似乎有点不好意思，犹犹豫豫，想放下还是不放下。

看情形，他在外面有一段时间了，但时间不长，衣衫还大致是干净的。这人提了这样两个提包，从哪儿来，要到哪儿去呢？他的神志清楚不清楚，有点看不出来。

哪个小说家有兴趣，跟着这人，一直走，想象，猜测，也许会是一篇有意思的小说也不一定。

先生

先生住院差不多三周了，一天，川洲来电话，说"我爸走了"。按他的愿望，我们正在回张家川的路上。

川洲的父亲，高先生，高源昌，我很小的时候，十六岁，就认识了。那时候我喜欢画画。父亲的同事跟先生邻居，就带着我去见先生。先生一家那时住在铁道边的一排平房里。到先生家，看到墙上贴着他的书法，是毛泽东的一首词，好像是《北国风光》。

后来，一两个星期去一次先生家，看他画画，也学着用毛笔在宣纸上抹几笔。记忆深的是一次跟先生去他的侄子家。侄子也画画，先生和侄子合作一幅画，画好了题款的时候，先生忽然添上了我的名字，似乎我也是合作者之一。

后来，我工作的地点变了，远一些，也就很少去先生家。后来，甚至好些年都没有再去看先生。再后来，不知是从哪一年，断断续续又去过先生的新家。

先生的画越来越好了。许多尺幅颇大，可以见到很深的传统功力，墨和色都积得很厚。先生这些画不是源于想象，多是来自于他在老家张家川关山的写生。他的写生稿积攒了很多，有段时间想出一本写生集，后来不知怎么又放下了。

知道先生的病，有一段时间了。期望着会好，心里想着好了再去看吧。后来给川洲打电话，知道情况不好。乱忙一些事情，也是不忍见到先生的病容，一直没去医院看他。

这几天又想起，病容，也就病容吧。人都有大限。先生的大限，可能也就如此吧。可还没去，先生就走了。

以后，再到年节，去不去先生的家里呢？先生的夫人高姨还在，儿子川洲和女儿小兵也在。去了，说些什么。抑或，就不去了。不去，也就有如先生还在一样的吧。

再去天水，也许该去张家川看看先生的墓的。可也许，就不去了。在的时候没有看看，故去了，看什么呢？想想，心里别忘了就是。

先生的墓，最好是在关山，那些山石、清流、树木伴着。晴晓时候，先生的魂魄在那儿走走，随意在哪儿坐下，看看山水花木，喝一口茶。先生喜茶。绿茶。

先生早先的题款是源昌，后来，是石乳。

旧楼房

附近那条路，修了好久了。几次外出，总觉得回来的时候，就该修好了，可是总也没修好。

那条路的北边，是一处老旧甚至可以说是衰败的居民楼，红砖的，该是上世纪60年代的建筑。这类旧建筑，说明了它的主人在这座城市的地位。

大清早我去单位，总是从楼前经过，几乎每个门洞里都放着一把椅子或是一张废弃了的沙发，上面坐着一个退了休的男人或是女人。男人大半冷漠地看着行人，一边想些什么；或这人抽烟，总也舍不得的样子——多年前我就见过这样的人，总是舍不得狠狠吸一口，怕很快把那根烟抽完了，只虚虚地吸一口。也有女人坐在那里，端着一只半旧的搪瓷缸子，开水或茶，手里抓着半块馒头或大饼，正吃早饭呢。

他们坐半天，坐够了，才回去。

我偶尔想，那么多时间，不能在家里看点书、写写字吗？才一想，就觉出自己的愚蠢来。

这里的人，也多是不进饭馆的。偶尔去吃一碗牛肉面，也并不会加鸡蛋加肉。坐够了，也十点、十一点了，该去买菜了。可更多的时候，买菜也不去的。上午的菜贵，要到了下午，四五点了，才去买。每一棵菜，都在手上过过，仔细打量了，才放到秤上。

路一直没有修好。修了路，这座楼的南边就临街了。临街，就该吵了。吵了，就热闹了。

修路的地方，拆去了一些临时的建筑。一些人家搬走了，丢弃了一些不要的家具，这楼里的人，会过去看看，遇到还能用的，会捡回来。

一天早上，我经过那里，见一个年迈的女人站在楼后，也就是修路的路边，呆呆看着什么。她在想什么呢？几个月之后，这条路就修好了，就会热热闹闹地行过各样的汽车，会有更多的行人，会嘈杂起来。

临近路边，这座楼就会给开发商注意到，也许什么就会有拆迁的规划，会给他们一些钱，安排了偏僻地方的房子，将他们拆走了。他们的生活，没有人注意，至少是很少给人注意。没有人去了解他们的苦乐。

这样的角落太多了。

平房

想起小时候住的平房。

一排圆拱形的青砖平房，住了七家。即便是现在看起来，那种建筑也是不简单的。外面看是普通的青砖房子，可是从里面看，却是窑洞那样。薄薄的青砖就那样拱券起来，微妙地支撑起整个屋顶。现在想想，是可怕的，若哪里不结实，那些一块块的青砖，只要有一块砖松动，整个屋顶就会呼啦全部塌下来。

每家的格局都一样，进门右手是小厨房，左边是一间较大的屋子，屋子再套着多半间的一间屋子。

第一家叫王什么海，东北人，自然记得，可还是不说那名字的好。男人在铁路分局当一个小干部，吃得滚圆。女人则极瘦。两个孩子，我跟那大孩子同龄，常在一起玩耍。记忆清楚的是两件事情，一次不知道为什么，一定是气不过了，径直去他家，直接用拳头砸了他家的玻璃。结果是自己的手破了，还赔了人家玻璃钱。还有一件，是跟那家的弟弟打架，大约也是他的弟弟不讲理，哥哥只是站在一边看我骑在他弟弟身上，并不拉架。

第二家是李良斌家，一个极干净的清秀男人。妻子李姊略瘦一些，是生得很好看的女人。后来李姊死了，肺结核，李良斌又娶了一个，脸尖尖的，鼻子有点红，一点也不好看。李良斌家只有一个男孩，也是那么瘦。

第三家是任家。任家孩子极多，男孩女孩，又高又壮，都极脏。

第四家，是我的家。

第五家是老马家，回民。男人个子不高，女人高一些，却是斜眼。老马家的老二，儿子，圆脸，有点好看，也干净。

第六家，第七家，记不得了，只是模模糊糊的印象。

再就是对面，远远的隔着学校操场的围墙，那边还有一排，应该也是七家。那儿住着一个前额凸出的女人，能凸出来一寸多。女人的刘海梳得极整齐干净，齐齐地盖着凸出去的前额。不知道她结婚没有。她穿得很好，蓝衣裳从来熨得平展展的，小平口的黑皮鞋擦得亮亮的。那时候，很少有人穿皮鞋。

小女

日有所思，夜有所梦，其实也会日有所思，日有所梦的。

早上如厕间，家里的小狗菲菲闻听门外有人声，遂扑到门口对外吠叫。我怕惊醒家人，赶紧喝止，出口却是小女的名字。

一惊，赶紧改过。

小女正月十五后返粤，已百日有余了。

洗漱早饭后出门，车上邻座女子抱着一个小女孩。夏天，女孩裸露着脚趾，最小的脚趾也是双瓣。知道自己的脚趾就是那样。源头一样。这偶然遇到的小女孩，远祖竟然和我是同一血脉。

小女的小脚趾，也是这样。

老家

在农民巷等一个河南籍的画家。他从西边过来,兰州转车去洛阳。洛阳是我的老家。

两个人去吃兰州风味的一家小馆子。两个久已离开老家的河南人,吃一顿兰州饭,有些意思。

人少,菜不方便点。一个小暖锅,里面是白菜粉条豆腐加上肉片丸子;一个清炒莜麦菜。两人吃着,我却忽地想起老家洛阳的牛肉汤泡馍还有浆饭。

前年陪父亲去老家处理房产,吃了水席,牛肉汤。卖牛肉汤的那家铺子有意思,隔壁是卖烧饼的,中间通着,两家搭伙,这边汤,那边饼,两不耽搁,和气得很。

街上见红薯面条的馆子,欲去吃,老父亲不愿意,说小时候吃怕了。

待了三天,事情办完,匆匆离开。毕竟是离开很久了,没有留恋,有点逃离那样。尤其是老街,早已经没有了,似乎是另一个洛阳。

画家去洛阳,亦是因为一位在京城的河南老师要在那里办画展。老乡真是老乡,总要寻机会聚在一起。那个源头,是奇怪的。似乎忘了,却又不能忘。

隔壁小店,买了半斤内蒙古的小酒"闷倒驴"。清香,口感略可。两个河南人在兰州的馆子里喝内蒙古的酒,也有点意思。在古代,怎么可能?

饭后,送画家去车站。也许是有点酒意,忽然想买张票,跟画家一起去洛阳算了。陌生,自然是陌生了,但毕竟是老家。

十几年前写过一篇文字《籍贯》,说到最后,也说不明白自己的老家。哪里是老家?那里真的和自己有关系吗?又想起身在北平的周作人,说起故乡,也是这个意思。

可也不过是想一下,不会真的去买票。也许真的到洛阳,站在站台上,会疑惑甚至伤感,究竟哪里是自己的老家?

离开家乡久了,就是没有家乡的人吧。

后门

后门那家卖猪肉的,前几天添一景:门口靠肉案处,坐着一懵懂少年。几日来,少年面无人色,既不愉悦也非不愉悦,只是枯坐。少年酷似其父。店里唯有母亲,其父自然在别处忙生计。

今早,少年脸色愉悦,脚下一只白色的卷毛狗,正啃咬着一根骨头。少年低头,很温柔的样子。

我喜欢少年生机勃勃,足球场上也好,乱跑着打闹也好,就是不喜欢他们枯坐着。自然,思春是另外。

少年是放假了,才在这里坐着。假期过了,自然回去读书。读完书,长大了,这少年做什么呢?接着父母的事情,卖肉?

少年低头看狗,不会注意一中年妇女过去,手里提着一斤机器压的面条,不快不慢走着。还这么早,女人就将中午一家人吃的面条买好了。这条小巷里,这样的人比比皆是,安心,万事无争的样子。似乎天下再大的事情,亦不如她手里这一斤面条。所谓百姓,此即是。只要手里有这一斤面条,心里即是安稳的。

男女

想起那天在公交车上,一男一女的打情骂俏。有点厌恶,其实想想也不过是那女子生得丑。若是俊俏妩媚的呢?也许是不厌恶了,随之而来该是对那男子的艳羡。

有些世俗的事情,细究一下,其实背后有美学问题。俊俏男女的打情骂俏,似乎合于美学;丑一点儿的,也许是要庄重一些才好。庄重了,也就似乎好看了一点。

自然,俊俏男女的打情骂俏,也得有度。度内可以远远欣赏——近了不行,远了也不行。近了,那气息太烈,要扑在人脸上;远了,看不见,也成不了戏。

忽然想,打情骂俏这个词有些老了。似乎,到民国也就为止了。现在的存在,大约是在半新不旧的小说里。当下的少男少女,用不着这个词。当下的少男少女,青涩,也肆无忌惮,但确是叫人愉悦的。那天,一对少年少女在公交车站，旁若无人地亲吻。没有这青涩的欢愉，这世界就死了，不仅是老。

因这，又胡乱想起韩熙载，真是大人物。少年和跟他的姬妾偷情，他路过窗外，赶紧低下头，偷笑着过去。一白天，他闲了，穿着乞丐的破衣裳，到姬妾的屋子里乞讨。见到那个偷情的姬妾，会问起些什么呢？少男少女的春事，是尘世之美。那姬妾若是有觉察，也不过羞窘地掩嘴一笑。虽然，这是韩某人的存身策略，但不独如此，实在是本性。那样的襟怀，若有文字，该是大可以看看的。

又想起白居易的晚年，唉，不说了。

读画

读画，齐白石的《蝇》。此画白石老人画于1920年，五十六岁，按现在的说法，还是中年。

白石题曰：庚申冬十月，正思还家时也。四出都门，道经保定，客室有此蝇，三日不去，将欲化矣。老萍不能无情，为存其真。阴历十有一日晨起老萍并记。

此图大有白石老人的怜惜。白石之画，在于有情，深情，痴情。白菜、萝卜，各样小虫、鸡雏、老鼠，都情怀在抱。别人，是没有的。

一个一辈子靠画画养家糊口之人，能做到这样，不简单。真不简单。

白石老人自然吝啬，但老家来人求告，老人却毫不含糊，一是饭食，二是路费。流离半生，客居京华，都是天涯沦落人，老人心里是无比感慨的。细究之，老人笔下那些小生命，都充满了佛陀的怜悯爱惜。

白石老人，真画家也。

现在的画家，何谓敬畏，何谓怜惜，又如何懂得"唯有敬亭山，相看两不厌"？

洛阳

又去了一趟洛阳。

下车直接去白马寺，母亲所托，去许愿。

入门，买香五把。卖香的人说，去开个光，更灵验。我问，开光要钱吗？不要钱，那人说。跟着她进去，里面一个人接过香，念念有词，一边用手轻轻将观音身上的"气"往香上导引。开了光，说，随缘。随缘是什么意思？知道是要钱。付她五元。出来，那个说"不要钱"的人原在外面兜揽生意，没事人似的。

挨着佛殿敬香叩拜，到了母亲特意交代的观音菩萨那儿，敬了香，伏在地上，喃喃说了那些母亲交代的话。忽地心酸，唉，不容易的老母亲。

白马寺出来，去龙门西山的度假村梦桃源。窑洞设计上的缺陷，里面阴冷潮湿。用手摸摸墙壁，满手的水。洛阳正是暑季，酷热，这窑洞却是温度极低。在窑里待一会儿，开玩笑说，出去暖和一会儿。阴凉一会儿，去院子里晒晒太阳，真的很暖和。

窑洞前的小院，有洗温泉的池子。想着惬意，晚上泡着温泉，一仰脸漫天星斗。

龙门去过了，还是再去一次。卢舍那大佛真是修得好，有男性的庄重，眉目间却俱全了女子全部的美。以见过的佛像看，卢舍那的美，天下第一。

铁热

回家帮厨。一个菜炒毕，洗了锅，锅里有水，就在火上先烧一下再添油。正加热，站在一边的父亲见锅里有未洗净的什么渣子，忽然伸手下去。怕烫着父亲，赶紧拨开他的手。可刚刚拨开，父亲又要把手伸下去，我赶紧再次拨开。不怕烫着手啊！我说。父亲小孩子一样笑笑，有些尴尬。

父亲老了，八十多了。他的潜意识里也许只是担心那一粒渣子，而忘记加热的锅会烫手的。

想起一个故事，徒弟希望师傅告诉他打铁的秘密。师傅对徒弟说，我死之前会告诉你。老铁匠临死的时候，对徒弟耳语：铁热，别摸。

铁热，别摸。真的是秘密，要好好想想的秘密。

狗的故事

下楼遛狗。我在三楼，小狗先下去了。待我下到一楼，小狗不见了。小狗不会这么快就出去了。何况它自己也出不去，一楼的防盗门锁着。刚才我前面有一个人出去了，小狗难道是跟着他出去了？然后那人迅速地把门关上，把狗偷走了。还有，我在三楼的时候，听见一楼左边那家的门有响声，难道是门正开着，小狗进去了，那家人迅速把门关上，把小狗的嘴捂住不让叫唤。还有，我下楼的时候，看了一会微信，没注意，那会儿有一个上楼的人，难道是小狗又给那个人引上去了，是那个上楼的人偷走了？

三种可能。我给楼上的家里人打电话，想让她赶紧下来一起找狗。拨了电话，想了一下，觉得还是从防盗门出去看看再说。我压了电话，开门出去，小狗在外面。奇怪的是，我在楼道里焦急地喊了半天，小狗就是不叫。小狗在外面等着，它可能只是觉得门怎么还不开。门开了，主人就出来了。对小狗来说，一切那么简单。

但那三种猜想，都有可能，小说就是这样写出来的。

接着遛狗，小狗激动地乱跑乱叫，一时还低伏在地上那样对着我叫，我知道那是兴奋。可忽然间我发现小狗的身子低伏着的时候，身体是最稳定，最可以随时发力的。许多动物在攻击对手之前，也是这样的姿势。

小狗的腿爪，结构就是这样，可以随时低伏，随时跃起。这个姿势，在跟对手撕咬纠缠的时候，也不容易倒下。不像人，只是简单的站立行走。人的小腿和手臂，本来也有这样的功能，可以低伏在地上，随时攻击敌人，不过是后来不用，慢慢进化成所谓的优雅，而消失了。

人类历史上，也很有些什么跟狗的低伏是一样的，比如金字塔，人面狮身，又比如什么宫殿之类。

虫子

花园里，有许多月季。月季开败了，花就难看。难看，就看看叶子。

一些叶子，给虫子吃得满目疮痍。仔细看看，虫子还是聪明的，不仅聪明，而且嘴馋。虫子不是乱拱乱吃，而是避开了叶筋，只吃叶面柔软的部分。

比起那些胡吃海喝的人，这些虫子该算是美食家的。

缝纫机

难以想象，现在还会有出门修缝纫机的人。

路边坐着一个人，南方人，有小录音机之类发出的声音：修缝纫机！修缝纫机！

走近了看，果然。那人身边还放着一块牌子，上写：修各种缝纫机——飞人、蝴蝶、蜜蜂、华东……还有好几个牌子，记不得了。前面三个我是有记忆的，家里最早的缝纫机好像就是飞人牌的。

母亲那儿，还有一架缝纫机，蜜蜂牌的，多年了，几乎不用了，母亲没舍得卖掉。前一段表妹说想要，母亲答应了，但好些日子了，缝纫机还在家里放着。表妹似乎也就是随口说说，并不是真的想要。她要缝纫机做什么呢？

听到这样的吆喝，想起小时候，快过年的时候，小孩子们半醒半睡中，惦记着自己的新衣服，听着缝纫机"嗒嗒嗒、嗒嗒嗒"的声音，知道是在缝着新衣服。兄弟姐妹的，自己的。若是知道正缝着自己的那一件，是难以睡着的。会起来看看，可是，麻烦着呢。若是上衣，领子、兜盖，一小条一小条的，要看出整个衣服的样子，还早呢。看着看着，熬不下去了，迷糊着睡去了。一早上，摸一把眼睛，赶紧起来，呀，新衣服就挂在那儿。

年三十还没有到，大人不让穿，等着；二十三，二十四，实在是等不住了；二十八九，就穿上了。小心翼翼地走路，怕碰到什么不干净的人，怕弄脏了。没人的地方，就得意扬扬地慢慢走几步，好像是什么人物一样。

那种喜气，再不会有了。

梨

院子地上，有一个摔碎了的梨。抬头看，才看见那棵梨树。梨树长了好大了，我总是匆匆忙忙，似乎知道这是梨树，但总是忘了。树上的梨，已经小儿拳头大小了，过不了多久，就可以吃了。看着就要长大成熟的梨，想想，自己是没有吃过这棵树上的梨的。因这梨树想起一个人，不知道名字，只是知道人们叫他"二好的爹"。二好，是院子里一个孩子，没念过大学，却极聪明，对计算机很精通，后来去北京，娶了一个洋妞，好像出国了。

二好的爹，是极勤快的人。他家住一楼，顺便就将窗子外面的一块空地圈起来，盖了一间小屋，种了几棵树，包括这一棵梨树。另将这院墙外边种了藤萝。每年初春时候，二好的爹就弄来沤的臭乎乎的什么黑水，沿着墙，浇那些藤萝的根。人们躲着，可春天了，夏天了，藤蔓生出来，绿油油的，人们也喜欢。人们喜欢的时候，就把这臭乎乎忘了。

今年，依旧，藤蔓绿油油的，依旧好看。二好的爹却不在了。不在，已经好几年了。因这梨树，没有人收获的梨树，我忽然想起这个人来，一脸粗拉拉的样子，憨憨的。他每年的那些梨都去了哪儿呢？似乎，他也没有收过。

两棵树

院子另一处有两棵树，生的奇怪枝条，别别扭扭生长着，总是要跟天空跟风跟经过的人斗气似的。寻常的树，树枝总是顺溜着长，画出来也和和谐谐的。这两棵树，却不是，怎么不顺，就怎么长。倔，有个性。

没有近看过，也就总也不知道是什么树。昨天，闲着没事，近了看，从树叶看出可能是槐树。树桩部分，不是，是嫁接的。树桩不知道是什么树，上面的树枝，是槐树。

是什么树就是什么树，嫁接个什么呢？

这棵树算是什么树呢？愤怒的槐树？！不是。不全是。愤怒倒是。

细想一下，两种不同的什么，非要生生嫁接，逼着长在一起，该是多么残忍的过程。

它们生长的过程，相互要入骨入肉，是带着恨的。

选自微信公众号"小众"（2018年10月）

评鉴与感悟

说是闲话，每一篇的意图却也明显，目力所及，都能见到作者对人世间的真切体察。却也并不过多纠结，只是抓住一两个细节，细致揣摩。生动的文笔里，尽是延宕、跳脱、洞见和智慧，需要阅读者去想象，去拼贴，去甄别。

割稻记（外三篇）

/吴佳骏

大地待我们不薄，金黄色的稻谷铺满田园。远远看去，像一片燃烧的火焰。我跟在堂哥身后，像他的一个影子。秋阳从头顶照射下来，把一个乡村的早晨擦亮。我跟随堂哥一起，去田里收割稻谷。他手拿镰刀挺胸抬头的样子，酷似一个出征的战士，幸福像太阳一样，在他的脸上泛着红光。瞬间，我的记忆复活了。许多年前，我就是这么迎着朝阳，跟着父亲去收割稻子。我和父亲都是田里那些临产稻穗的接生员。看着一穗穗颗粒饱满的稻子，父亲的梦想被撑破了，我的童年也因此而充满了稻香。只是，这样的场景和画面已经消失很久了。稻子在乡村里生长，我在城市里生长，我与稻子之间，隔着一个梦乡。

故我很感激堂哥，他比我更加热爱土地。前年年底，堂哥回乡下过年，那次见面，让我对他的了解更加深刻。这是他进城后的第一次回乡，扑面而来的都是熟悉的事物——风、瓦屋、河流、草木、夕阳……这一切在堂哥心里激起阵阵涟漪，他有一种重又回到故乡怀抱的喜悦。更让堂哥没想到的是，乡村公路已经修到了自家的院落里，这大大改善了过去村里人出行难的情况。他说过年前后，很多归乡的人都是自己开车回来探亲，过去沉寂的村庄变得热闹了起来。隔三岔五，还有小货车拉着副食品和桌椅板凳到村里来销售，平时购买日常用品，根本不用出门，这让堂哥看到了今后在乡村生活和发展的希望。

过完年后，堂哥听我伯父说，有一个老板想租村里的地来种植药材，正在跟村里协商。这个事儿点燃了堂哥对土地的情感，他心想，自己的地干吗要租给外地人？他想把村里的地承包下来开办果园。从那时候起，这个金灿灿的种子就在他心中扎根了。直到去年春，他联系到自己的几个中学同学，共同投资把果园搞了起来。除果园外，堂哥还把左邻右舍闲置的农田全部承包过来，大面积种植水稻。他说，每当看到金灿灿的稻穗时，自己就会陶醉。他要亲自替大地织一件金色的衣裳。

这个梦想堂哥果然实现了。一年多的时间过去了，他种植的稻谷如今到了丰收的时候。我跟着他来到一块一块稻田间，仿佛走进了梵高的画里。看着那些层次鲜明、错落有致的田畴，整个山乡都好似绣上了黄绸。因丘陵地带不便使用机械化工具，只能采取原始的人工割稻方法。不多一会儿，就跑来十余个手拿镰刀、头戴草帽的农人帮忙抢收，这都是堂哥提前就安排好的。来抢收的人我都认识，不是叔就是婶。他们一到稻田里，就像一群蜜蜂飞入了菜花丛中。这些庄稼老手，对稻子都有感情。他们人虽然不再年轻了，但干起活来依然身手敏捷。五个人排成一排，比赛似的齐刷刷将稻谷放倒。堂哥也参与到了丰收的队伍当中，一边割稻一边跟叔婶们聊天，大家有说有笑，整个山野都欢快了起来。朝阳越升越高，染红了大地。我怀疑，我所听到的笑语也是稻谷发出的。它们成熟了，它们想开口说话，它们想表达对土地的感恩。那一瞬间，我深刻地理解了种植稻谷对于堂哥的意义，也深刻地理解了土地对于农人的意义。

堂哥说，他要做新一代的农民，他要以自己的身体力行守住脚下的土地，让家乡越变越美，让人们对大地的梦想重新回到故土上来，就像鸟儿回到老巢，稻谷回到粮仓，梦想回到出发的地方。

那天，我用手机拍了许多堂哥和叔婶们割稻的照片。我相信，这些照片是可以载入农业丰收史的。待到若干年后，我愿意把这一张张私藏的照片，赠送给我那已经白发苍苍的堂哥，以及我爱得无比深沉的故乡大地。

干草垛

那两个干草垛，像两个老人的发髻，盘在村头的小坡顶上。它们靠得那么近，一个草垛胖一点，一个草垛瘦一点，在共同等待冬阳的照临。

我慢慢地走近草垛，想嗅一嗅它所散发出来的芳香。那些干枯的稻草，像是一根根被抽干了血水的血管，成了季节的标本，昭示着收获之后的落寞。我用手摸了摸，稻叶依旧割手。

我怀疑，这两个草垛里一定藏着农民的镰刀——那使它们趋向终结的武器。我围着草垛转了一圈，宛若一个农民围着粮仓转了一圈。我发现有的稻草上还残留着稻穗，我摘下一粒，放进嘴里，满口生香。

那颗稻粒被晒得很脆，我在咬的时候，仿佛咬着太阳的光芒。这让我想起多年前，我跟着母亲去院坝里晒稻子。火辣辣的太阳照在地面，像是从天空倒下的铁水，能把我光着的脚板烫出水泡。母亲用稻耙时而将稻子刮成垄，时而将谷垄摊开，让骄阳把稻子晒干晒透。

那时，我对那一地金黄的稻谷分外着迷。我跟在母亲身后，在稻谷上走来走去。稻粒刺在脚板心上，痒痛难耐。母亲斥责我，让我一边玩儿去，可我就是舍不得那一片黄金地毯。

我好希望那片地毯能够飞起来，把我卷到很远很远的地方去。可我越这么想，地毯越是飞不起来。我想是不是母亲踩着了地毯，她比我重，她不愿看到我的希望得以实现。她要留下我，陪她一起翻晒粮食，陪她一起播种和收割。

后来我长大了一些，才发觉自己当时的想法多么荒唐可笑。这有点类似于被刈割之前的稻谷的想法，它们总希望借助一阵风，逃到很远很远的地方去，却最终被饥饿逮捕，关进了仓廪和肚腹。

我站在草垛前，有一种说不出的感伤。

这两个草垛，都是乡村的物证。我靠在其中一个草垛上，望向天空，心里五味杂陈。我不知道这两个草垛是谁家的，如今村里已很少有人种田了。家里没米吃了，一般都去镇上买。故当我看到这两个草垛时，像看到两个旧时代的物件那么稀罕。

在过去，草垛可是每家每户的宝贝啊！农民铺床要用它，稻草铺的床睡着软和、耐寒。盖房也用稻草，它既不怕雨淋，也不怕日晒。稻草还可以搓成绳子来做背篼索；也可以铡成草节，和在稀泥里用来夹墙壁。最为重要的用途，是供耕牛过冬的口粮。

每到冬季，牛便开始挑食。在冬天，牛最爱吃的食物有两种，一是竹叶，再就是干稻草。而割竹叶特别费劲，如此一来，为图省事，各家各户都会码放好几个草垛。待到入冬之后，每天跑去草垛上扯回几绺稻草朝牛圈一扔，就会把牛养得膘肥体壮。

我抽了几根稻草，想带走做个纪念。刚转身，却看见村里的王婆婆朝草垛走来。原来，这两个草垛都是她的。她说，这是今年她恳求在外打工的儿子回乡种的稻谷。她需要这些稻草来替人打草鞋，每双草鞋能卖十五块钱。她这会儿就是来抱稻草回家打鞋的。

王婆婆的话让我疑窦丛生，我问：现在还有人穿草鞋吗？她说：活人谁穿，我是专给死人打的。我这才想起，按家乡风俗，凡人过世，都要随葬一双草鞋的。而且，帮忙抬棺的人，孝子也得赠送一双草鞋。这大概便是草垛存在的最后价值吧。

夏屋

那屋子，筑在一条河岸上，灰旧，破败，像是早已被废弃多年。夏日的早晨或黄昏，屋子静谧的影子倒映在河面上，有种不真实感。倘若有风吹过，水波一皱，那屋影就全被揉碎了，只剩下河水对屋子的追忆。

许多年以来，那屋子的门都关闭着，阳光照不进去，只能照在那两扇褪色的灰白的木门上，以及木门上雕刻的同样褪色的残朽门神上。早些年，或许是出于好奇，村里人上坡干活或收工回家，路过那屋门前时，都要习惯性地从窗户外朝里瞅瞅。屋子里其实也没有什么，无非是一张桌子，一张床，几条凳子和两张椅子。最显眼的，是堂屋的香案。香案上一年四季都燃着香，袅袅青烟环绕和弥漫在屋内。香案旁侧的墙壁上，挂着一幅黑白照片，落满了灰尘。那是一张中年男人的面孔，目光呆滞，神情麻木，蜘蛛网罩着他的眼、耳、鼻、舌；也罩着他的瘦、冷和苍白。很显然，这个照片上的男人，已经被死亡领走了，去了一个非常遥远而又陌生的地方。

后来的一天，那屋子的窗户被一块蓝印花布给遮住了，村人们窥探的视线因之被挡在了窗外，只余下各种各样的猜测和议论在村子里游走。从此，那座房屋成了村里一个漆黑的"城堡"。这个"城堡"比卡夫卡笔下的城堡还要令人费解。然而很可惜，我们村里没有土地测量员，只有石匠和木匠。否则，就可以找个借口，派人去悄悄靠近那个"城堡"，靠近"城堡"里面的秘密和幽暗了。

现在是六月里的一天，我回乡居住的第一百二十三个日子。我那天的心情很烦躁，书也看不进去。拿在手里翻开，书上的字迹全都模糊一片，像画家滴在宣纸上的墨团。文章更是写不出来，打开电脑，又关上。一会重新打开，还是写不出，灵感全都被电击了似的。我索性拿起鱼竿，提着桶去河边钓鱼。当我从那座屋门前走过时，我嗅到一股淡淡的青香燃烧的气味。我停下了脚步，站在院子里。那院子很干净，连一片树叶也没有。更看不到鸡、鸭和狗的身影，也听不到有猪和羊的叫声。太阳依旧明亮而放荡地照耀着。屋子依旧落寞而封闭地存在着。不知道为什么，我突然就没了钓鱼的兴致。

我伫立在院坝里，脑海里不断地闪过这屋里住着的那个女人的模样。她把自己关在这屋子里已经十几年了。她不是个疯子，精神很正常的，可偏喜欢将自己幽闭起来。她怕见光，怕淋雨，怕吹风，怕屋外的一切。她活在村子之中，又活在村子之外。这十几年来，只有少数几个村民看到她走出过屋子——她在院坝里站了一会后，很快又钻进了屋，掩上门，拉上窗户的蓝印花布——整个世界又一次剩下她独自一人了。

印象中，我还是在多年前的一个盛夏的午后，看到过她一次。那年天大旱，高温持续了两个多月，滴雨未下，田地都龟裂着，树木和竹子有的也被骄阳晒死。我回乡看望父母，刚爬到山路的转弯处，一个披头散发的女人出现在路边，着实吓了我一跳。她手里拿着一把割草刀，好似在找什么草药。那会儿村人们都还躲在家里午休，野外没有人。她一见到我，似乎也被吓到了，转身就跑，像被太阳追着似的。跑着跑着，她就化掉了，不见了影子。

那个女人有个儿子，年龄四十好几了，单身，在外地一家不知什么工厂打工。逢年过节，还能看到他回来。平常是绝看不到的。但即便是儿子在家，那个女人也是不会从屋子里出来露面的。她的儿子也不会强迫她出来。他们似乎并没有血缘关系，他们是两个互不相干的陌生人——即便他们彼此间还有那么点爱，也难以治愈他们那各自心里的终极的孤独。这孤独多像卡森·麦卡勒斯的那部《心是孤独的猎手》的书里所昭示的孤独啊——那个镇上的哑巴——一个名叫辛格的银器雕刻工的孤独。

从屋子里弥散出来的青香的气味越来越浓,我再一次看了看这屋子。我知道里面住着一个女人,那屋子既是她的壳,也是她的心;既是她的监狱,也是她的佛堂。

草药

夏日。早晨。初升的朝阳是傲慢的。它目空一切,发出万道金光,狠狠地将那光的芒刺扎进大地的肌肤。大地静穆着,承受着,既不号叫,也不喊疼——莫非是大地已然习惯了将那太阳的芒刺当作扎入土层疗伤的针灸了吗?

这样想着,我便跟着村子里的几个老人走向了山坡。我们要去山上挖草药。我好多年都没挖过草药了,怕认错,只能跟着几个老人走。他们熟悉各种草药,宛如熟悉大地上的每一条路,每一道坎,每一滴水,每一棵树。那些草药仿佛都是他们种植的。他们个个都是我们村里的李时珍,遍尝过百草——酸的,甜的,苦的,涩的,有毒的,没毒的,他们都咀嚼过。他们吃粮食长大,也吃草药长大。他们是农民,命贱如草。他们生了病,没钱去医院治疗,又不想在家等死,就自己上山挖草药救命。他们无论生了什么病,普通的,怪异的,疑难的,轻微的,都吃同样的药。他们只有一张药方,村里所有的病患者都按照这张药方去抓药。有的人吃了好了,有的人吃了疯了,有的人吃了笑了,有的人吃了哭了,有的人吃了活蹦乱跳,有的人吃了呆若木鸡,有的人吃了益寿延年,有的人吃了命归阴曹……

我每次回乡,奶奶都要叫我去给她挖草药。她身体不好,疾病缠身。我劝她去医院,她死活不去。她说唯有草药可以维持住她的性命。这次也是她叫我去挖的。她说趁我在家,多替她挖一些。山坡上杂草丛生,弥漫着山野气息。朝霞落在草叶上,形成淡淡的一抹红。我在几个老人的指引下,低头仔细地寻觅着、辨识着,我希望替我奶奶找到更多的"还魂草",使她远离疾病和痛苦、恐慌和灾难、困厄和死亡。我慢慢地在草丛里走着,我多想找到那些藏在草间的宝贝——金银花、紫地丁、夏枯草、石菖蒲、过路黄、忍冬花……可我找了半天,也没找着。我怀疑它们都被太阳晒化了，或者被那几个老者提前挖完了（他们身上的疾病并不比我奶奶的少）。难道是他们怕我抢挖这些救命仙草，故意不告诉我的吗？不然，那些草药为何找不见了呢——它们不会是跑到我奶奶的身体里去了，抑或跑到鲁迅先生的小说《药》里去了吧？这些"野草"哟，乡下的野草，梦里的野草，呐喊中的野草，救治生命和精神的野草。

　　太阳又升高了一些，照得大地热辣辣的。然而，大地依旧静穆着，承受着，既不号叫，也不喊疼。那几个老人也不喊疼。他们领着我，从这个坡走到那个坡，捉迷藏似的。有时走到一株野草旁，他们故意低下头，脸上流露出惊喜。随即，又摇摇头，直起身，继续朝草地前面走去。我跟在他们后头，亦步亦趋。当我走到他们刚才低头看过的那株草旁时，我凭借童年的印象和记忆，断定那的确就是一株草药，只是我叫不出名字。我追上他们，很真诚地问道：那不就是草药吗？几个老人相视莞尔一笑，全都摆摆手，陷入长久的沉默。

　　整整一个上午，我们都在山坡上晃悠。我知道，那几个老人委实是在骗我。他们不希望我挖到草药。我毕竟比他们年轻，体力比他们好，动作比他们快。若挖起草药来，他们肯定抢不过我。尽管，他们都知道，我来挖草药并非是为自己，而是为我多病的奶奶。但我不明白，这几个老人都是我的长辈，平素在村子里也都是最为慷慨的人，为何这会儿就变得那么自私了呢？那一刻，我的内心有风暴在肆虐。我很想冲上去，拆穿他们的谎言，就像我很想以自己的愤怒去抵抗这初夏的朝阳的傲慢。但我最终还是忍住了。倘若我真的跟他们过不去，也就是在跟我的奶奶过不去，跟衰老过不去，跟活着本身过不去。

　　那么，我索性就这样跟着他们走。他们走到哪里，我就走到哪里。他们从草旁走过，我就从草旁走过；他们从药旁走过，我就从药旁走过。只要他们不说那草是药，我就绝对不会弯腰去割。我宁可辜负我的奶奶，也不会伤害这几个老人。因为，我的奶奶和他们都很老了。老了的奶奶身边至少还有我这个孙子，可那几个老人身边，一个人也没有，只剩下他们自己。

　　他们都把自己活成了一味药。

选自《光明日报》2018年9月21日

评鉴与感悟

生活中的佳骏兄热情,也有趣,写起文章来,却又像是变了个人,纯粹,又安静。那些被我们常常忽略的乡野之物,在他的反复辨识中,有了新的意蕴。就是写起人来,也不关注惊乍的情节,只是带着体贴和同情,去走近,耐烦聆听。

禅修记

/陈蔚文

过去心不可得，现在心不可得，未来心不可得。

——《金刚经》

1

周五，车子开上山路，进到弥陀寺，已是下午四点多。先领禅修服，交掉手机。一件黄色宽松马甲，一个挂在胸前的"止语牌"，写有寮房、子单与斋堂座位号。套上这件黄马甲，身份便隐蔽或说卸去了，包括性别、年龄，一切档案表上需填的资料都不必了，互道"师兄"，老少男女，只这一种称呼。

同行的有十岁的儿子乎乎，还有女友H和女儿。乎乎换上黄马甲，挂上止语牌，像个小沙弥。来之前我与他玩笑，因他爱吃称他"二师兄"。进得寺里，设施虽简，空气却庄，玩笑显得不宜，我为自己违反禅修规定，带了零食进寺有些不安。

三层楼的寮房呈"回"字形，房内只三张硬板床、一张桌，没有电风扇，天气闷热。夜色深些时，山中空气渐凉，才恍惚睡着一小会儿，大概凌晨三点半，香板响得惊心，要起香坐禅了。多年来不曾熬夜，年轻时即有的神经衰弱怵怕无眠之夜，知道次日必定面如死灰。但既参加禅修，只能勉力起身。

从寮房到大殿有一段路，黑得伸手不见五指，寺内传来击鼓鸣钟声，深一脚浅一脚地走到殿前。殿内光照明亮，已有两位僧人与多位师兄在。跟读诵经，《楞严咒》《大悲咒》《心经》，夹以梵呗赞偈。领诵的年轻僧人骨相清奇，诵读熟极而流，有古意的梵音尾调，越读越快，开头还能跟上，再就跌跌撞撞跟丢了。经前排义工师兄提示，才翻到没读几行又跟丢了。困倦，身魄发飘发虚，有好几次觉得难以撑下去，却只能咬牙撑着。身受，想到这个词，身受亦是心受。苦其心志，而修其精神——若果能修得精进那么一点点吗？

早课毕，出大殿，抬眼望去，山峦如黛，雾气薄笼。凝视这山影，掠过"了了分明，如如不动"一句，这些山在此屹立了多少年代，是否已具有空性？

五点过斋（吃饭），男众与女众在斋堂外分队而入。不可吱声，有要求以手势表示。吃前诵"供养经"。近百人的斋堂，静极。斋食简单，义工老菩萨凌晨起来蒸的馒头、烧卖，还有粥。人人专注吃，天地间似只余面前这副碗箸。"食不言，寝不语"，孔子先生两千多年前说的。

饭毕，碗筷搁好在桌边，去大殿转圈，合十，顶礼，回寮房稍作休息，开始上午的打坐听经。盘腿而坐，直坐得腰酸背痛，不可松懈——每隔一会，僧人巡香检视有无偷懒涣散者，背后塞靠垫的取走，塌腰弯背的作势吃香板以提醒。

不知过了多久，中年僧人（长相肖似达摩，头顶一道长疤引人遐想他身后的红尘事）一声令，"行起来！"如获大赦，好歹可活动下身子。众人起身在殿内绕圈行走，直转了九九八十一圈吧，复又坐下，打坐，听经。愈发昏沉，几乎整宿未睡的困倦阵阵袭来。寂光法师也在大殿一侧打坐，他善谈，博学，儒释道皆晓，开示众人打坐也即自观。眼观鼻，鼻观口，口观心，观是定，能破散乱心，观是慧，能除昏沉。定中有慧，慧中有定，方可断烦恼，了生死……逐渐，他宣讲的内容如叶子迅疾的沙沙声从耳畔拂过。此刻我需要一张床板甚过一切。究竟，我是个蒙昧之人，不少时候，所谓"聪明"都在人可见的地方。在人不见之处，那顽固凌乱的"自性"仿佛行多少路、读多少书也不能够开化。

2

午斋。茄子，南瓜，空心菜，苦瓜……都是寺里种的当季菜，这样的饭食才真正能体会弘一法师所说"咸有咸滋味，淡有淡滋味"，我与乎乎讲过的故事：当年弘一法师在宁波七塔寺清修，他的老友夏丏尊来访。弘一法师正就着一碟咸萝卜干午饭。夏丏尊不由心酸，问，这么咸吃得下吗？弘一法师手中竹箸微顿一下，轻声答：咸有咸滋味，淡有淡滋味。这千帆过尽后的一答，粗茶淡饭中法喜充满。

比起一桌珍馐美馔，简朴菜蔬反能体会"吃饭"之庄重、有味，这也是我随年纪增长而愈强的感受。

晚斋后匆去沐浴，山寺中的夜色似乎比任何地方都要深浓，走过漆黑的一段路，拎了热水去浴室，旧木门关不拢，只能虚掩。地面积水，角落有粗长的斑斓虫子，第一晚开营时义工已交代，不可伤寺内生命，包括一虫一蚁。

沐浴后仍在殿内做晚课。那些经文，如山岭之石，层层叠叠。"是故须菩提，诸菩萨摩诃萨应如是生清净心，不应住色生心，不应住声、香、味、触、法生心，应无所住而生其心。"殿堂安静，脑子嘈杂，各种琐屑旋转飞舞，提醒自己回到正念——如何算作正念？灭欲之后是谓正念？对此，史铁生曾说，世界本身正是由欲望所构成。人受欲望的驱使而展开自身，进而成为自己。正是"欲望"使得人以个体的形式存在，没有欲望，便取消了差别，"世界"将成为一潭死水，甚至"世界"本身也不可能产生，"我"也必然无法存在。

乎乎养过只小仓鼠，笼子里，它无休止地在轮上奔跑，让人担心它会累死。事实上，对天性爱跑的小仓鼠，没有跑轮，它才可能瘫痪，半残废一样在笼子里爬行。

那只飞快转动的跑轮似人的欲望之轮，何时停止，能否取消？取消处，是光的前端抑或熄灭的虚无？

如此看来，正念不是使欲望成为无，将人变作槁木，而是使欲念在合理范畴。类似阐述，我在胡河清先生《灵地的缅想》书序中也读到过。胡河清说到宗教的普遍特征是"防念"，意在制造绝对圣化的精神乌托邦。

"但人类潜意识的生命直觉冲动（佛教谓之为无明）却不那么容易可以彻底消灭。"禅宗修炼即反圣化主义，《维摩诘经》中也有"大乘不防念"思想，"最高的佛性并非绝对的虚无，而恰恰要通过对于充满妄念无明、生命骚动的存在本体的深刻体认才能实现"。

人，既面临从天性出发的自我蛊惑，又面临从伦理出发的自我裁决，这两种因素孪生般纠结。接下来要问的是，正念与妄念间的那根界线在哪？它不会如"半江瑟瑟半江红"的景况，肉眼可眺，这由道德、伦理命名的"正"与"妄"，很可能藏身于同一具皮囊，由此才有夹缠着"贪痴嗔"的人世苦。

苦过后，人该趋向一点清明吧，看清许多苦头是"色身"所起、妄情所致，由此得一点长进，将昨日迷障里包藏的实相窥见几分。无论信不信佛，不故见自封，"有我"但不"我执"，是人生需修行的功课。

3

弥陀寺，位于赣地九江武宁县杨洲乡，初名"毗庐岗"，后名"凤鸣禅林"，明万历癸未十一年释弘耐大师又将此寺改名为"西瓜古寺"，后简称"西瓜寺"。四百多年来，寺庙几度兴废，历尽沧桑，"文革"期间古寺片瓦无存。

1985年，中国佛教协会会长赵朴初应该寺住持释传开大师之请，将此寺更名为弥陀寺。

这座弥陀寺，寂光法师及两位僧人的清瘦像是一种修行的保证。那瘦，与浊世的瘦又不同，是一种骨中的瘦，持戒方有的瘦，如竹，似樟，风刮过他们的僧衣角，我注视这瘦的背影，如注视解脱本身。注视这瘦，方知骨中的瘦与肉的瘦多么不同，前者由精神的清洁协同，后者的瘦只是肉身的瘦。肉身的瘦易，骨中的瘦难，就说这打坐、听经，对僧人日常的功课，对常人却是要咬牙撑过的煎熬，腰酸背痛，神思昏沉，分秒漫长如不绝蝉鸣……

是要多大的发心才能离脱红尘，从此静坐一炉香？这两位僧人又如何来到寺内呢，年轻僧人眉清目朗（H甚至注意到他手指修长，无劳作之迹），头有疤痕的中年僧人留一撮微翘小胡，吃饭用一只如小盆的大钵。两人均过午不食。

前年在广东南雄禅寺，看大殿前的两株菩提——每年四月初八浴佛节，两棵树同时示现荣枯奇景：左边的公树叶枯落光，右边雌树依然绿叶婆娑，似神灵向众生宣说世间无常之法。陪同的寺内当家师证实此景不虚，聊起来，他说是河北涿州人。

"师父如何来此寺的呢？"我问。

着一袭灰色僧衣的当家师，推一推眼镜，神色安详地说起自己与佛结缘是四十岁后。那时身体不大好，母亲让他跟随邻居大妈去庙里拜拜，他起初不情愿，又不想违逆母亲，便去了。到那，通向庙里有条石阶路，人说要叩拜而上，他心想自己一大老爷们，这多不好意思啊。可再看，还有年长者都在拾梯叩拜呢，于是也效仿着。从这次后，渐找些佛书看，有了不一样的感觉——也许，这就是大于言说的"形式的力量"，某种气氛或者情绪袭中了这个中年人，或说接应了这个中年人，带他走进另一界域。再往后，吃肉便吐，不能沾半点荤腥。他请了长假，从单位出来，拜时任深圳弘法寺方丈的本焕老和尚为上师，有了与大雄禅寺的结缘。

当家师说，他第一次来粤东北的大雄禅寺，没有异乡客的暌隔，倒有归人的自在，遂在此寺留下。

人与宗教的缘法，也与树的奇观一般不可言说。

暮色中的大雄禅寺，古意深邃。地因寺而名，寺因地而灵，世间许多事看似是果，实则前因已定。因熟果成，自相感召。

夕阳斜照寺中，两株菩提树默立护法，很想再与当家师聊聊，无奈要赶去下一站，只得作辞。送我们出大殿，当家师介绍身旁年轻人是寺里二当家，也是位戴眼镜的男子，瘦而寡言，在他身后又是怎样一段缘法？

此时的九江弥陀寺殿内，亦是夕暮，注视身着海青、虔敬燃香的年轻僧人，想起五柳先生一句诗："问君何能尔，心远地自偏。"此诗正写于九江（古称浔阳），五柳先生最后一次出仕为彭泽令，未满三月弃职，于浔阳庐山北归隐。

红尘无留踪之意，人生似飞鸿踏雪。隐于田园或遁入空门，看似去向虚无，或许，于勘破者反接近了实存？

4

次日夜半，仍是三点半起香早课，女友H的女儿与乎乎同岁，原本要求两个孩子也一道早课，我与H实在不忍，留他们在房内睡，我俩跌跌撞撞去殿堂，随僧人诵经。念着念着，几乎站不住，这半年来腰椎有点问题，站久愈难受，直想扑在面前的蒲垫上。有些焦躁起来，也因焦躁愈觉漫长，却见第一排义工居士们笃定诵经，其稔熟必得诵读百千次才可。究竟还是心虔方可神识内守，一心不乱。人说"安禅不须山水地"，若无禅心，别说在山水地，就在菩萨脚下也枉然啊。

早七点，众人已在山门外排好队，走古道小路，行脚去另一村庄。路上群声喊喳，遭一位义工责备。她从湖南来，从一官职退休，来弥陀寺后皈依，此次来已在弥陀寺住了十个月。

"你们讲了几十年话还没讲够？少说一句话，多念一声佛，专心走路！"她神情严肃，队伍中有人抱怨她态度严厉，不够出家者的宽柔，我倒是理解她的用心，也赞同止语之要求。

自进寺来，"止语"常如钟鸣，响拂耳际。

言，有时亦是障。在这时代，"言"空前发达，各种平台、场合，言汹涌纷至，流言蜚语，空言虚语，妄言绮语……如孔子说，"群居终日，言不及义"，常常，过多的"言"徒增是非纷扰。我曾以沉默为最高美德，总会在人群中注意那些寡言者。他们气息清峻，如松如竹。相形起来，我虽被贴上"内向"标签，但自知常陷浮躁，有时饶舌得令自己也陌生，也常踏入"言"遮蔽的沼泽，执缚幻惑。

言，带来贴近，同时也拉远距离。言说越多，空洞越大。承载语言的手机在这个时代似已替代上帝，替代了人与人的主要关系——漫舞的"言"中有多少谵妄？

"吾心似秋月，碧潭清皎洁。列物堪比伦，教我如何说。"说不出，因而不说，遂有彻底的皎洁。

5

多年前，确切说是2008年的1月，我还在上海工作，时近春节，连降的大雪阻断了回家的路。票是提前十几天从票贩子处购的，出发那天，上海南站的车次全部取消，到处是滞留的焦急旅客。我也在其中，随身带着麦卡勒斯的长篇小说《心是孤独的猎手》，她二十三岁时写的。讲述镇上有两个哑巴，他们总在一起。每天清早，他们从住所出来，手挽手地去上班。一个哑巴是肥胖迷糊的希腊人安东尼，另一个是有敏慧眼睛的高个子辛格，在无声的漫长岁月里，这两个男人彼此陪伴，用寂静相互倾听。

有一天，当辛格得知安东尼的死讯时，他失掉人生的意义——此时世界的寂静与之前的寂静不同了。辛格饮弹自杀。

大雪覆盖的上海南站，我随一个女人去打听消息，让她同伴照管下行李。打听的消息让人沮丧，没人知道何时能发车。我拎着行李重又坐轻轨回家，夜幕中的窗外掠过一片片皑皑雪迹。快到家才想起搁在行李箱上的《心是孤独的猎手》不见了。好在书也快看完，希望拿走它的人能喜欢这本书，能从这本书体会些什么——那比言说更高的会心，产生于孤独的两个生命中。

山寺中，胸前的止语牌让我忆起那个大雪的上海冬天、那本遗失的书、书中的两个聋哑人。后来在"豆瓣"看到则书评，"就像哑巴辛格说那些一刻也停不下来的倾诉者，停下来吧，停下来，自我倾诉，自我倾听，能拯救孤独的从来没有别人，只是我们自己！"虽然辛格最终也没能拯救自己，那也许因为他把安东尼已视作"自我"的一部分，或全部。

止语，也叫"闭口禅"，修行一种。语止，心念亦止。慎言，惜言，体会空性之境，"但有言说，都无实义"，故此佛祖拈花，迦叶微笑。

曾看一节目，英国冒险家贝尔主持的《荒野求生》，他空降到一个太平洋的孤岛，在一无所有的情况下待两个月。一切都要靠自己解决，包括食物、栖身之所，比赤手空拳地活下去更难的是，越到后来，他越要对付因极度寂寥而出现幻觉的大脑。

换言之，他最大的敌人是体量巨大的孤独。

他调动曾当过军人受训过的意志，避免脑中出现的两个声音，尽力使它们统一成一个频率，一个正常的，免于分裂的频率——比弄到食物更难。贝尔陷入情绪低谷。某天，他见远远有艘捕鱼船从海上驶过，这是他来到孤岛后第一次看见船，他的情绪一下好多了，因为船对应着人间，对应着同类，对应着不久后将会回归的尘世。他一下振奋起来。船驶远了，但他看见了希望。他和一艘远远的船完成了对话。事实上,这也是他与自我完成的一次对话。周遭仍静寂,他平静下来,又获得了力量。

一切言说终究要返回内心。或许,没什么对象能够永在,除了"自我",一个足够忠诚的"我"。它是孤岛的帆影,是潜水者的氧气。

6

女友H说,想回了,有些吃不消,看来空门不好遁。

空门从不是一扇"方便之门",也非一条进可攻、退可守的后路。

它甚至比所有的路更难,那是与识蕴聚合相关的路。

山寺虽小,若一心涅槃,也如须弥。红尘偌大,对宇宙洪荒来说不过芥子。

虽短短几日禅修,俗世里泡松散了的神识也难应对。和H一样,我仍悬浮,意志顽迷,出不了七情,舍不下六欲,在尘芥里日复一日滚染。

"不信",却并不影响"信",就如林白说到法国哲学家薇依的书,"我购买她的书不是为了阅读,而是为了供奉。"借用这句话,"信"对我,不是用来信仰的,是用来供奉。不是信徒,但你信它倡导的义理,包括"善""泰然的、不针对任何东西,又包罗万象,因而壮美"。

如天际晚霞,你朝着这个方向去,可能一辈子都接近不了它,但也一辈子都在其中,在霞光发散的光束中。你的生命,不管此前几许荒谬、纷乱,现在纳入了一个向度。或说,没有此前的荒谬与纷乱,无以到达如今的向度,如同我一位半生坎坷后来皈依的女友,我们聊起,正是这些坎坷把她领进了莲界,有了归宿的安喜。

> 世界上有无数的祷词,都不如
> 我四岁女儿的祷词,
> 那么无私,善良,
> 她跪下,对那在烟雾缭绕中
> 微闭着双眼的观世音说:
> 菩萨,祝你身体健康。

一个四岁女孩的"信",比起香火缭绕中的许多信,这更是一种"正信"。

是不是教徒不重要,"信"的实质是一脉善根,心意柔软。

茫茫世间,有人得闻梵音,有人至死耳畔市声嘈切,这二者也无孰高孰低,能择善而处,都不虚来此一趟。

周日,将寮房的两床枕套床单洗净,在院中悬晾好,取回手机,午斋后离寺。穿过大殿,去往山门路上,远远见年轻僧人的海青闪过,应是回侧殿寮房休息。我和H钻进车内,回转红尘,车内响着流行音乐,孩子们在后座吃零食。信号重回手机,数百条微信消息跳出闪烁——这由语言构建、掌控的众生的世界,巨大的漩涡,无主的沉浮……

车窗外,山峦掠过,亘古的苍翠里储积着时间的叠影,那其中有物质的时间,也有非物质的。有人可理解之物,也有不可解的。不管解与不解,山峦"无有所将,无有所迎",守进化序列,候四时枯荣。植物能永生吗?天空能永生吗?信者是否真能永生?无信者呢,化作腐殖,成为亘古苍翠的叠影中的一部分——这是否也算一种永生?

而永生,是否真的那么必要?

选自《上海文学》2018年第1期

评鉴与感悟

人到中年,开始禅修、念经、养生,到底是出自信仰,还是因为形式的意义?信或者不信,都没有想象的那般重要,陈蔚文以她的体验,一一辨别,反省。说到底,生命的喧嚣与孤独,皆是梦幻泡影,种种问题,归结于内心,考验的也不单是自己如何供奉、修行,而是怎么做人。

讲演

山西的文脉

/韩石山

这篇文章，叫《山西的文脉》，不是说古代的，也不是说近代的，是说现当代的，也就是新文化运动开始以后的。

我不敢保证我的结论是正确的，我只想说，我尽量用准确的事实。若有一天，有人指出，我用的事实是错误的，而这一事实，从逻辑上说，又不足以证实我的结论，那么我愿意承认自己是错了。

这么多年了，我们一直在自己糟蹋自己

好几年前了，有事去南方，酒席上聊天，一位半生不熟的朋友说，老韩呀，你可是个山药蛋派呀。我笑笑，没接这个茬儿。出门多了，我知道，凡是用这个方式开头的，没有几个是好料子。果然，酒过三巡，他的邪气就出来了，说有一件事他总也弄不明白，《徐志摩传》这样的作品，怎么也该是个江南人写的，怎么会是一个山西人写的？话说到这儿，哑巴也得说话了。我说，我见过一本南方人写的《徐志摩传》，开头是，轰的一声，一架飞机撞在山上，大火冲天而起。此人是大学教授，教授这个水平，别人可想而知。出版社不想再轰的一声，只好偏劳我这个山西人了。

我知道，我这是诡辩。

他说的是实话，从正面说，我无言以对，也无颜以对。

我曾跟马烽、西戎诸前辈，认真地说过这个话题。我说，我是不赞成这个说法的。他们也说，山药蛋这个说辞，是五六十年代，文学界那些自以为洋派的人，说了奚落山西作家的，可说是个鄙称，相当于民间的起外号。大约从上世纪80年代起，有山西的评论家，在报上发表文章，说这是怎样的一个独具特色的文学流派。此后省内报刊上，多有附和之声，等于是集体认领了这个鄙称。于是鄙称不再是鄙称，而是美誉了。我曾在一次会上说，多亏人家说我们是山药蛋，还能以丑为美，胡搅蛮缠，要是人家说是个别的什么蛋，也能化腐朽为神奇吗？

可别小看了这么个改变。我的感觉是，自从山西作家认领了这个鄙称，山西文学的品格，是越来越低了，连带的，山西文化的品格，也越来越低了。说得再严重点，连山西人的形象，也越来越低了。

一想到自己是个山药蛋，我都想扇自己一个耳巴子。

山西这个地方，说来真是可怜。经济，是靠煤炭支撑的；文化，是靠山药蛋作标签的。说是表里河山，实则是穷山恶水，你看看满世界，哪个山清水秀的地方，是出煤炭的？这样的地理，这样的经济，这样的人文，你让人家怎么看这个山西，怎么看你这个山西人？

真的，到了外地，人家说我是山药蛋派，我脸上无光，觉得还不如骂上我两句好受些。骂了你可以还口，这样说了，你只有干受着。地理上，经济上，不好说什么，但我认为，在人文上，尤其是在文学的脉络上，这么多年，我们实在是自己在糟蹋自己。我写这个文章，就是想把这个偏差给纠正过来。

近代以来的山西文脉

2012年初冬，我病了住院，谢泳先生从厦门回来，和张发先生一起到医院看我。谢带去他考证陈寅恪诗的文章，还有几本书让我看。其中一本是郭象升的《文学研究法》。郭是山西泽州人，1881年出生，山西大学堂的学生，后来又当了山西大学的教授，在山西名气很大。《文学研究法》里，有篇《白话文平议》，对当时的新文学人物，都有颇为中肯的评价。可见那个年代，山西的文化人，还是能容纳新的文学观念的。

最近看了一本书，对此又有了进一步的理解。

这些年，赁居京师，陪老伴看孙子。有一天，一位叫王静若的女士，来到我的赁居之处，留下他祖父王念祖先生的一叠诗稿，希望我能推荐给山西的一家出版社出版。我不是个轻易帮人忙的人，反正没事，看了这位王先生的诗，还真的起了推荐的念头。后来回太原，我的老领导张明旺先生请客。他来作协前，曾任省出版局的副局长，同时请来了两位现任的出版社老总，一位是三晋出版社的张继红先生，一位是北岳文艺出版社的续小强先生。我原是想推荐给张总的，觉得这样人物，还是他那儿合适。续先到，说起此事，续说，他们那儿正印一套《民国诗丛》，王先生的诗既然这么好，就加入这套丛书吧。我便将带去的诗稿，交给了续总。这是春天的事，到了秋天，这本书就出了，叫《王念祖诗集》。

现在可以说我之所以推荐的理由了。我不懂诗，不全是看他的诗好，我看重的是，这是一个有功名，且自许甚高的文化人。功名者，旧时之学历也。且看他有着怎样的功名。

王念祖先生，1882年出生，山西浑源县人。1900年十八岁时，首次参加童生选拔，获案首，成为秀才。1902年入山西大学堂西斋读书，同年山陕两省举办一场并科乡试，王先生前往西安，参加科考，顺利中举。原拟三年后进京参加会试，成为浑源县有史以来最年轻的进士，不意1905年兴新学、废科举，只好重返山西大学西斋学习。1908年完成西斋预科学业，成为山西大学西斋第四期毕业生，被清政府授予新举人称号，成为新学旧学双举人；授候补知县衔，且不分单月双月，均可补缺。1911年8月，完成西斋法科学业，与其他同学进京面圣，被宣统皇帝赐进士，这是中国历史上最后一任进士。

且看两个参照。鲁迅是1881年生人，参加过县考，未进学，后来也就没有资格参加乡试成为举人，进士就更不用说了。他那个年岁，是可能取得这些功名的，而他没有取得。民国后，学部有新进士考试，记得早年看书，郁达夫是参加了这个考试的，没有考取。

至于王念祖的才能，只要看看这两联就行了，一联是"杜陵寄食平生痛，王粲依人半岁闲"，一联是"王粲于今寥落甚，何时把盏一登楼"。王粲者，建安七子之首也。前联说的是1958年王念祖被划为"右派"，在随后的食堂化中，旧宅建为食堂，后又让村人占据，只好蛰居他处门洞旁的小屋里，一直到去世。

在那个年代，山西学子，功名上一点也不后于他人。

我在山西大学念书时，历史系教授郭吾真先生，与吴晗是清华同班同学，她的丈夫常风先生，外语系教授，是钱锺书的清华同班同学。中文系教授姚奠中先生，是章太炎的学生，可以说是鲁迅的师兄弟。我写过《李健吾传》《张颔传》，他们都是杰出的文化人。李是作家，张是考古学家，也可说是诗人，新旧诗都写。

这些文化人，他们身上，可有一丁点的山药蛋的气息？

怎么我一跨进文坛，就掉进了"山药蛋"的堆子里。

我是怎样掉进"山药蛋"堆子里的

我上大学时，学制是五年，1970年8月毕业，分配到山西汾西县一个村子教书，过了一年，到了另一个村子。我的老家在临猗县，调回去绝无可能。在这样的地方，前程是一眼就可以看到底的，年轻教员熬成老教员，退休了回老家。

要改变这个命运，对一个出身不好的人来说，只有写作。三下两下，居然薄有声名。出名跟当强盗是一个道理，得干一票大的才行。当时的电影，八个样板戏之外，只拍出一部《青松岭》，我就想，若能写上个电影文学剧本，拍部电影，还怕调不出这个鬼地方吗？于是便写了个电影文学剧本，叫《山里的秋天》，寄给北京电影制片厂。没想到的是，当年秋天，北影把我叫到北京，不是要拍这个电影，是觉得我的本子还有点基础，他们要办个电影文学剧本学习班，一个半月，让我来提高提高。

三十几个人里，后来也还有名的，一个是安徽来的张锲，一个是江西来的杨佩瑾。张后来当了中国作家协会的副主席，杨后来当了江西文联的主席。认识他们对我没用，有用的是，认识了也在这儿改本子的两个山西作家，一个是马烽，一个是孙谦。我们住三楼，他俩住一楼，一人一个房间。有次我去了，马烽说，老孙昨天晚上咳嗽，浑身抖动，腿一抬，脚一挑，一边的小脚趾，不偏不倚，恰好挑进了床头柜上放的茶杯的把儿里，甩出老远，摔个粉碎。

这是1973年的事，此后我去了太原，就去看望二位。看望了马烽，顺便也去看望了西戎。在山西，这两个人的名字是连在一起的，都是《吕梁英雄传》的作者。

一晃改革开放来了，刊物多了，发表的作品也就多了。1980年，刚刚恢复的中国作家协会，办了个文学讲习会，学期半年，通知我参加。三十一二个人，山西就我一个。去了才知道，这是中国作家协会通过北京的文学单位，自个确定的名单，跟本省没有关系。也是去了才知道，这个讲习会的开办，与丁玲大有关系。上世纪50年代前期，丁玲主持中国作家协会工作时，办过个中央文学讲习所，招收解放区的年轻作家来进修。知道了这个情况后，讲习会的同学们兴奋不已，一致要求改名并延长学习期限。一闹腾，学期没动，名字还真的改了，叫成文学讲习所第五期。意思是，跟50年代办的四期接续上。

半年的时间里，多半是请有名的作家学者来讲课。学者们是讲课，作家来了是谈经验。真正的经验，往往就是经历，经历是最见性情的。记得一次请了萧军来，大谈在上海时，怎样跟张春桥打架。又谈在刚刚开过的第三次文代会上，他们几个老作家，怎样向周扬发飙。说开大会时，他们坐在前排，周扬在上面讲话，是他，还是另一个老作家，竟叫着周扬的名字，说你那时候整了多少人，怎么就不检讨。弄得周扬很是尴尬，连连鞠躬，检讨自己过去整人的错误。

文讲所的负责人徐刚，是老讲习所的人，知道我是山西来的，曾跟我谈起文讲所的旧事。说丁玲办所初期，马烽和西戎，都是第一批学员。山西来的，第一期是马烽、西戎，第二期是胡正，第三期是少数民族班，山西没人来，第四期是编辑班，来的是陈志铭，《火花》的副主编。

"怎么后来就不办了呢？"

"丁玲出事了，还怎么办下去。"

"那些人呢？"我是问一二期那些青年作家。

"哪儿来的回了哪儿。马烽、西戎、胡正，不都回了山西吗？"

隐隐约约地，我感到，我是站在了一个战阵的一侧。

文讲所结业回去，承马烽、西戎的关照，我从学校调出，到汾西县城关公社挂职，担任副主任。1984年，我正式调进省作家协会，成为专业作家。不久又去太原近郊的清徐县，挂职县委副书记，深入生活。

就这样，我掉进了"山药蛋"堆子里，成了一个不大不小的山药蛋。

我不喜欢这名号，但我喜欢这待遇，这荣耀。

怎么能这样对待一个可怜的老太太

1984年12月底，中国作家协会第四次全国代表大会，在京西宾馆举行。我是山西的与会代表。行前，西戎让我去他家里，说省上正开人大常委会会议，他不能去北京，告了假，有份礼品，两瓶汾酒，还有一封信，让我带给丁玲。

到北京住下，当天晚上，我就按照信封上的地址，找到木樨地22号楼丁玲的家。房子很大，客厅里，好几个客人，正在谈笑中。听说我是山西来的，老太太很高兴，人多，不便说什么，问候几句，鞠躬退出。

回到京西宾馆，有人跟我说，会上有人在活动，要把丁玲选下去。山西代表中，也有人在做这个事。我对这种事，向来反感。丁玲是个受尽磨难的老作家，解放初就是作家协会的副主席，主持工作，七老八十了，还是个副主席，忍心这么糟蹋吗？

第二天一上会场，我就知道我是多么幼稚了。

大会在一层会议厅里进行。从我们住的楼层下去，往右一拐，正是会议厅的后门，进去右手的墙上，有张大红纸写的致敬信。一看，是周扬同志病了，不能参加大会，许多受他栽培，没有直接栽培，也受到他精神感召的作家们，对他为中国文学事业做出的贡献，表示衷心的感谢，并祝愿他早日康复云云。两整张纸，竖着连在一起，下一张的大半空着，满满的全是签名。全是当时最叫红的，或是过了一段也叫红的作家们，有青年作家，更有一批重放异彩的"右派"作家。

开大会时，丁玲坐在主席台上，前排右边，倒数第三或第二的位置上。上身是一件宽大的红毛衣，看去像一团火。

选举在最后一天进行。我心里提得老高，为老太太担着心。是当选了，但票数不高，明显不是她这样的人物应当得的那个数字。

再后来，是大型文学刊物《中国》停刊事件。一个复出的老太太，领着几个老弱残兵，想办一份刊物，也叫停了。真能做得出来。

关于丁玲是"老左"的话题，我是有自己的看法的。1996年，我在

《文学自由谈》上发表过一篇文章，其中说：

> 十年动乱不提，粉碎"四人帮"后，各行各业都是受迫害最深的人出来掌权。按文艺界的情况，理当是丁玲出来，倡导思想解放才是。事有不尽然者，一来是周扬等人仅是"文化大革命"中受到迫害，本身又是政界人才，自然辨得风向，知道该何去何从；再则当时的中央对右派问题尚未全面平反，丁玲等人"案情重大"，而平反的大权操在周扬手里，实在不行了，也会拖一拖。丁玲所以会"二次平反"，其源盖出于此。待到丁玲彻底平反出来，世事已大变，周扬已经坐稳"思想解放领袖"的地位，两人既然势不两立，留给丁玲的是什么角色，就不言自明了。

文章名为《酒醉的探戈》，一年后收入我的《黑沉中的亮丽》一书。

周文和《吕梁英雄传》

进了山西作协，免不了会跟马烽、西戎两位师长聊聊天。我对20世纪30年代的文学，兴趣颇浓，想不到的是，他俩在晋绥根据地的老领导，竟是一位30年代的作家，名叫周文。

西戎给我说过，周文最著名的是"盘肠大战"。他简略地说过事情的经过，详细情形，还是我自己看书知道的。

约1935年的时候，周文写了个短篇小说，叫《在山坡上》。其中有个情节是，一场血腥混战之后，一个腹部被刺破、肠子流出的士兵，醒来看到与他交战敌方士兵还活着，又起来继续拼杀。《文学》的编辑傅东华，发表时将此情节删除。周文大为不满，写文章争辩，那边不依，两边就争论起来。因为是肠子引起来的，删去的又是文章中间的一段，故名曰"盘肠大战"。

周文的经历，有点像沈从文。1907年出生，四川荥经人，年轻时，曾在川军部队当文书。1930年出川，在江浙一带谋生，爱写小说，很快出名，由丁玲介绍入党，后来成了"左联"党组成员。与鲁迅关系亲密，鲁迅下葬时，是十几个抬棺人之一。

抗战开始后,周文撤到重庆,过了两年,去了延安。1942年过河到山西这边的晋绥分区,任宣传部秘书,后来当了秘书长。1945年初,《晋绥大众报》社长他调,周文兼了社长。此时马烽和西戎两个年轻人,已是这个报社的副刊编辑。1945年5月,晋绥边区召开战斗英雄劳模大会,英模材料很多,《晋绥大众报》是个小报,五六天出一次,无法悉数登载,经周文同意,由马烽与西戎执笔,将这些材料改写为章回小说,名为《吕梁英雄传》,逐期刊登。

抗战胜利后,周文奉调到重庆,任《新华日报》副总编辑,将已经发表的三十几章,带到重庆,在《新华日报》上连载。再后来,上海出了《吕梁英雄传》,前面有周文写的序言。可以说,《吕梁英雄传》是在周文一手扶植下写出来,也是周文一手策划下,走出吕梁山,走向全国的。

周文后来的命运,甚是悲惨。1952年在马列学院的"三反"中,他先是运动的领导人,后来成了"大老虎",不明不白就死了,胡乱埋掉。直到1975年,才获得平反,迁葬八宝山。1987年,中国大众文学学会在北京成立,马烽出任会长,以倡导文学大众化的名义,写了纪念文章,深情怀念周文先生。说是经过周文的运作,"给国统区的人民带去了解放区军民艰苦奋斗的一幅图画"。

马烽和丁玲

为了写这篇文章,我让儿子为我在网上买了一本书,马烽写的,叫《马烽与〈吕梁英雄传〉》,2016年11月人民文学出版社印行。马烽与丁玲,我原来只知道两人关系甚深,看了这本书,才知道他们之间的关系,比我所知道的,还要深。

1949年7月,全国第一次文代会举行,会后马烽留在了中国作协(当时称"文协")创作组。不久之后,丁玲从东北调来,主持作协工作,两人由此相识。真正成为师生关系,并有工作上的交集,则是丁玲创办文学讲习所之后。这个组织,最早的名字是中央文学研究所,后来改名为中央文学讲习所,我们还是用文学讲习所这个通用的名字吧。

马烽和西戎,都是第一期的学员,也都是讲习所的工作人员,马烽的职务更高,是讲习所的党支部书记。也就是说,是丁办讲习所的主要助手。

丁玲主持中国作家协会，周扬是中宣部的副部长，分管文学艺术，等于是将两人的斗争，从延安时期，经过解放区时期，延续到了建国后。周扬对丁玲发起的第一次攻击，是1955年夏天，对《文艺报》办报方针的批判。批判的内容，很快就转到丁玲办文学讲习所，说是意在培植个人势力，搞独立王国。批判会上，马烽看不下去，觉得自己是支部书记，什么事都晓得，便主动发言，为丁玲辩解。有人当场痛斥他这是为丁玲抬轿子、吹喇叭。会后领导找他谈话，要他做检查，检查他是做了，但心里是不服气的。待到丁玲被打成"右派"，虽说作协领导有意安抚他，委以重任，他还是坚辞不干，回到了山西。

此后二十多年，两人没有来往。

"文革"后期，知道丁玲夫妇被发配到山西某地劳动改造，也没有去看望。

他是知道感恩的人，一直记着丁玲的恩情。解放初，与杏绵要结婚了，杏绵的工作单位在保定，是丁玲通过组织关系，将杏绵调到北京，又安排两人住在颐和园的邵窝殿，度了一个星期的"蜜月"。

最最重要的是，马烽绝不相信丁玲是叛徒。1952年夏天，他曾陪丁玲、陈明夫妇去南京参观访问。有一天，丁玲特意领上陈明和马烽，去南京郊区看了当年软禁她的那个地方。马烽的感觉是，革命队伍里，谁会拿上自己的污点给人夸耀？

1978年，马烽在山西已恢复了职务，抽调派赴晋东南地区工作。带车下去，一到长治，听文艺界的同志说，丁玲夫妇劳动改造的地址就在长治市北郊的杖头村。不去报到，当即驱车去村里，看望丁玲夫妇。

过后不久，丁玲即获平反，但是，仍留下了一个遗憾，就是所谓的叛徒问题，仍然悬着。直到1984年冬天，开第四次作代会前，才由中组部发出文件，算是彻底平反。

再一件，最能说明两人关系之深的事是，1986年2月22日，丁玲病危，陈明立即发电报给马烽，马烽得信后，买不上火车票，只好用站台票上了车，之后向列车长讲明情况，才补上软卧，赶到北京，看望了弥留之中的丁玲老人。

鲁迅——周文——丁玲——马烽

历史有他的诡谲之处。

丁玲与周扬的争斗，可说是解放后文艺界，两派斗争的缩影。这样的争斗，以是非而论，有无是非的地方，也有有是非的地方。近年来有种说法，说胡风也够左的，丁玲更左，他们出来领导，说不定比周扬更糟。我不同意这种说法。这样说，等于世上没有了是非。坏事得做出来，才是坏事，没做出来，就是没有。这才是人的正常的判断。

1988年冬，马烽出任中国作家协会党组书记，兼任中国作家协会副主席，成为中国作家协会的实际掌门人。有人大为惊奇，觉得，怎么也轮不上一个"山药蛋"！

山西更有所谓的耿介之士，找上门去，劝说马烽，这个时候，怎么也不应当进京，担任这样的职务。

我听了只有冷笑。但我不能说什么。后来见有外地的朋友，也持这样的论调，遂觉得，有必要将此中缘由说个清楚，便写了一篇文章，名为《酒醉的探戈》。写是写下了，发，哪儿肯发呢，便一直搁着。1995年冬天，去天津开中国小说学会恢复活动的会议，会上见到任芙康先生，对我说，有适合他们发表的作品，但请寄来无妨。回去后，便将那篇文章寄去，大约第二年春天某期便刊发了。文章里，我说了对中国文艺界，几十年来的争斗的看法，不是要说服谁，只是想说，这世上有人有这样一种看法。

这种争执，可上溯到20世纪30年代初期，先是左联的领导权，后是两个口号的抵牾，于是进步文坛上形成了互不相让的两派，鲁迅为一派的主将，麾下有冯雪峰、胡风、丁玲一干人马；周扬为另一派的主将，手下也有一干人马；都称得上兵强马壮，气吞万里如虎。从创作实力与社会影响上说，还数前者，从年龄优势与党内地位上说，则要数后者。在上海没有争出个你高我低，一则是鲁迅去世了，再则是抗战爆发了，于是战场又转移到延安。冯雪峰、胡风都没有去延安，去了延安的是丁玲。丁玲去延安的时间最早，大约在1936年秋，先是到了保安，后来才去了延安。周扬去延安在1937年。此时，时势不同而人事又大变，一进了根据地，丁玲就显得势单力薄了。有一个职务上的变化是很有意思的，在保安时，丁玲当选为文艺家协会主任，可是到了延安，成立边区文艺家协会时，周扬就是主任了。更具讽刺意味的是，居然还担任了鲁迅文学院的院长。

接下来说，丁玲在延安待不下去了，组织西北战地服务团去了山西。回到延安，又因为一篇文章，受到批判。解放后，原本应当平安相处的，不料周扬又动了杀机。丁玲沦为阶下囚，也就无可避免，马烽坚决辞职，退守山西，也就成了是无奈，也是明智的选择。

历史老人，绝对是个文章高手，早在丁玲遭受厄运之前，便埋下了一个深深的伏笔，这便是办了中央文学讲习所。对这一点，我是这样说的：

> 富有戏剧性的是，在延安办过鲁迅文学院，且以此拼凑了自己班底的周扬，胜利后一朝大权在握，忘了办学校的重要性，竟让丁玲棋先一着。未必是有意为之，起初或许仅是一种责任感，50年代初期，丁玲办了个"中央文学讲习所"，到五七年反右前，接连四期，培养了一大批解放区出身的作家。

这些人，有作家的一面，也有革命干部的一面，在中国的政治运动中是不易倒台的，后来大都成为各省区文艺界的铁腕人物。这样一来，当上面的丁玲一干人纷纷落马后，全国的文艺界便呈现了一种奇怪的格局，上面是周扬一派掌权，各地又多是丁玲的弟子掌权，如山西的马烽、安徽的陈登科等。政令不一，各行其是。这也可以解释，为何那些年，有的人在上面备受冷落而到了下面却礼遇有加，有的人在下面平平常常，却会不断得到擢升。

于此便可以看出，山西的文脉，是怎样一个线索。影影绰绰的，是不是这样几个点，连成了似显不显的一条线。这几个点便是：

鲁迅——周文——丁玲——马烽。

我不敢说，我说清了一个问题，我觉得，曲曲折折地，总算说清了我要说的意思。

最后要说的是，我之所以写这篇文章，一半是出于公义，一半是出于私情。所谓的私情，不是别的，是三十多年前，马烽和西戎两位先生，将我一家从吕梁山里调到省城，改变了我和我家人的命运。两位老人的晚年，并不怎么顺遂。这世上，总得有人为他们说上两句好话。

选自《山西文学》2018年第3期

评鉴与感悟

如果没有对政治，或者说对历史的足够了解，想要明白韩先生《山西的文脉》内中意味，并不容易。仅做字面的分析，韩先生的不满，似乎是他怎么就被踹进了一堆山药蛋里头。一个写出了《李健吾传》、写出了《徐志摩传》的人，非要做文学渊源的追溯，也应该是鲁迅，是胡适，是李健吾。稍有常识都能理解，一个作家怎么又可能单单只受一个人的影响？读了好几遍，一直在想，韩先生写出这么一篇文章，应该不只是为自己叫屈。把他人的神请将下来，目的还是还原真相，讲述常识。

打工者的故事

/吕途

我今天给大家讲的是打工者的故事。

2003年我刚博士毕业不久，在国外生活，我接受了一个国际研究项目的邀请，回到北京来做调研。我找到了当时在北京为工友服务的一家公益机构，叫北京工友之家，他们当时在海淀区的肖家河。我找到他们，跟他们的新工人艺术团去建筑工地为工友们演出。

后来工友之家搬到了北京的皮村，在那里创建了一所同心实验学校，为流动儿童提供教育，至今这所学校还幸存着，为一万多名流动儿童提供了教育机会。

2005年冬天，我到同心实验学校找机构的负责人之一王德志做访谈。当时他手里拿着喷枪在烤暖气片，太冷了，暖气冻住了，如果不及时把里边的冰块化开的话，暖气片就会冻裂，孩子们就会受冻。

我拿着纸笔，低头看着我手里长长的问题单，然后抬头看着王德志手里拿的喷枪，我觉得特别尴尬。我觉得即使我的研究做好了，我的书写出来了，我的论文在国际会议上发表了，我不觉得这项研究对这个群体有什么帮助，我不觉得我可以帮到这些孩子。那我的研究又有什么意义呢？

机构另外一个负责人跟我说了这样一段话。他说，你们这些研究人员来研究我们，就像是拿着照相机来给我们拍照，你们看到的"我们"只是相框里的这个片段，并不是真正的"我们"。

这样的一段话是我改变的一个节点。我意识到如果我真的想做有用的研究，我需要跟他们生活在一起。

2008年1月，我成为北京工友之家的一名工作人员，也住到了皮村。我们机构的同事跟皮村工友的居住条件是一样的，几平方米的出租屋是我们生活的全部空间。屋里边没有做饭的地方，就在外面搭一个棚。睡觉的地方就是下面垫着砖头、上面搭一个床板。

这样艰苦的条件，这么对付着生活，大家为什么可以忍耐呢？我当时就很疑惑。后来才知道，大家可以这样坚持、可以这样忍受的理由就是：大家都觉得在皮村是暂住，总有一天是要离开的。但是我就产生了一个追问：我们在这里真的是暂住吗？如果离开，我们会去哪里呢？

基于刚才那样一个追问，我就发起了一个调研：打工者居住状况与未来发展的调查。

我们当时访谈的是学校的家长，因为家长对我们很信任，这样一个结果的可信度也是很高的。那是2009年，那时候家长的平均年龄已经是三十八岁，现在十年过去了，他们四十八岁了，也就是说他们是打工的第一代。

那个时候我们看到这个调查的结果是，他们在北京已经平均居住了七年，在皮村也居住了超过四年以上，有为数不少的人已经在皮村住了五年甚至十年。在一个地方住四年、五年、十年，那不是暂住。

我们接着又追问了这样两个问题。如果你以后在城市找不到工作怎么办？65%的工友都回答：我要回老家。我又接着追问了另外一个问题：你以后的打算是什么？只有9%的工友回答：回老家。也就是说，在城市生活和工作是一种主动的选择，而回老家是被动的选择。

但是我的追问又来了，当初我们之所以从农村来到城市，就因为农村无法维持生计。那么将来有一天，在城市待不下去了然后回到老家，那个时候老家还回得去吗？

这样的一个追问就促使我继续进行调研。我做了城乡对应的调研，就是在城市访谈一组工友，然后回到他们的老家访谈他们的家人。

我访谈的一位工伤工友，他和妻子一起在深圳打工。夫妻都在深圳，但是他们的出租屋里边只有一张单人床，因为他们一个人上白班，一个人上夜班。

我在广州番禺拍过一张照片，小小的出租屋，我比较高但是我不胖，然后也就只能这样勉强走进去，里边一个台子可以用来做饭，旁边就是上厕所的地方。

看到这样一个空间，我心里边特别悲哀，因为我觉得在这个小小的空间里边，我们吃饭、睡觉、拉屎、撒尿，完成基本的生理功能。目的只有一个——第二天到工厂里边成为机器的一部分。

城市是这样的，农村又如何呢？我们看看四川邻水。

大家都知道，农业生产很难维持生计。在过去的几十年中，粮价只涨了三倍，但是房价涨了一千多倍。粮食生产、农业生产很难维持生计，有的时候会赔本，因为现在我们大的自然环境受到了很大的破坏，分田单干之后水利设施又得不到维护。前几天我们工大学员发了一些照片，他妈妈在地头哭，颗粒无收。

这样一个情况，人们还是会在老家盖一幢像样的房子。为什么呢？因为一个男孩子要想结婚的话，如果你没有个像样的房子，你连相亲的资格都没有。有一个工大学员，他有两个哥哥，两个哥哥就凑钱盖了房子。虽然房子盖起来了，但是他们现在还都是单身。

一幢漂亮的房子里边住着一位八十多岁的老奶奶和八岁的小孙女。

打工者中，如果没有条件把孩子都带在身边的话，往往会把儿子带在身边，而女儿就成为留守儿童。农村的老人呢？我在贵州遵义访谈的一位老人七十岁了，他说，我有四个儿子，有一个已经失联了，有两个在南方打工，最近的一个在贵州，但是他回家也要三个多小时。

大家都知道，农村小学在消失，医疗所、设备在消失，村庄在消失，说回农村去养老，怎么养老呢？

所以经过这一年的调研，一年的总结，我的研究发现就是——待不下的城市，回不去的农村，迷失在城乡之间。这是一个非常不乐观的状况。而处于这样一个状况中的人数却是非常庞大的。

根据我们国家统计局2018年4月份发布的统计报告，2017年农村户籍进城务工人员数量是两亿八千七百多万，这中间有八千六百多万的制造业工人。

2011年的时候,我在重庆的富士康访谈了一位女工。她不到二十岁,上护校职高,生病了,本来想休学,后来就辍学了,辍学了以后到富士康打工。我访谈她的时候,她已经在那里工作九个月了。

她告诉我,这个月她一天休息日都没有,已经加班了一百多个小时。我就问她你以后的打算是什么呢,她说无论以后打算是什么,她肯定不会在富士康,因为这里不是人待的地方。

我们也有五千四百多万的建筑工人。也是2011年,我在河南的农村访谈了一位建筑工人的妻子,她在农村照顾着孩子,种着农田。她告诉我,她一年最多见丈夫一面,她已经变成了一个木头人。

也就是说,如果我们有五千四百多万的建筑工人的话,那么我们就有五千多万不能团圆的夫妻和家庭。这中间我们还有两千五百多万的家政工,他们每天照顾着别人的孩子和老人,但是却见不到自己的孩子和老人。

中国现在已经是世界第二大经济体,财富的创造者付出了巨大的代价,而这代价之一就是六千八百七十七万留守儿童,稍微幸运一点的跟着父母来到城市,被称为流动儿童,一共三千四百二十六万。那么他们真的稍微幸运一点吗?

我可以给大家讲一个真实的故事。就是在我们皮村同心实验学校,有一天我们一位六年级的老师发现一个学生两天都没来上学,就跟他的好朋友一起去找他,最后在皮村街上的超市里找到了他,他已经在那里上班了。

他说如果他在这里读完了小学,小学毕业了,没有北京户籍,爸爸妈妈一定会把他送回老家去念书。为了不一个人回老家,他就主动选择辍学。

我们刚才提到的打工第一代,他们很多年龄已经超过了五十岁,有五千多万。当时他们有一个假想,就是说在城市打工,然后有一天会回到老家,但是这五千多万的第一代打工者回老家了吗?

他们没有回去。就像我刚才说的一样,过去回不去,如果不去好好建设它,我们为什么会想象今天和以后可以回去呢?所以这些年纪大的工友可能被拒绝进工厂,那么他们就在建筑工地,拾荒或者是做任何其他可以维持生计的工作。

如果说这样数量庞大的工友付出了青春和血汗的话,还有另一部分数量庞大的工友,他们付出的却是生命的代价,这就是工伤和职业病的受害者。

再给大家讲一个故事,也发生在皮村。因为我们现在是网络培训,所以工友可以在网上跟我们一起学习。这位工大的学员是一位木工。那天我们网络周会开始了,该他发言了,他就跟我说,老师,我今天没办法讲学习的内容,因为今天我的一位工友的手指被立刨打断了。当时我们就赶快去找那截断指,但是他的手指已经被立刨打得粉碎,跟锯末混在一起,连渣都找不到了,地上只有滴滴的血迹。他只有二十岁,他不会拿到工伤赔偿,因为在我们皮村几乎没有工友是有劳动合同的,更没有工伤保险。

其实在我们接近三亿的打工者中,只有不到三分之一的人有工伤保险,很多人受了工伤以后需要走非常漫长的法律程序去争取工伤赔偿,有的时候要一年甚至更久。如果你真的很幸运,最终成功了,但我认识的一个工友,他的一根断指赔偿了两万块钱。

前面提到过留守儿童,留守儿童并不是中国独有的现象。2012年,我去罗马尼亚探访那里的留守儿童,他们的爸爸妈妈不像我们是从农村到城市,在罗马尼亚,城市也难有就业的机会,所以他们会去欧洲的其他地方打工,比如去意大利。

跟中国的爸爸妈妈一样的是,他们也会把自己一辈子挣来的钱,甚至预支自己的收入去在农村老家盖一幢空空的大房子,期望着有一天可以回去。

我们今天能够忍受,把希望寄托在一个臆想上面、假想上面,那我们既不会拥有现在,更不会拥有未来。

但是这就是一个现状,这是什么导致的呢?我觉得这就是资本的逻辑,我们被它深深地套住了。

我看过一本书叫《劳工的力量》,讲述了1870年到1990年这一百二十年间资本如何在世界游走。1910年,汽车产业资本在美国制造了最大规模的汽车产业和汽车产业的工人,工人的数量增加了,工人的力量强大了,工会建立起来了,工人的工资就提高了,资本就逃走了。

他们逃到了西欧,同样的故事在西欧展开了,然后资本又逃走了,逃到了南非,逃到了韩国,在1990年代来到了中国,中国成为世界的工厂。

但是资本的逻辑只有一个,就是牟利。它不是为了这个社会健康的发展,当它剥夺了社会资源和廉价的劳动力之后,它会一走了之,留下一片废墟。比如美国的底特律。

中国也在发生这样的状况。当然,我们中国地大物博,可能我们的资本转移不是一下子逃到国外去,而是从沿海逃到内陆。我们现在在广州、在深圳、在天津,都可以看到资本撤资撤厂之后留下的空空的厂房和楼房。

这样的一个现状,我觉得我们需要有大的视野,宏观的视角,但是落实到现实中,我觉得我们每一个人——我自己是这样想的——我只能去做力所能及的事情。我做这个研究也是这样一个目的,我可以和工友一起去看清楚现实,然后才去思考有没有可能改变。

最后我的书终于面世了,但是我的预期并没有实现,因为我发现大部分工友没有时间,也没有习惯去读书。即便如此,我还是希望听到他们的反馈,所以我就把书送给他们。

这就是2012年的时候在苏州工友家园我们一起开读书会,当时现场有二十多个工友,他们的反馈给了我特别大的冲击。二十多个人,我数了,十六个人是这样一种反馈:这个社会挺公平的呀。

啊?是吗?然后他们说即使不公平,也是合理的,即使不合理,也是正常的,因为这个世界就是这个样子。所以,这样的一种反馈,这样的一种冲击促使我继续做研究。

我在想,为什么我们都被管得服服帖帖,那么服从呢?工厂里到底发生了什么呢?我觉得这是资本文化和工厂文化的共同作用,导致了这样一种状况。那工厂到底是什么样子呢?我就要研究工厂文化的这个问题。

开始我想着还像第一本书那样,跟工友做访谈,因为我有很多工友朋友。我就说咱们一周见一次面,做好记录,你到时候告诉我工厂里是什么样子。到了周末,我们就见面。

但我不知道该提什么问题,因为我没有在厂子里面待过,他也不知道我在问什么,觉得我很莫名其妙。说你到底想知道什么呀,我说我就想知道你们工厂里到底发生了什么。他说发生了什么,就是那个样子呗。这也让我明白了,文化是不能通过访谈去研究出来的,文化只有通过体验。所以我就进厂做了女工。

2012年5月,我在苏州一家台资厂的流水线上工作,车间里有四条流水线。

我们线上大概有十三个工友,前面隐隐地可以看到的那个蓝色的地方,是第一个工位,他的工位是印刷。四条流水线的第一个工位都是非常年轻的男工。他们的工作台上摆着几个气味非常刺鼻的瓶子,我们都知道那个瓶子的药水是非常有害的。

我上游的工位,是一位中年妇女。四条产品线的这个工位也一定都是一位中年妇女,因为她们的台子上也摆着一瓶刺鼻的药水,她会蘸着那个药水去擦电脑前框上的油渍。

很有可能,非常有可能,这样的一些药水会导致不孕不育。如果是非常年轻的男性和已经生过孩子的女工,受到这样的伤害反正也看不出来。所以在我看来,我们每天发生了那么多的工伤和职业病,其实都是一种故意伤害。

我的工位就是贴标签。我是上夜班,十二个小时。不允许坐着,也不给你凳子,休息的时候也没有凳子。我数了一下,八个小时里我贴了2620个标签,平均十一秒贴一个。

上班之前和下班之后,工友们都要排列得整整齐齐的,接受车间主任的训斥,没有说话的权利,也没有提问的权利。所有的这些工位都太简单了,只要你四肢健全都可以去做,所以我们毫无价值,随时可以被替代,随便可以被训斥。所有这一切都是要告诉你,你什么都不是。

当这样长期地被贬低之后,其实最后我们自己也会贬低自己,觉得自己毫无价值。

刚才我说到了文化,什么是文化?文化是我们生活的全部。这个全部不仅包括了我们的工作,也包括了我们的生活,我们生活的方方面面。我们知道自己回不去,知道住不进去,但是会盖那么一幢空空的房子。我们为什么结婚?为什么生孩子?我们的消费文化、我们的业余生活怎么样度过?这所有的一切都是我们的生活。

我在打工的时候住在女工宿舍里面,我那个车间是没有休息日的,但是为了知道周末时女工是怎么度过的,那个周日我就没有去上班。

我发现我下铺的那个女工平时不到六点就要起床去上班,到了周日,早晨不到八点她还是起来了。我说,你不是今天休息吗?她说休息了反正也没事干，也没有地方可以去，还不如去上班，也就没那么无聊了。

我对面上铺的那个女孩子周六一个晚上都没有回来。我就问旁边的人，我说她干吗去了，她们就告诉我她去跳炫舞。我说这挺好的，还能锻炼身体。她们说不是，说那叫QQ炫舞，是电脑上的一种游戏。在宿舍里的两个女工就在看韩剧。

看了这样一个女工宿舍的场景，我觉得大家也会觉得很无力。如果我们想改变这样一种状况，怎么可能改变呢？我觉得每个人身上其实都有很多能量，但是当我们没有方向的时候就会很无力。

我在苏州访谈了一位男工，他跟我说：我小学蹲级了两次，念了八年，都没学会怎么用拼音，后来外出打工，我为了玩游戏，需要打拼音，我一周就学会了。

后来他说，他发现在外边打工工资都特别低，但是有一个工种的工资稍高，就是模具师傅，但是要想会做模具的话需要绘图。他说他初中几何根本就没及格过，但是为了能够找一份工资稍高的工作，他就把几何书拿出来自学，学完了他就会绘图了。我访谈他的时候他已经是模具师傅了。

所以说，一个人的改变是非常有可能的，只要他知道他要做什么，他为什么要做。我觉得工友思想文化的改变一定也是这样的一个逻辑。

有个女工，名字叫佳俊，1986年出生在湖南偏远的一个村庄，她出生后不久爸爸妈妈就去广州打工了。三年以后，她的弟弟出生了，爸爸妈妈把弟弟带到了广州成为流动儿童，她继续做留守儿童。

后来上初中的时候她就住校了，初三的时候爸爸妈妈把她接到广州去团聚，春节过后她该回去念书了。爸爸妈妈给她买好了火车票，交好了学费，但是她就在床上两天不起床、不吃饭，也不说话。佳俊就这样辍学了，那年她十五岁。

一个十五岁的女孩子怎么办呢？她弄了一个假身份证，搞大了几岁，然后就进厂了。她进了一家制衣厂，工作特别辛苦，每天加班到十二点，五一、十一没有一天休息。十五六岁的一个女孩子半年就干不下去了，她就辞职了。

那时候是2002年，或是2003年，一辞职不得了，她找不到工作了。半年以后终于在另外一家制衣厂找到了工作，她就老老实实地上班。这家制衣厂工作更加辛苦，有的时候要加班到后半夜两点多。

这样坚持了两年多以后，佳俊实在受不了了，还是辞职了。但这一次学乖了，她在辞职之前找到了另外一份工作，那是一家皮具厂。这家厂是一家讲劳动法的厂子，加班不会超过晚上九点，还有双休日，而且工资也不比原来的低。佳俊就特别开心，觉得自己上了天堂一样。

但是工作了一段时间之后，佳俊就在想，难道我这一辈子就是要这样两点一线地度过吗？这样的生活有什么意义呢？而且让佳俊同样困惑的是，有了周末，甚至有双休日，突然有了这大把的休息时间，但是佳俊不知道用这个时间来干什么。

有一次休息，她在街上闲逛，一抬头看到了一个招牌——公益图书室。她就走了进去。原来这是一家为大家提供免费图书借阅的公益机构，也会组织各种各样的文娱活动。

佳俊开始的时候不以为然，后来有一次母亲节的活动佳俊特别感动，从此她就成为这家机构的骨干志愿者。一年以后，她就成了这家机构的工作人员。2012年的时候，佳俊创办了一家女工社区活动中心。2015年，佳俊创办了一家为流动儿童提供服务的社区活动中心。

我把佳俊的故事收录到这本书里——《中国新工人：女工传记》。这本书一共收录了三十四个女工的故事。我写这本书是为了什么呢？她们因为跟我一般关系都比较好，我访谈她们，她们会接受我的访谈，但她们总是会问我：我的故事有什么好讲的？写出我的故事有什么意义呢？有谁会愿意去看呢？我自己都不想去看。

其实不是的。我觉得如果我们想找到出路的话，首先要认清现实，还要认清自己，同样重要的是我们也要回顾历史。这三十四个女工中，年纪最大的是1951年出生的，她当年是国企工人，年纪最轻的是1994年出生的新工人，每个人的生命历程其实都折射了社会历史。这些女工，她们整个的生命历史，其实也就跨越了我们新中国近七十年的国史。

最后再给大家讲一个故事，就是珠珠的故事。她1988年出生在广东潮汕地区。如果你出生在那个地方，你还是一个女孩子，你又恰巧是家里的老大，那你就得小心了，你很可能会辍学，珠珠就是这样。她小学三年级就辍学了，辍学以后照顾弟妹，十四岁就开始打工了。

十多年里，她去了很多地方，做了各种各样的工作，后来有一天她在地上捡到了一张宣传单，上面是一家公益机构组织的活动。珠珠比较大胆，就去了这家机构。人家告诉她，说北京也有一家机构，那里还可以提供免费的培训，于是珠珠就成为我们工人大学的二期学员，毕业之后在同心实验学校工作。她在我们学校工作了三年。珠珠说，我从来没有在一个地方待这么久，原来这就是我想要找的一个地方。

我觉得一个人一旦经历过痛苦和黑暗之后，如果看到了一点点希望和光明的话，他一定会向着阳光去生长。我觉得佳俊和珠珠的故事就是这样。

珠珠在我们学校工作了三年之后，2014年的春节回老家了。这是因为春节之前，她爷爷选择了自行了断自己的生命，因为从小是爷爷奶奶把她看大的，珠珠说不希望再失去陪伴奶奶的机会。

还有就是珠珠希望把在北京学到的教育理念和方法带回家乡，她希望家乡的女孩子不会像她一样早早地辍学。就这样，珠珠回到家乡创办了一家小小的图书室。现在四年多过去了，一家小小的图书室扩展成三家小小的图书室。后来她还创办了女子夜校。

佳俊在城市，珠珠在乡村，她们一个为城市的流动儿童、打工妈妈和女工们服务，一个在农村为留守儿童、留守妇女和农民服务。我特别希望我们的工友千万不要妄自菲薄，我们每个人都可以做很多的事情，贡献出我们可能看着是很微小的力量。

谢谢大家。

选自微信公众号"一席"（2018年10月10日）

评鉴与感悟

好多亲人就是那些所谓的农民工。他们日复一日，做着同样的活计，工资也有增长，但生而为人的处境好像也并没有多大变化。因为听惯了太多类似的故事，早就麻木。偶尔听说他们的逆来顺受、顺风驶船，当然也有狡诈和愚蠢，也有一些恨铁不成钢的感慨。除了一声叹息，更多时候并没有真正站在他们的位置考虑。先是听了吕途的这篇演讲，又买了她的《中国新工人：女工传记》《中国新工人：迷失与崛起》《中国新工人：文化与命运》，读完又是如同棒击。喜欢吕途做学问的态度，为了获得打工者的感受，总要全身心地浸入，既没有俯视，也不只是简单的悲悯，而是切实地追问：为何人会活成这种样子。

我只知道人是什么

/余华

2010年5月，我参加耶路撒冷国际文学节期间，去了犹太人大屠杀纪念馆。纪念馆在一座山上，由不同的建筑组成，分成不同的部分。第二次世界大战期间，纳粹杀害了六百多万犹太人，已收集到姓名和身份的有四百多万，还有一百多万死难者没有被确认。

纪念馆有一处国际义人区，这是为了纪念那些在大屠杀中援救犹太人的非犹太人。展示的国际义人有两万多名，他们中间一些人的话被刻在柱子上和墙上，有些已是名言，比如德国牧师马丁·尼莫拉那段著名的话："起初他们追杀共产主义者，我没有说话——因为我不是共产主义者；接着他们追杀犹太人，我没有说话——因为我不是犹太人；后来他们追杀工会成员，我没有说话——因为我不是工会成员；此后他们追杀天主教徒，我没有说话——因为我是新教教徒；最后他们奔我而来，却再也没有人站起来为我说话了。"也有不知名的人的话也被刻在那里，一个波兰人说出了一句让我难忘的话。这是一个没有什么文化的波兰农民，他把一个犹太人藏在家中的地窖里，直到第二次世界大战结束，这个犹太人才走出地窖。以色列建国后，这个波兰人被视为英雄请到耶路撒冷，人们问他，你为什么要冒着生命危险去救一个犹太人，他说："我不知道犹太人是什么，我只知道人是什么。"

"我只知道人是什么",这句话说明了一切。我们可以在生活里、在文学和艺术里寻找出成千上万个例子来解释这句话,无论这些例子是优美的还是粗俗的;是友善和亲切的,还是骂人的脏话和嘲讽的笑话;是颂扬人的美德,还是揭露人的暴行——在暴行施虐之时,人性的光芒总会脱颖而出,虽然有时看上去是微弱的,实质却无比强大。

我在耶路撒冷期间,陪同我的一位以色列朋友给我讲述了一个真实的故事。他的叔叔是集中营里的幸存者,他被关进集中营的时候还是个孩子,父亲和他在一起。第二次世界大战结束以后,他从未说起在集中营里的经历,这是很多集中营幸存者的共同选择。他们不愿意说,是因为他们无法用记忆去面对那段痛苦的往事。当他老了,身患绝症时,他儿子(一个纪录片导演)鼓励他把那段经历说出来,他同意了,面对镜头老泪纵横地说了起来,现场摄制的人哭成一片。他说有一天,几个纳粹军官让集中营里的犹太人排成长队,然后纳粹军官们玩起了游戏,一个拿着手枪的纳粹军官让另一个随便说出一个数字,那个人说了一个七。拿手枪的纳粹军官就从第一个数,数到七时举起手枪对准这第七个人的额头扣动扳机。拿手枪的纳粹军官逐渐接近他的时候,他感到父亲悄悄把他拉向旁边,与他换了一下位置,然后他才意识到自己刚才站在七的位置上。那个纳粹军官数着数字走过来,对准他父亲的额头开枪,父亲倒了下去,死在他面前,那时候他还不到十岁。

我再说说两个与我有关的故事,第一个是《许三观卖血记》。小说里的许玉兰感到委屈时就会坐到门槛上哭诉,把家里的私事往外抖搂——这是基于我童年时期的生活经验,当时我家的一个邻居就是这样。1999年,这部小说的意大利文版出版后,一位意大利读者对我说,那不勒斯有不少像许玉兰这样的女人,隔些天就会坐到门口哭诉爆料。第二个是《兄弟》。十二年前在中国出版时受到很多批评,2008年出版法文版时,一位法国女记者采访我时对此很好奇,问我为什么《兄弟》在中国遭受到那么多的批评,哪些章节冒犯了他们。我告诉她有几个章节,首先是李光头在厕所里偷窥,我还没有来得及说其他的,这位女记者就给我说起法国男人如何在厕所里偷窥的故事。这下轮到我好奇了,我说,李光头在厕所里偷窥的故事发生在中国的"文革"时期,那是一个性压抑的年代,你们法国的男人和女人上床并不那么困难，为什么还要去厕所偷窥？她说，这是你们男人的本性。

类似的故事我可以继续往下说，与我无关的应该比与我有关的还要多，让我说一千零一夜是不可能的，说一百零一夜还是有可能的。从上述角度看，知道人是什么似乎很简单。可是换一个角度，从那位朴实善良的波兰农民的角度来看，知道人是什么就不那么简单了。"犹太人"在他的知识结构之外，他不知道，但是他知道人是什么，因此冒着生命危险去救犹太人。这个勇敢的行为意味着什么？我们可以称之为人性的力量，同时也意味着他确实知道人是什么。这样的人可能没有我们认为的那么多。

安德烈·塔可夫斯基知道人是什么。他在《雕刻时光》里谈到"影像思考"时，讲述了曾经听来的两个真实故事。第一个故事是："一群叛军在受刑的队伍之前等待枪决，他们在医院墙外的洼坑之间等待，时序正好是秋天。他们被命令脱下外套和靴子。其中一名士兵，穿着满是破洞的袜子，在泥坑之间走了好长一段时间，只为寻找一片净土来放置他几分钟之后不再需要的外套和靴子。"

这个令人心酸的故事意味深长，我们可以将其理解为一个告别生命的仪式，也可以理解为这不再需要的外套和靴子是存在的延续。我们可以从很多角度来理解这个最后时刻的行为，如果是在平常，外套和靴子对于这个士兵来说就是外套和靴子，但是行将被枪决之时，外套和靴子的意义不言而喻。这个士兵在寻找一片净土放置它们时已经没有对死亡的恐惧了，他只想把外套和靴子安顿好，这是他无声无字的遗嘱。

塔可夫斯基讲述的第二个故事是："一个人被电车碾过，轧断了一条腿，他被扶到路旁房子的外面靠墙而坐，在众人的注视下，他坐在那儿等待救护车到来。突然间，他再也忍不住了，从口袋里取出一条手帕，把它盖在被截断的腿上。"

塔可夫斯基讲述这两个故事是为了强调艺术影像应该"忠实于角色和情境，而非一味追求影像的表面诠释"。这第二个故事让我脑海里出现了西班牙作家哈维尔·马里亚斯《如此苍白的心》的开头部分，这是近年来我读到的小说里最让我吃惊的开头，马里亚斯也是一个知道人是什么的作家。《如此苍白的心》是一部杰作，它是这样开始的："我虽然无意探究事实，却还是知道了,两个女孩中的一人——其实她已经不再是所谓的女孩了——蜜月旅行回家之后没多久,便走进浴室,面对镜子,敞开衬衫,脱下胸罩,拿她父亲的手枪指着自己的心脏。事发当时,女孩的父亲正和部分家人及三位客人在餐厅里用餐。女孩离开饭桌约五分钟后,随即传来了巨响。"马里亚斯小说的第一部分用了不分段落的满满五页纸,精准描写了在场的所有人对女孩突然自杀的反应,尤其是女孩的父亲,他和同行的人跑到浴室时嘴里还含着一块没有吞咽下去的肉,手里还拿着餐巾。看到躺在血泊里的女儿时,他呆滞不动,"直到察觉有胸罩丢在浴缸里才松手把这块还攥在手里或是已经落到手边的餐巾覆盖在胸罩上面。他的嘴唇也沾上了血迹,仿佛目睹私密内衣远比看到那具躺卧着的半裸躯体更让他羞愧"。

同样都是遮盖,呈现出来的都是敞开。我的意思是说,这两个遮盖的举动向我们敞开了一条通往最远最深的人性之路,而且是那么的直接有力。不同的是,塔可夫斯基讲述了影像中羞愧的力量,马里亚斯描写了叙述里惊恐的力量。设想一下,如果那个等待救护车的人没有用手帕盖在被截断的腿上,而是用手指着断腿处以此博取路人同情,那么这个故事的讲述者不会是塔可夫斯基;如果那个父亲不是把餐巾覆盖在胸罩上面,而是试图盖住女儿半裸的躯体,那么这个细节的描写者不会是马里亚斯。

安德烈·塔可夫斯基是1986年去世的俄罗斯导演,他留给我们的电影经久不衰;哈维尔·马里亚斯是1951年出生的西班牙作家,至今仍在生机勃勃地写作。作为导演,塔可夫斯基讲述这个故事的目的是为了阐明什么是真正的艺术影像,就是构思和形式的有机结合。作为作家,马里亚斯描写出来的这个细节呈现的是文学里无与伦比的魅力,就是文学如何洞察生活和呈现真实的魅力。

接下去我再说些轻松的。我先说了一个沉重的大屠杀纪念馆和一个悲惨的集中营的故事,此后是两个轻松的笑话和两个与我有关的故事,接着是这三个令人不安的故事。为了最后的轻松,我拜访了鲁迅和莎士比亚,这两位都是有时候沉重有时候轻松,毫无疑问,这两位都是知道人是什么的作家。

鲁迅的《狂人日记》里的例子我在中国举过多次,莎士比亚的例子我也举过,现在再次举例是为了讲述一个我自己的经历。

《狂人日记》里的那个精神失常者上来就说:"不然,那赵家的狗,何以看我两眼呢?我怕得有理。"我以前说过,鲁迅写一句话就让一个人物精神失常了,有些作家为了让笔下的人物精神失常写了几千字上万字,应该说是尽心尽力了,结果人物还是正常。再来举个莎士比亚的例子,他的《维洛那二绅士》里面有一出幕外戏,一个鼻青眼乌的人牵着一条狗走到舞台中央停下,开始埋怨狗:"唉,一条狗当着众人面前,一点不懂规矩,那可真糟糕!按道理说,要是以狗自命,做起什么事来都应当有几分狗聪明才对。可是它呢?倘不是我比它聪明几分,把它的过失认在自己身上,它早给人家吊死了。你们替我评评理看,它是不是自己找死?它在公爵食桌底下和三四条绅士模样的狗在一起,一下子就撒起尿来,满房间都是臊气。一位客人说:'这是哪儿来的癞皮狗?'另外一个人说:'赶掉它!赶掉它!'第三个人说:'用鞭子把它抽出去!'公爵说:'把它吊死了吧。'我闻惯了这种尿臊气,知道是克来勃干的事,连忙跑到打狗的人面前,说:'朋友,您要打这狗吗?'他说:'是的。'我说:'那您可冤枉了它了,这尿是我撒的。'他就干脆把我打一顿赶了出来。天下有几个主人肯为他的仆人受这样的委屈?"

鲁迅和莎士比亚描写精神失常的人物时,说话都是条理清楚,他们是通过话里表达出来的意思显示出这个人物已经失常的精神状态。不少作家描写精神失常的方式都是让人物说话语无伦次,而且中间还没有标点符号,这已经成套路了,一大堆莫名其妙的语言黑压压地摆在那里,这些作者以为用几页甚至十几页人物自己不知所云的说话就可以让读者感受到这个人物精神失常了,这只是作者的一厢情愿,如果读者感觉到有人精神失常的话,也不会认为是作品里的人物,而是怀疑这个作者精神失常了。

2014年11月我去意大利的时候,邀请方给我安排了一个特别的活动,让我去维罗纳地区的一家精神病医院和一群精神病患者进行一场文学对话,就是莎士比亚的《维洛那二绅士》里的那个地方。邀请方给我安排的翻译很紧张,不过她看上去还是比较镇静。她开车来旅馆接上我,在去精神病医院的路上,她说了几遍"这真是一个奇怪的活动",她说院方保证参加活动的都是没有暴力倾向的精神病患者。她这话是在安慰我,不过听上去更像是在安慰她自己。我开玩笑说,院方保证的只是过去没有出现过暴力倾向的,并不能保证今天不出现。她听后"啊"地叫了一声,然后又说"这个活动太奇怪了"。我们来到精神病医院的门口,应该是监控摄像头看到了事先登记过的车牌号,大铁门徐徐打开,我听到机械的响声。车开进去后我看到了一个很大的花园,里面有几幢不同颜色的建筑,我们在最大的那幢前面停下,我心想这应该是主楼。

我们先去了院长办公室,院长是一位女士。她握着我的手说,你能来我们太高兴了。然后她请我们坐下,问我们要咖啡还是茶,我们两个都要了咖啡。喝咖啡的时候,院长说每年都会有一位作家或者艺术家来这里,她说病人们需要文学和艺术。院长问我,你在中国去过精神病医院做演讲吗?我说没有。

喝完咖啡,我们去了一个会议室,里面坐了三十来个病人。我们走到里面的一张桌子后面坐下,面对这些病人,院长站在我的左侧,就像其他地方的文学活动一样,院长介绍了我,我不记得当时这些病人鼓掌了没有,我的注意力被他们直勾勾看着我的眼睛吸引了过去。院长说话的时候,我拿出手机拍下了他们,我感觉他们的目光铁钉似的瞄准了我的眼睛,好在后面没有榔头。院长介绍完就出去了,会议室的门关上以后,我注意到一个强壮的男人站在门那边,用严肃的眼神审视屋子里的病人,他没有穿白大褂,我心想他不是医生,可能是管理员。

我们沉默了一会儿。我第一次置身这样的场合,不知道怎么开始,我的翻译小声问是不是可以开始了,我点点头对他们说,请你们问我一些问题吧。翻译过去以后仍然是沉默,我继续说,文学的问题和非文学的问题都可以问。等了一会儿,第一个问题来了。一位女士问,你是意大利人吗?我摇摇头说,我是中国人。接着一位男士问我,你可以介绍一下自己吗?我简单地介绍了自己,一个来自中国的作家,过去在中国的南方生活,现在住在北京。此后就顺利了,他们问的都是简单的文学问题,我的回答也很简单。没有人问到我的作品,我知道他们没有读过我的书。我注意到他们提问时几乎都是将身体前倾,像是为了接近我,我回答后他们的身体没有回到原位,前倾的姿态一直保持了下去。这个活动进行了大约四十分钟,最后提问的是那位站在门边的强壮男人,此前他给我的感觉是一直在监视这些病人,所以我认为他是医院的管理员。他提了两个问题,第一个是问我在中国做一名作家怎么样？我说很好，可以晚上睡觉，也可以白天睡觉，作家的生活里不需要闹钟，自由自在。他听完后严肃地点了点头，然后又问了第二个问题，你生活在意大利哪个城市？我心里咯噔一下，这个我一直以为是管理员的人竟然也是病人，这个屋子里除了我和翻译，全是病人，而且门关着，最强壮的那个还是守门员。我回答了最后一个问题，我生活在中国的北京。

外面有人推门进来，是院长女士，活动结束了。往外走的时候我问翻译，你能听懂他们说的话吗？翻译有些惊讶，她说当然能听懂，他们说的是意大利语。她理解错了我的意思。我继续问她，他们说话有没有颠三倒四？她说，他们说话很清楚。我的翻译不知道，那一刻我突然想到了前面举过的鲁迅和莎士比亚的两个例子。

院长送我们到门外，她再次向我表达了感谢，感谢之后是询问我接下来在意大利的行程。她对我此后要去的每一个地方都是赞美一番，所以我们在那里站了一些时间。那时候应该是午饭时刻，刚才和我坐在一个屋子里的这些病人一个个从我面前走过，有的对我视而不见，有的对我点一下头。我注意到一个男人拉住了一个女人的手，还有一个男人搂住了一个女人的肩膀，他们看上去都是五十来岁的年纪，亲密无间地走向他们的食堂。好奇心驱使我问了院长一个问题，住在你们医院的病人里有没有是夫妻的？院长说没有。

我们上了车，这次开到大铁门那里，门迟迟没有打开，我的翻译有些焦虑，我再次开玩笑说，我们可能要留在这里了。翻译放在方向盘上的双手立刻举了起来，她叫道："不要。"然后我们听到机械的响声，大铁门正在慢慢打开。我们离开精神病医院后，翻译一边开车一边对我说："我很紧张。"她一直很紧张，此前没有说是为了不影响我，我们离开精神病医院后她吐露真言。

后来的行程里，我不时会想起维罗纳那家精神病医院的文学活动。我此前觉得精神病患者生活在一个黑暗的无底洞里，但是那两对男女亲密走去的身影改变了我的想法，因为那里有爱情。那两个男的和那两个女的，他们可能各有妻子和丈夫，如果是这样，他们的妻子和丈夫应该会定期来看望他们，可能中间的某一个某两个甚至某三个和某四个已经离婚了，或者从来没有过婚姻，这些都不重要，重要的是那里有爱情。

选自《收获》2018年第1期

评鉴与感悟

人是多么复杂的动物。余华以他的理解，讲述了几个境遇下人与人相互理解的困难、人性的复杂幽微。理解不容易，懂得人与人的边界也不容易，正因为存在这么多不可思议，才值得我们反复论述普世的公平与正义、生命的尊严、活着的价值，还有不为人知的爱情。

过度的道德主义值得警惕

/贾樟柯

时间确实过得很快，很久没有来到方所广州店了。从去年到今年，回顾一下做了一些什么事情呢？其实每天觉得很忙碌，但实际上总结下来就是三件事，首先是整理了一本书，就是今天要介绍给大家的《贾想Ⅱ》。

《贾想Ⅰ》在2009年出版，它是从1996年到2008年的文章集合。我过去一直有个习惯，就是在拍片之余会写一些文字。这些文字有的跟电影创作有关，有的虽然跟电影没有关系，但也是在电影创作过程中有感而发写下来的散文和随笔。第一辑出版之后，我还一直在写，所以到去年跟《贾想Ⅱ》的编者万佳欢一起，把2008年到去年的文章都整理出来了，然后做了一个挑选，形成了《贾想Ⅱ》。

我自己拍电影有一个习惯，就是我不太喜欢回看自己的电影，比如像《小武》。今年是《小武》二十周年，我1998年拍摄的《小武》，到2018年，二十年了。很多人跟我说，导演，你要不要把《小武》拿出来再放一放？我是有一个修复计划，但是我确实不太好意思看自己的作品，哪怕三年前的《山河故人》都不太好意思看，有一点害羞。但是文章就不一样了，我觉得人的遗忘确实是很厉害的，我只有读我过去写的文字才能想起过去曾经让我焦灼的、让我感动的、让我悲伤、让我欢乐的事情，才可以历历在目，而这也是我写文章的快感所在。事实上，电影是一个周期非常漫长的创作过程，一个创意、一个想法差不多要两年、三年才能实现，但是在日常生活里，有什么样的生活感悟，我觉得一开始都是非常朦胧、讲不清楚的写作欲望，当铺开纸拿起笔，下笔去写的时候，才逐渐理清了自己的思路。

所以写作对我而言，首先是了解我自己、自己讲清楚自己的过程。读我过去写的文章对我来说也有同样的作用。在整个整理过程中，我才发现我原来经历过这样思想和思维的动荡。比如我翻到《贾想Ⅱ》，会看到里面有一篇文章叫作《我做了一个汉奸梦》，这是一个耸人听闻的名字，但实际上它确实跟我过去2010年左右带着我的纪录片《海上传奇》去世界各地巡演，接触到的社会氛围有关。因为那个时候奥运会刚刚举办完，正好是民族主义情绪高涨的时候，在这样高涨的背后还有许多新的问题，比如文章里写到在多伦多有一个观众问我，你为什么不拍中国光鲜的一面、发展的一面、城市的一面，而只是拍乡村，一直拍相对落后的乡村和城镇接合部。其实我觉得这些契机也是让我思考的契机，因为从那个时候，我觉得透过这样的一种交流，我内心在想："我是谁？""我的情感世界是什么？"也就是说，一个人如何忠实于自己的情感世界，对于我来说是一个理解的过程。这样阅读和整理这本书，也会慢慢结合当下我们的社会氛围，触发我新的思考。

刚才方所的朋友问我最近有没有写东西？我说还没有写，但是在酝酿一篇文章，可能在半个月或者一个月之后就会写出来，因为我在读《贾想Ⅰ》——就是1996年到2008年我写的文章——的时候，我觉得在这些文章背后能看到那是变革之初，社会刚刚变得活跃，大的经济变革给人带来那种很宏观的影响，还有一种朦胧、不确定的感受。但是再看《贾想Ⅱ》，我觉得里面好几篇文章在讲我们进入了一个民族主义情绪很高涨的时期，国力增强，整个发展加速，中国在很多方面，包括我从事的电影行业也已经变成了全球第一、第二大的经济体。在这样的氛围里，我们面临着思想选择，并做出判断。

这两天我读完后在想，我觉得我们从这种民族主义情绪已经开始往道德主义氛围里推进，这也非常让我忧虑。不知道大家最近有没有看过一部电影，是张一白导演做监制、刘若英导演的《后来的我们》。我还没有机会看这部影片，因为我那段时间正在完成《江湖儿女》这部影片，但是我前一段看了一篇影评，我就很焦虑。因为那篇影评在批评这个电影的时候，它用了一个很道德主义的角度在讲这个电影。他认为这个电影不好，好像给原配的篇幅非常小，这样从道德主义出发的判断，让我想到了1948年费穆导演的《小城之春》。《小城之春》是讲死灰复燃的电影情感，就是一对恋人分手多年，女方已经为人妇了，跟之前的男朋友相遇之后，在一个小城里面正好抗战结束，然后他们迸发出来的情感。那显然是一个婚外情的故事，如果用道德主义的角度去评论这部电影的话，用今天的话来说就是有一点"三观"不对，但这恰恰是艺术最重要的地方。我觉得电影也好，文化也好，其实情感的描述里面恻隐之心非常重要。所谓恻隐之心，就是我们面对人性的弱点、人性的困境如何理解，如何解决这些问题。我觉得如果用道德主义的评判去要求艺术的话，可能莎士比亚是不存在的，可能《小城之春》也是不存在的，所以我觉得从艺术角度流露出来的善意就在于对于这些人性弱点的体恤。

在清代，戴震先生都能够讲到饮食男女，认为人有七情六欲，尊重人的弱点。那是在礼教传统非常强的封建末代，知识分子都有这样的认识，在我们全面向现代化迈近的时候，反而在退步，你会发现礼教在抬头，道德主义在抬头。横观近现代史，说严重一点，过度的道德主义事实上意味着法西斯抬头，这不是一件小事情。

所以对于艺术来说，如何保留一份恻隐之心，如何保持对人性复杂性的关注，如何保持对人性弱点的宽容与理解，这是艺术需要做的。艺术不是法律，也不是道德审判机器，艺术是我们理解跟抒发情感的一个通道。所以作为一个写作者，这二十年同步经历我们大众所面对的各式各样的社会氛围，而在那样一个狂热的、各种思潮抬头的氛围里面，保持一份感受力，保持一份对它的关注，我觉得是重要的，而同时它也是我们的处境。

一个作者有他生活的时代，每个个体都有自己生活的时代。这个时代背后的所谓洪流里面，人被观念裹挟，这些观念又对无数个体命运造成直接影响。电影创作也好，写作也好，我觉得诚实地发出自己的声音，提供另一种角度的思考非常非常重要。我不能说《贾想Ⅰ》跟《贾想Ⅱ》里有很多建设性的思考，但是我觉得透过这两本书，可以进行这二十年一个基本个案的分析，当作一个生活在中国、创作于90年代末，一直坚持到现在还在创作的人经历过哪些思想震荡的一份珍贵档案。它对我个人来说也是珍贵的，就像我开头所讲的，只有在读这些文章的时候，我们经历的事情才可以历历在目，这也是阅读的重要性：既然我们都经历过、思考过这些问题，哪怕它不成熟，通过文字、电影传递给更多的人，大家在那样的基础上接着思考，也是非常有益的。

我刚才说的道德主义是近期值得我们关注的社会问题。这种情绪实际上从2013年，也就是五年前《天注定》的时候，我已经感觉到。《天注定》是由四个真实的恶性事件构筑的电影，这里面有四个相对应的新闻人物，我是透过那一段集中发生的四个真实事件，去了解发生于普通人之间的这种暴力情绪是怎么形成的、怎么由来的。无论是第一个部分姜武演的那样一个施暴于村干部的人，还是王宝强演的孤独杀手，还是赵涛演的这样一个被羞辱、然后拔刀而出的女性，还是最后部分东莞一个对自己施暴、结束自己生命的流水线工人，我觉得都在那段时间触发我面对暴力问题背后个人的处境。

在拍那部影片时，我觉得只有当写作剧本跟拍摄的过程中用情感去体验他们处境的时候，你才会发现言语不畅会给人带来什么样的屈辱感。第一个姜武的部分，其实他是言论不畅，无法把自己的生存处境讲出来，所以选择了一个极端的方法。我觉得那部影片完成之后，对我来说实现了如何用电影去理解人，不是简单的法律评价，因为法律有法律的体系，道德有道德的体系，但电影有它自己的逻辑，艺术有它自身的逻辑。所以当那部影片完成之后就会有很多道德主义式的说教和批评，说贾樟柯为凶手辩白，在为暴力寻找理由，其实不是在辩护，而是那么多让我们震动的恶性事件背后，它形成的原因是什么。除了理性的分析之外，还应该有情感的摸索，电影就是在进行情感的摸索。只有我们建立起这样一种精神结构，整个社会才能有成熟的心智去面对这样的问题，讨论这样的问题，才能避免这样的问题。

这几天也有学校发生严重的伤害事件，我非常不平静，我们总是避讳，我们不愿意去谈论，我觉得确实是一个很大的问题。当道德主义施加于艺术好长时间后，实际上往往在没有思辨和理性能力下行正义之名会发生很大的人文灾难，近现代史上很多灾难都是行正义之名而产生的，所以满腔的正义感也是需要警惕的。正义感往往容易被利用，正义感本身也会产生极大的暴力性。这种思辨怎么去完成？我觉得它需要在哲学、文学，在写作、拍电影里面施于极大的空间，如果我们回避这样的一些话题，我们对人性的理解越来越简单，那我们对于人就会越来越粗暴。只有我们对人性的理解越来越复杂，才能对人越来越宽容。宽容不单是一种本能，也是一种修养，也是一种训练，也是一种判断。这些东西从何而来？它很大一部分是从艺术上来的，所以看这两本书，我觉得如果有《贾想Ⅲ》的话，翻开卷首，头几篇文章可能都是强烈的、此时此刻对这种说教道德主义反思的文章。

这就是我去年办的第一件事情。

电影创作方面，我写了两年《江湖儿女》这个剧本，去年实施拍摄。为什么从2015年《山河故人》之后又会再拍一部《江湖儿女》呢？这两个片名的中文语法结构都差不多，一开始我也不是太理解自己。2015年的《山河故人》的故事情节是从1999年拍到未来，有长达几十年的时间跨度，到我自己写《江湖儿女》的时候，故事的起点又是2001年，然后故事的终点是2018年，是写到了元旦，就是新的一年开始。剧本写完之后我就在想，我怎么又写了一个时间跨度很大的故事，或许这就是一个四十多岁的贾樟柯最想做的事情，因为二三十岁的时候，生活是新鲜的，你没有太多的经验，没有太多的记忆，没有太多的历练，获得不了这种时间的观点，你看我过去的电影都是一个时间的切面，三天一个故事，一个季节一个故事，《小武》就是十来天的故事，《三峡好人》就是一段旅途，顶多个把月，都是一个快刀切开一个切面，然后展现那个切面所具有的情感信息、人的信息、社会信息等。但是到了《山河故人》，拍的时候我四十五岁，不知不觉写了一个时间跨度很大的故事，我没有多想，因为我觉得电影就是有两种，一种是在一个半小时、两个小时里面处理短的时间，一种是在一个半小时、两个小时的时间里面写很漫长的时间的过渡。我一开始以为是太久没有拍这种大跨度的电影，但是又写了一个《江湖儿女》，又是这么长的时间，它就迫使我想了一下，其实它确实是今天的我。

生活已经产生了好几个来回，你会发现一个命运，就是我们去理解人、理解事情的时候，它还有一个维度，这个维度就是比较漫长的时间，我们把人和社会放在一个较长的社会发展里面去观察的时候，其实我们会对很多事情有新的观点，人物自身已经完成了他的成长，甚至完成了他命运好几个来回的转折，这种时间赐予的知识（我不敢说是时间赐予的智慧），形成了我这两部电影的时间观点，就是去把人跟事放在比较长的时间长河里面去观察。

《江湖儿女》为什么有这个名字呢？因为我一直想拍一个江湖的故事。江湖是什么呢？对我来说，有很多我亲历的故事，因为我在1970年代出生，"文革"刚刚结束时，那个时候街上都是大哥哥们。这些大哥哥做什么呢？有的插队回来，有的从林场回来，都没有工作。他们就呼啸街头，形成了很多这种以街道啊、社区为范围的团团伙伙。这些团团伙伙互相有很多街头的战斗，我们这些七八岁的小孩儿负责什么呢？负责给他们搬砖头、找石子。这是一个很有意思的结构，前面都是成人，后面的梯队全部是小孩子，那是一个很怪异的年代，就是七八岁的孩子跟十几岁，甚至二十岁的都在一起玩，所以我觉得有"文革"的影响，争强好胜，靠拳头来解决问题，靠武力来解决问题，就是这样的一种传统。

到了1980年代的时候，特别是1983年、1984年的时候，录像厅时代到来了。大量的香港江湖影片扑面而来，从古代的到现代的，从胡金铨到吴宇森再到徐克。那些大哥哥就模仿里面的人物，甚至是他们穿衣服的方法。我记得电视剧《上海滩》演完后，基本上县城里面的男生每人一条长围巾，都在学周润发扮许文强的造型。这是结合了香港江湖电影里面的文化，形成了这样的一个所谓的江湖社会，这里面的核心其实就是情义。我经历过那种没有任何经济利益的生活，一种人与人之间的契约。

有一个副导演问我说，你能给我举一个例子吗？这个情义究竟是怎么回事？我说你没有感受过吗？他说分不清楚，你给我讲一讲。我就给他讲了一个故事，跟打打杀杀没有关系，就是我高中毕业学画画的时候，有一个好朋友，我们每天在一起谈艺术，我的钱花光了就花他的，他的钱花光了就花我的，就是这么过来的。然后他考了美术学校，他在山西读书，我1993年就去了电影学院学电影。有一天他出现在北京，出现在我的学校里面。那个年代从太原到北京高速公路还没有开，唯一的交通工具是火车，火车要在山里面走十二个小时才能到北京。他一大早到了之后就找到我，我以为他来办什么事情，结果他就跟我吃中午饭，吃完我说你这几天有没有什么安排？要不要去故宫？要不要去颐和园？他说我一会儿就坐火车回去了，回太原了。我说你来做什么？他说我来看你啊。我都惊呆了，吃完饭然后他收拾东西就去火车站，坐晚上的火车回太原了。

  这个就是《江湖儿女》这个故事的起点，也是那个年代人和人之间关系、人和人之间情感表达的方式。我们看80年代的香港录像里面有一句经典的台词："黑社会也要企业化"，到了90年代末，2000年以后，你逐渐会发现江湖变了，确实企业化了。企业化意味着什么？企业化意味着小弟要跟大哥吃饭，如果大哥粮草供应不上，小弟就要离开了。我们老家传说有一个机构，比如两个人要打架，我可以打电话要求"上门服务"说，我需要五个兄弟，五百块钱来不来？那边就过来了。那另外一个人也打一个电话，说我这边有一点事，你帮我搞一下，其实是同一家公司两拨人过来，这就是企业化了。《江湖儿女》就是在讲这个故事，从最初人与人之间的情感，一种情跟义结合在一起的情感方法，在时代的改变中，这种传统的人际关系没有了，它变成了利益的链条。我之所以想拍这样的一个电影，是觉得它对我来说是一个崭新的角度，这个角度就是纵观我们中国的江湖文化、江湖电影的历史（包括小说，比如说《水浒传》），一直到八九十年代的香港电影，我们热衷于拍所谓的江湖故事，是因为江湖是我们观察剧变、激荡时代的独特角度，而这个角度是中国人发明的。我觉得当我渴望拍一部江湖电影，找到这样的一个角度的时候，我觉得我好像感受到了不一样的一种情感氛围，理解了自己。

  在这个电影里面，有廖凡主演的斌哥跟赵涛主演的巧巧两个人，其实对于我来说，这个故事是这样的。在电影的开头，廖凡说他是江湖上的人，赵涛说我不是，你是。经过十七年的时间，两个人又相遇，两个人都没有成家，都还在漂泊的时候，廖凡说我不是江湖上的人，赵涛说可我是江湖上的人。

  这十七年是怎么样把一个江湖上的人变成了自己说我不是江湖上的人，而另一个一直抗拒被认为是江湖上的人到最后说我确实是一个江湖上的人，这对我来说就是一个时代的魔术。人心和人被变革裹挟，我们某种程度上都变成了我们的对立面，变成了我们曾经讨厌的人，或者是变成了我们曾经不希望成为的人。对我来说，这确实是一个比较伤感的故事，但是这里面又有那种一个个体在这种变革中浑然不自知的一种激情。所以我一直跟演员讲，在处理这个电影的时候，虽然你们看过剧本，知道故事的结尾，但是你们每演一场的时候不要想结尾，当成你们是不知道的。就好像我们在这个变革的过程中、生活的洪流里面，不知道未来会怎么样，我们每天是一种不自知的状态在经历所有的事情，除非我们获得了时间的观点。这个观点就是电影带来的，因为电影可以处理时间，小说可以处理时间，我们可以回顾，可以讲述漫长的时间。当我们用一个漫长的时间维度去串联起这些日日夜夜的时候，我们才意识到这种变革，而生活在其中的人是浑然不自知的。

我一直跟廖凡跟赵涛说，你们对你们的未来是不知道的，就是此时此刻一个男人、一个女人，一个道上的大哥、一个大哥的女人，应该怎么样就是怎么样，没有悲剧的色彩，每一天都过得没有悲剧色彩，每一天都是笑或者眼泪，但是当我们将这个用日日夜夜串联起来之后，就是时光对人的雕塑，人自身在变革中的背影，我觉得它这样才呈现出来。

其实在剧本写完之后，就会有同事提醒我说，你要不要连续两部电影都是用长的时间去讲？你会不会觉得你在重复一件事情？我说我不介意，因为我觉得那是此时此刻我非常想干的一件事情。在我刚入行的时候，刚刚当导演的时候，我有一个同行老前辈，他爱护我，跟我讲："我知道你有很多关于电影的想法，但是拍电影要面临很多环境，市场背后的天时、地利、人和，所以你拍电影应该像打扑克一样，那是你的每一张牌，你每打一张牌的时候要想一想该出哪一张牌，这样你的路才能够走得顺一些。"我很感激他跟我讲这些，但我觉得那不是我，当我情感涌动想拍一部电影的时候，我不应该考虑它是不是合时宜，是不是我前面一部已经拍过十几年、二十几年的跨度我下一部就不拍了，所以我觉得对我来说这个人是有体感的，这部电影不是你四十多岁拍，或者五十几岁拍，或者你提前几年拍，它不是那一刻的你，我觉得那个电影的味道已经变了。所以这二十年一直可以说很任性地追随自己内心的感受，顺其自然，把每一个阶段最渴望的故事讲出来，最渴望描述的人讲出来。昨天晚上我看日本队对波兰队,我就很生气,太难看了,赢有那么重要吗?我就想起以前吴清源先生在日本下棋,他之所以备受推崇是因为他下棋不论输赢,输赢不重要,我这个棋局要好看,我要过程漂亮,怎么现在日本文化退步到那么消极,只是想出线。当然,他们也承受了很大的压力,但是拍电影不要这样,我希望我可以一直这样拍下去,四十八岁拍四十八岁的电影,五十岁拍五十岁的电影,永远像一个少年一样没有那么多的思前想后,没有那么多的顾虑。

这是我想和大家聊的第二件事情。

我想和大家聊的第三件事情,就是去年跟一帮好友创办了平遥国际电影展。大家如果有机会的话,可以在今年的10月11号去平遥,那是山西的一个古城。我们做这个电影展其实跟自己的电影生活有很大关系,因为从1998年拍第一部电影《小武》,我自己的生活有一半时间就是带着电影旅行,在哪里旅行呢?就是各式各样的电影节、电影展。参加电影节(或展)的过程其实有时候也让我挺伤感的,因为有机会看到最新、最活跃、最有创意的电影。有很多年轻导演的新作品,可能他们是伊朗拍的、韩国拍的、泰国拍的、哈萨克斯坦拍的,他们都是这样的一些区域出来的,却是当今世界最有创造力的影片。这些片子对我们这个行业的拓展,对电影语言的拓展有很大的作用。但你回到国内来看,大家不怎么关注这一部分的电影,哪怕现在网络电影资源非常非常丰富,我们整个媒体系统并不关注这些影片,观众也得不到资讯和点击途径观看这部分影片,我觉得资源非常非常浪费。因此我们就想,能不能自己做一个电影展,主要呈现欧美之外有创意的影片。整体而言,欧美地区的哪怕是艺术电影获得观众了解的机会还是比较大的,但是比如像阿根廷、巴西、哈萨克斯坦、罗马尼亚、匈牙利这些地区的新导演拍出的特别有创意的影片,它们都太少被人知道了。我们想通过影展的方法郑重地向咱们国内观众来推介这一部分影片,因此创办了平遥国际电影展。

去年平遥国际电影展的Slogan(口号)是"平遥元年",我们不想把它称之为第一届,因为它是从无到有的一个过程。去年放映了六十多部影片,影展的英文名字中译出来叫"平遥卧虎藏龙电影节",据说是当今世界最长的一个电影节的名字。我特别喜欢李安导演的《卧虎藏龙》,我们就给他写信说可以不可以用这个名字来命名,他同意了。我们其中的一个单元就是卧虎单元，就是新导演的作者型电影，每年有八到十部，非常精彩，反响特别好。第二个单元是藏龙单元，就是年轻导演的类型电影，什么是类型电影呢？就是类似歌舞片、恐怖片、公路片这些有类型元素的影片。我们还有一个单元叫"影展之最"，就是当年度的国际电影节重要获奖影片的回顾。还有一个叫"首映单元"，是有创意的商业电影和已成名的作者型导演，以及大师级导演在平遥进行首映。去年，北野武的电影就是在这个单元做的中国首映。此外，我们还有一个放映华语青年导演新锐作品的"华语新生代"单元，以及"山西制作"单元，放映由山西本土出品、于山西拍摄或山西籍电影人参与拍摄的影片，鼓励本土电影的发展。平遥还有一个非常重要的单元"回顾·致敬"，去年做的是法国导演梅尔维尔的回顾展。梅尔维尔是新浪潮之父，他一直专注于警匪片这个类型，但是他的电影通过类型片的方法，包含了非常深厚的哲学命题。去年我们想做这个单元，是因为觉得整个中国电影现在特别注意产业，商业片的发展也特别快，但是形成了一种社会氛围，好像商业电影、类型电影就不需要艺术性。实际上，商业片、商业文化也有它的艺术水准问题，而梅尔维尔就是在类型电影、商业电影里面做到了一种高度的作者性、高度的创造力。我们去年做梅尔维尔，就是希望可以给我们的电影工业一种观点：在关注商业电影、类型电影发展的时候，我们不应该忽视它艺术的创意和创造性，不能以商业理由忽视一个电影应该有的创意和应该有的艺术水准。

  我为什么会讲到平遥电影展呢？其实我最近一直在想一个事情：今年准备10月11号做第二届，我们把第二届的主题称之为"电影回归市集"，因为我们一直在想电影的血脉、血缘和基因。电影在最开始发明的时候，它是一种杂耍，就好像我们看魔术和杂技一样。如果说得悲情一点，它有一个卑贱的血统，但同时也是一个伟大的传统，因为它这种跟菜市场卖肉的、卖鱼的、卖蔬菜的、卖二手货品的，或者跟杂技团、马戏团这样混在一起的血脉，所以电影其后分出来的两条路线都跟此有关。一条路就是充满大众性杂耍性，这个脉络里面有很多杰出作者，比如说大学时代最影响我的卓别林，我们看他的《淘金记》《大独裁者》《摩登时代》，那里面结合表演、结合杂耍所创造的那种电影语汇，特别是他末期时候的那些创作，拓展了电影的可能性，同时保持了这种血脉，扎根于大众需求，这一直延续到我们当代的周星驰,他们是这类导演。

那么另外一脉是什么呢?正因为电影这种集市、杂耍的出身,所以一直到二三十年代,电影理论界还一直在讨论一个问题:电影是一门艺术吗?那个时候精英阶层怀疑电影不是一种艺术,所以就产生了很多杰出作者,他们不断证明电影可以是一门艺术,特别是有声电影产生之后,可以包容更多的文学性以后,电影中的人可以开口说话之后,电影的文学性增强之后,很多电影开始承载丰富的叙事、复杂的人物关系和非常深刻的哲学主题,这种创作的方向其实也是因为它的出身导致的一种反叛。所以我总是觉得我们如果能够理解电影、欣赏电影、拍摄电影,我们可以回到电影的最初,回到电影的血缘和基因里面看,就会获得一个相对客观、相对包容的一种电影观点。

我们每个人的精神世界其实都很丰富,这几天想看严肃命题的电影,可能过几天想轻松一下,或者想看追逐嬉闹这一类的影片,我觉得对于我来说,今年电影回归市集就是想回归到电影的童年时代,让我们的电影文化环境获得包容的可能性。有时候我们看评论家互相吵架,大家捍卫自己喜欢类型的电影,总会把自己不喜欢的类型贬得一钱不值。我觉得这个没有必要,平遥国际电影展就是想通过今年"电影回归市集"这样的主题能够贡献一些更宽阔、更宽容、更包容的电影观点。

无论是写作,还是拍电影,还是办影展,相对来说都在分解我的精力,分解我的时间,但对我来说不是很吃力的事情,因为它们都是有连续性的工作,都在完善我个人的电影思考、文化思考。在这样的连续性上,我们用不同的方法去面对相同的环境,或者我们用相同的思考,用不同的出口去做一些力所能及的事情。对我来说,写作还会延续,电影的拍摄当然还会延续,影展也希望一届一届做下去。像今天这样的交流我也非常珍视,我希望有更多机会和大家这样面对面,虽然并不是一年半年就能产生新的观点,但是只要有新的观点我就愿意及时地写出来,或者讲出来,我觉得对我来说这样才有价值。

谢谢大家。

选自微信公众号"方所文化"(2018年6月29日)

评鉴与感悟

贾樟柯的电影自有他的评价，相较于他的电影，我更喜欢他的文章。他对这个世界有他的看法。比方说这篇演讲，听完了，也记住了一句话："人心和人被变革裹挟，我们某种程度上都变成了我们的对立面，变成了我们曾经讨厌的人，或者是变成了我们曾经不希望成为的人。对我来说，这确实是一个比较伤感的故事，但是这里面又有那种一个个体在这种变革中浑然不自知的一种激情。"这样的体验好多人可能都有，只是都放过了，而贾樟柯却以他的方式，在不依不饶检视我们荒芜的内心。单单责怨这是时代的魔术，把我们变成了我们曾经讨厌的那一类人，似乎也不确切。我们是人，可以自由选择。让人迷恋的地方正是在这里，他观点清晰，坦然说出他知道的一切。

人间

吕沟村支教日记

/高燃

这些文字记录了我在河南平顶山郏县薛店镇吕沟村四个月的支教生活，所有文字都写于课间和睡前。

1

我平躺在中铺的硬板床上，看得到窗外的风景。眼镜摘掉了，风景只是一些轮廓和晕影。这是2015年3月28日的晚上，我从扬州出发，坐夜车前往郑州。

火车驶过枕木的声音，安静，有韵律，黑暗的车厢变成一个母体，乘客可以安心入睡。我在睡意中想着，也许会有主题旅馆，在床下安发动机、窗户上播放流动的风景，模拟卧铺车厢，专供失眠的人。这么想着，就好像真的身处这样的旅馆当中。

我计算起去过的地方，最后数出来，一共二十三座城市，郑州将成为第二十四座。

火车在次日早上抵达，车站的地下通道悬挂大幅广告，宣传郑州直飞平壤的航班，旁边印有主体思想塔。车站外人迹寥寥。我搭出租到万客来南站，买好去郏县的车票。

为了方便，我把行李量降到了最低：七件T恤、四条内裤、四双袜子、三个笔记本、书、电脑、理发器、kindle（电纸书）、相机和充电器。它们占据了半个书包和半个手提包。

通往郏县的巴士是小型的，颜色也跟其他车次不同。等待发车时，司机跷着二郎腿，以两秒钟翻一页的速度看手机里的电子书。前夜没睡够，我支着脑袋一路半梦半醒，再睁眼时，窗外已是一望无际的田野。

巴士驶入郏县境内，田野变成宽阔的马路，不多的行人、"豫D"车牌、三轮摩的、量贩KTV、舞厅，一切都比我原有的县城印象好得多。

之前在网上联系的王校长如约出现在巴士站口，个头小小的，唇上撇出两撮胡须。他开车来，车里还有妻子和女儿。我们直奔一家豆腐菜馆吃了午饭，除了接下来去哪以外，谁也没有刻意寻找话题，就这样维持着轻微的尴尬。饭后他把我送去旅馆，路上递来一根烟，我们才松懈了一点，说说笑笑，他还放起了嗨曲。烟没抽完就到了目的地，取完房卡，他丢下一句"好好休息"就急匆匆走了。想必他比我怕尴尬。

我倒床大睡，做了一连串噩梦，傍晚时分醒来，走在马路上，晒着夕阳，忽然抑制不住笑起来：我终于来支教了。

2

第二天一早，我坐校长的车来到薛店镇吕沟村。他说开车只要十分钟，实际上花了近半小时。路上坑坑洼洼，尘土漫天，我当即取消了住县里每天通勤的打算。假如没有往来的货车，在这条路上骑车一定非常不错：土房、油菜花、牧羊人，一望无际，十分惬意。

L小学和网上的照片一样，大门涂着蓝色的油漆，入口很窄，要弯腰进去。教学楼呈倒凹字，左边几个矮房是四五年级的教室和两间教师宿舍。尽头是食堂，对面是厕所。大门正对着主教学楼，通体白色，中间挂了横幅，欢迎着我上一位志愿者小赵老师的到来。一楼的一部分租了出去，另一部分是教师宿舍、办公室、一年级教室和校长室，二楼有学生、教师宿舍和二三年级教室。右侧的矮房也租了出去，旁边是一个大水桶，通向地底，日常用水都从这里打，有时能打上来几片菜叶。

全校一共五个年级，一百四十来名学生。五年级的孩子明年将成为建校以来第一批的六年级。

见过几位老师，又见了村主任，简单沟通之后，我拿到了自己的课程表，主要教四年级的英语和数学，以及体育、劳技、省情，兼教全校的美术。

　　一放下书包，校长就把我带去了四年级教室。全班一共十二名学生，五男七女。校长一本正经，我也不好意思嬉皮笑脸。他介绍我的时候，我挨个扫视孩子们，有的捂嘴笑，有的一脸不屑，大部分面无表情。我心里一悬：他们会不会不接纳我？

3

　　吕亚文是我第一个记住的学生，他眼睛扁长，皮肤黝黑，独自坐在最后一排。数学课上我点他回答问题时，全班哄堂大笑："老师你太会点了，他是我们班成绩最差的。"吕亚文坐下去后用书挡着脸哭了，我趁大家做题时偷偷给他塞了张纸巾，他抗拒了一下才接受。我把他叫到黑板旁边，让他在那里坐了一节课。

　　第一天快速而劳累，好在比我想得顺利。三餐的食材都是青菜、萝卜和豆腐，有点咸，但就着馒头正合适。

　　晚自习辅导完，天已经黑了，孩子们纷纷被门口的亲人接走。

　　尽管决定了住学校，但行李还留在旅馆。我四处找校长都不见踪影。拨通电话，他说有事忘记了，让我找五年级的语文老师吕老师送我回去。

　　我连哪一位是吕老师都不知道，更不好意思让他送我一程，于是站在黑压压的操场上查地图。地图只显示了一两条主路，其余一片空白，单看地图会以为这里是沙漠。选好目的地，距离足足十五公里，要走四个小时，打车也没有可能。踌躇不决时小赵正好走了过来，他比我小一岁，已经在这里待了一个月，轻车熟路。我们找到吕老师，把情况跟他说了一下。虽然黑着天，我还是看到他面露难色。他想了想答应了。

　　车是面包车，噪音很大。吕老师呼朋唤友，把小赵、周主任和杨老师都喊到了车上，顺路买点东西或取钱。反正去县里总会有事可做。

　　村里的路灯只有几盏亮着，土路又窄又陡，周主任和杨老师坐在一起，相谈甚欢。驶到大路上，对面一辆接一辆的货车闪着大灯，刺得人睁不开眼。我低头抽烟，失落极了。在这样的地方，不得不抱团存活，有车出车，有力出力，不像在城里，可以紧闭大门，有麻烦自有用钱解决的办法。

到了旅馆门口，我再三感谢吕老师后上了楼，整个人筋疲力尽，身上、脸上都是土，也没力气洗澡。

第二天睡醒，我收拾好行李，搬去了宿舍，准备入乡随俗，万事从简。

4

我的宿舍位于二楼角落，可以看到隔壁邻居家的院子。

房间里有一张书桌、一把椅子、两个柜子、一台饮水机和一张单人床。两面通风，条件非常不错。早上六点钟吹一次起床号、七点钟打一次起床铃、七点半打一次吃饭铃。窗外鸡鸣狗叫、鸟声啾啾。孩子们很早就来了，在操场上打闹。我用被子蒙住头，捂上耳朵，勉强又睡了一会儿，等到七点四十的闹钟响起时，早饭都吃完了。

英语课上，我给每个孩子都取了英文名，并特意给吕亚文取了跟我一样的，德里克。扎克不满，说我偏袒。丽莎不喜欢自己的名字，因为大家都喊她披萨，改成了贝拉。英文名字这才定了下来。

因为是吕沟村，所有学生都姓吕，名字有的也很相似，比如星月和星雨、梦燕和梦雅，我常叫错，索性用英文名辨别。

正式上课的第二天赶上了大雨，气温骤降到摄氏五度，我身上只有两件外套，穿在一起还是瑟瑟发抖，鞋和裤角也溅满了泥星。

小赵从青岛来，大概因为水土不服，手臂上长了许多红包，比蚊子叮的大点。很快我也遇到了同样的问题，先是脚踝，然后是脖子，接着是肚皮和手臂，加在一起有十几个，不挠则痒，挠了则疼。

午饭时，广播里放起儿童歌曲，《走在乡间的小路上》《兰花草》《童年》。我一边吃一边跟着哼，唱到"多少的日子里总是一个人面对着天空发呆，就这么好奇，就这么幻想，这么孤单的童年"，不知为何，突然悲从中来。但伤感的情绪终究没找到落脚点，在脑中徘徊一圈消散了。

低年级的孩子们组团跟在我的屁股后面，憋了半天才开口："老师，你姓什么？"只要见我在宿舍，他们就趴在窗户上张望，或敲门恶作剧，要轰三四次才能轰走。

扎克对我的长相、打扮和举止充满兴趣，他问，老师，你的鼻子为什么是尖的？老师，你的鞋子为什么不穿上要拖着走？有一次下课前他问："老师，你为什么不去当博士？"其他人也等待着答案。我只好说："人的活法多种多样，都去当博士，谁来给你们上课？"

晚饭是面条，我不喜欢面食，加上冷和痒，食欲寡然，没吃几口就偷偷倒了，没想到还是被食堂阿姨看到了。她说："不好吃吧？"我解释自己不饿，狼狈溜走。几分钟后阿姨找到我，问我想吃点什么，要给我做。我努力让她相信自己真的不饿，暗自决定以后吃多少打多少，再也不倒饭了。从那之后，每次盛饭时我都找点话说，"咸萝卜真好吃。""馒头真软。"但总是无法填平那句"不好吃吧？"带来的愧疚感。

5

坐在角落的男孩头发乱蓬蓬的，总对我仰着笑脸。每个班都有一个这样的孩子，憨傻、自闭，有时有点狂躁，被区隔于其他人之外。四年级有德里克，二年级有他，听说三年级那个孩子会突然学狼叫。方才欺负女孩的男生们这会儿转移了注意力，把乱发男孩的书包丢来丢去。女孩也不哭了，盯着书包在天上飞，笑逐颜开。书包最后被我接住，物归原主。

黑板上的孩子们画完大海、帆船和海鸥，纷纷回到了座位上。我一个个点评，评到最后一幅，突然看到海浪旁写着一句话，"我要找妈妈"，不禁感到生活的残酷。

即使是二年级的孩子也会有自己的难处。

6

第一天上课时我提了个要求，课堂必须说普通话，全班一致回答："不——会——"每次交流障碍，他们就放慢语速，多次重复，我才能猜到一二。乔安娜说："老师，我知道什么是普通话了，说得慢就是普通话。"其他听不懂的时候，爱丽丝就做翻译，她的普通话比别人都好些。

每天都有孩子问我，下节上美术吗？我的回答往往都是不上。但过一会儿再碰见，他们还要问一次。有时我在楼下，楼上的孩子也会冲我喊美术老师。

四年级的美术课安安静静，每个人照着美术书临摹上面的花朵。艾米画得最好——虽然难得上一次美术课，但当我问谁画画最好时，每个班都会有统一答案，四年级的答案就是艾米。艾米长得胖胖的，经常顶撞我，布置在黑板上的作业只有她敢擦掉。实际上我早发现她喜欢画画，英语作业本的第一页就是她画的花裙子少女。我想在旁边批注"真不错"，但忍住了。她毫无悬念地成为美术课代表。

意外的是，扎克画得也不错，下课时他没出去打乒乓球，和艾米切磋花瓣纹路的画法，其他人围成一圈观摩，并要求我不能只打分，还要写评语。

晚自习时乔安娜问我，老师，你为什么不留作业？我说，我念书时最讨厌写作业了，学会了就行，不搞形式主义。结果他们不依，说校长会检查，不留作业扣我工资。

两节晚自习都用来讲课，下课前我布置了作业，他们又不依："你现在留我们什么时候写啊？"——原来他们的规矩是，如果一天有两节以上同样的课，就用其中一节写作业，除了周末，没有放学回家写作业的道理。

每次安排自习，扎克和乔安娜就开始提莫名其妙的问题。有一次扎克问我："当老师美不美？"我还没回答，他就自言自语："不美，整天站着，还是我们美，能坐着。"乔安娜接着问："老师，你怎么不坐着？"我说校长不让坐，他们说："语文老师天天坐着！"第二天自习，见我坐在椅子上，他们又嚷："咦！校长不让坐！"

7

离学校最近的澡堂在隔壁村，据说那澡堂设计得非常科学，一人一间，里面有两个浴缸，一个用来泡澡，一个用来洗衣，一张票仅售两元，极适合我们支教者。然而当我和小赵徒步四十分钟找到那里时，对面小卖部的老板却告诉我们澡堂只在夏天开放，我们只好买点食物，灰头土脸地回到学校。

清明节放假三天，周五放学后，吕老师要去县里买肉，顺路把我和小赵带了过去。我直奔旅馆，打算以前所未有的力度把自己清洗干净。脱光衣服站在镜子前，我数了数身上的红包，足足二十一个。有的化脓了，有的连在一起。冲热水时，二十一个包一起痒，我头皮发麻，两腿一软，差点喊出来，第一次羡慕千手观音。

刚刚进入春天，乍暖还寒，嗓子有点发炎，咳得喉咙痛，耳朵里也嗡嗡响。

天黑以后，我去附近的饭馆点了一盘鱼香肉丝。县里的饭馆都有免费的米汤，我喝了两碗，感觉好转不少。

在旅馆休息一宿，第二天上午我回到了村子里。

沿路都有人上坟、撒纸。几个村民在树林里宰牛，牛们都知道怎么回事，发出恐惧而短促的呻吟，我匆匆走过，没多久就听到一头牛的惨叫。

8

接连不断的雨让气温始终在十度以下徘徊，杨老师把她儿子的外套借给我，才终于暖和了些。上课前扎克点评道："老师你还是穿自己的衣服好看。"

我要教的科目之一是河南省概况，叫作省情。没有教材，似乎这门课从来就没有上过。我对河南不了解，又觉得讲一个省的农业、工业非常无趣，索性就跟他们商量，讲我去过的地方行不行，得到了一致通过。于是省情课上，我从家乡大连讲起，说到小时候捉螃蟹、摩托艇翻船的故事，还讲了些旅行见闻。孩子们很热情，问我外国有没有硬币、香港钱上印不印毛泽东、日本有没有好人。

下课时，我把周末从旅馆带回来的牙刷、梳子和香皂分给了他们。

9

我正在吃早饭，扎克溜了进来，在裤袋里左掏掏、右掏掏，把一些吃的堆到了桌子上。有一袋麦片、两根火腿肠和一些喜糖。我谢过以后只留下了喜糖。他神秘兮兮地说，晚上还有东西给你，但现在不告诉你是什么。

前一天的鸡蛋男孩忽然和我亲热起来，如影随形。在操场上见到我就冲刺过来，拉扯我的衣服。中午他还是不吃饭，一屁股坐在我宿舍的凳子上说："给我点吃的。"结果被我赶去了食堂。

一家报社和一家电视台的记者前后来到学校，挨个老师采访。

报社记者提问漫不经心，问题雷同，并且间隔很久，大概真的没兴趣，又不得不交差。他问我感受怎么样，我说每天都不同。他没有记在本子上，想必不是他满意的答案。

　　电视台来了两个年轻人，沟通轻松一些。他们拍摄时，正赶上我在三年级上美术课。狼叫男孩一直干扰，谁去制止他都反问："弄啥咧？干啥咧？"摄像师"啧"了好几次，差点发火，被记者按住。最终拍摄时，摄影师又多次提醒我："那位老师，腰板挺一挺！"

　　两拨人的采访没什么区别，刚回答完一次感受就要再回答一次。摄像机架在我的右侧，我按照他们的要求，一会儿板书，一会儿指导，一会儿又要走动。

　　看到摄像机跟着我去食堂打饭一路拍到宿舍，四年级的孩子们拿着本子嚷："老师就要出名啦，快给我们签个名。"

　　扎克拎着一个塑料袋一路小跑到我房间，在桌子上打开。是一袋煎饺，还热着。他说是妈妈让他带给我的。听说扎克给我带了饺子，两个二年级的男孩也跑了进来，一人攥着一个小拳头，在饺子旁边展开，堆出两个小山丘，是炒瓜子。

　　晚自习下课后，我正要去接水，周老师把我唤了过去。

　　教师办公室的门口有一个大桶，专门烧热水供学生饮用和洗漱。水总是不够，所以我一般只在房间里用水壶烧。周老师说，今晚烧的水多，用桶里的吧。桶的四周围满了不同年级的孩子，有的洗脸，有的刷牙，有的搓脚趾头。废水泼在地上，顺着石阶的斜坡流到了操场。我加入了他们，有说有笑，第一次感到大家像一家人。

10

　　学校下面的小街上有集会，街两侧摆满了摊位。有水果、糖块、衣裤、日用品、农具，每个摊位都站着几个抱孩子的妇女。虽然琳琅满目，但只有短短一百米的距离。课间操时我和小赵去转了转。我买了一双拖鞋、三只鸭梨和一斤果冻。

　　放学后小赵带我去隔壁青西村的超市买周末的食物，往返差不多四里地。路两侧都是菜园，有零零散散的坟冢。坟冢背后大概是养殖场，不时传来一阵阵动物的低吼。

青西村比吕沟村繁华一点，至少有烤鸭和馅饼卖。

卖馅饼的老伯一头白发，小赵来过几次，他们互相认识。他的店开在家里，一进门就是炉子和案板，案板上有肉，有面，还有盘旋的苍蝇。他在这里做馅饼已经四十多年了。邻居青年站在门槛上对我们说，你们都是远地方来的吧。老伯说，远啊，我们这里的人出去打工不也是去远地方，人活着就是走来走去。馅饼做好了，他用杂志彩页包好，套在塑料袋里，一个五块钱，我咬了一口，硬邦邦的，里面都是肥肉和葱花。

11

媒体总把山区孩子描述得求知若渴，就我看到的情况，并没有那么夸张。他们都是普通的小孩，也会厌学、偏科以及攀比。

有天扎克说世界真不公平，我以为他想说贫富差距，但他只是看着树上的鸟说，鸟会飞，但人不会。我说，人有满汉全席，鸟只有虫子可吃。他想想说，那还是挺公平的。——相较城里的孩子，他们没有外教，不会弹琴，但几乎人人都会爬树、游泳，他们才拥有童年。这也算一种公平吧。

天气总在极端与极端之间变化，上午还艳阳高照，下午就下起雨来，第二天狂风怒号，竟把旗杆也刮倒，在水泥地上砸出一个坑来。

12

村主任的普通话说得比一些老师还好。他说年轻时在南京和杭州当过五年兵，我问是不是和越南打仗，他说比那还早，是抗美援朝刚结束的时候。有的战友去了朝鲜，很快就回来了。听说我是大连人，他说从前有战友被分到瓦房店。瓦房店是隶属大连的县级市，他问那里离我家远不远。

天气渐渐热了起来，白天可以穿T恤，穿一天就是一层土。风虽弱了些，还是把我晾好的袜子刮到了树上。我绕到树底下，从邻居老太太捆好的树枝里抽了根最长的，助跑起跳还是够不着，只好拖着树枝回学校，最后踩着三级台阶，费了一番力气才拾回来。不远处的乱发男孩拍手叫好。

……

整整一宿我都睡不好，总梦见孩子们拉扯我的衣服，我一再警告他们松手。这梦境简直是现实的复刻。凌晨两点，我居然被梦气醒，辗转难眠，看了会儿书才重新睡着。

扎克和另外几个男孩一直讲话，艾尔莎向我抱怨，说听不到音箱里的歌声。我还没来得及处理，扎克就骂了句脏话，被路过的校长撞了个正着。校长二话不说，用手里的文件夹在扎克头上磕了一下。校长一走，扎克的眼泪就掉下来了。

男孩一哭，办公室的气氛就变得很微妙。就在这时，五年级的几个女生非要挤进来看电脑，两个拉扯我的衣角，让其他人有机可乘。在L小学，这是我最讨厌的行为，唯一的外套已经被扯开了线。我勃然大怒，把她们赶走，关上门，每个人都老老实实。

13

二年级的语文老师周老师有一种将大事小情视为己任的热忱，并有强烈的育人之心，擅长讲客套话和大道理。他掌管办公室的麦克风，想找哪个老师，或突然想起什么，就随手拿麦克风广播一下。可惜他的普通话也不好，他的广播我从来都听不懂，只知道非常紧迫。他很爱看电视剧，学校那台打开网页都要五分钟的电脑里塞了许多他下载的乡村家庭剧。下载完，他就找个懂电脑的人帮他存进手机。因此，他是全校唯一会盯着手机走路的人。

另外，他也是前一天对我说"我代学生向你赔不是"的那位老师，可实际上他给我带来的不适比学生多得多。有一次我刚倒好热水准备洗脸，他来要水，把杯中的茶水一股脑泼进了我的脸盆。另一次，早晨我打水回来，看见他从我房间慢悠悠地溜达出来，一言不发，旁若无人。

杨老师是这些老师里最年轻的，染了黄头发，教四年级的语文。我从她的手里抢来几节课时，一直怕她发火。她只说，希望你们考第一名！她也爱看电视剧，还对电视台在学校的采访很感兴趣。我刚来的时候，见她在办公室反复看那些节目，边看边笑。有天傍晚，校长和杨老师前后给我发短信，提醒我一定要看今晚的节目。

以上五位老师和我们三个志愿者就是L学校全部的老师，每人每周会有二十到二十五节课时，从早上八点半一直到晚上八点。我没有被安排做班主任，相对轻松一些。小赵是三年级的班主任，苦不堪言。我在宿舍中不时会听到他崩溃的大吼。三年级的学生不比二年级安分多少，我十分理解。

14

又是一个狂风暴雨的周末，夜里窗户被风冲撞得咚咚响，几次被吵醒。我实在不想再吃方便面，只能用火腿肠、鸡蛋和面包打发。饥饿、寒冷、瞌睡，满心只想吃火锅和海鲜，还想回家搂着狗好好睡一觉。这样的想法当然不是第一次，每次被食欲折磨都会觉得自己很低级，可是没办法，这是天性，无法回避，只能忍耐。

我第一次点开日历，数起剩余的时日。

在L小学的第四周，我必须记下这已经诞生多时的感受——倦怠。对村子的倦怠，对课堂的倦怠，对学生的倦怠，对寒冷的倦怠。

但，一如既往地，每次感到厌烦时，总会出现一两个孩子改变我的想法。

15

周日，手机男孩陪我去镇上取钱。他是学校里唯一拥有手机的学生。

此前我对村、乡、镇、县、屯没什么概念，在这里多少辨别出一些。但薛店镇和郏县的区别并不大，县无非比镇干净点。

取完钱，我们直奔银行对面的饭馆，吃了一顿酸菜鱼。饭后直奔超市，各自挑需要的东西。汇合时，我拿着一盒咖啡和一条短裤，他抱了一堆零食，当中甚至有口香糖，我有点后悔没规定他只准拿三样。

我只好说："别告诉别人。"

"知道。"

出了超市，我们徘徊在几辆三轮摩中间逐一砍价，最后以二十块钱的价格回到学校。

天完全黑了，炊烟都熄了，只有天边挂着一弯下弦月。这样的静谧祥和，好像只在小时候有过，我久久沉醉其中。

尽管我千叮咛万嘱咐，买零食的事还是被他的同学知道了。以黑裙子女孩为首的几个孩子把我围住，问我是不是带手机男孩去镇上了。

"是，怎么了？"

"你为什么带他去？"

"正好碰见他，就让他带路，有问题吗？"

"你是不是给他买吃的了？"

"没有。"

"你给他买口香糖了吧？"

黑裙子女孩一直这样咄咄逼人，其他人也凑上来，口气义愤填膺："我们连作业本都买不起，你还给他买零食！"

我知道发火会让他们更觉得我偏心而给手机男孩树敌，但忍到这里，我终于爆发："我是你爹吗？你的作业本跟我有什么关系！"

后来我得知，他们的作业本是免费的。

16

学生老师都回家了，校园里空无一人，我对如何打发时间的担忧很快就变成了对独处的享受。就在这时，手机男孩的短信来了。

"我现在去找你。"

"今天没空。"我回复他。我不是不想见他，而是不想见任何人。

"我明早去找你。"

他来找我其实并没有事情可做，但他说，没事做跟你玩也高兴。可如果他来，我就必须找事给他做，否则他就会搬个板凳，一动不动地盯着我的手机和电脑。

"手机是隐私，你为什么老看我的手机？"有一次我说。

"QQ才是隐私。"他悻悻地走了，转了一圈没事做又转回来，继续看我的手机。

"没空，有空的时候我找你。"我想了想，回复了他。

第二天早上，与上次一样，不到七点钟他就发来短信，还是那句话，"我现在去找你"。我腾起一股厌烦，继续睡觉，几分钟后手机屏幕又亮了，"把大门开开"，我依旧没有回复，"你在干什么？"

一小时后我起床，告诉他明天中午找他吃饭，他说好吧。下午他的短信又来了，"我现在能找你吗？"

"不是说了明天吗?"

接下来是无休止的轰炸。

"明天几点?"

"帮我解一个密码。"

"我现在去找你。"

"把大门开开。"

"把大门开开。"

我握着手机,尽最大努力控制情绪,思考怎么回复他,而他的信息还在不断地涌入。

"你在干什么。"

"我去了啊。"

"你在干什么?"

"我去了啊。"

不知谁开了大门,他一路小跑着到了操场,脸上还挂着微笑。

"我说了明天,难道你听不懂吗?"

他的笑容转瞬即逝:"我找你帮我解个密码。"

"我说了,没时间!"

他不知道自己的热情已经变成了一种侵略和打扰,而我除了生硬拒绝外找不到更好的办法。这是一个教训,我意识到必须掌握好和孩子们相处的分寸。

17

晚饭后,我让一华陪我去小卖部,路上我问他爸妈在不在家。这已成为了解一个孩子最基本的问题。

"不在家。"

"去城里打工了吗?"

"不知道。"

"他们不回来吗?"

"不回来。"

"你有多久没见过他们了?"

"好几年了，我很小的时候他们就走了。"
"那你跟爷爷奶奶住吗？"
"嗯。"
"爷爷奶奶怎么赚钱？"
"他们去苏州打工，走的时候就让我去姑姑家。"
"爷爷奶奶多大了？"
"爷爷六十多，奶奶五十多。"
"姑姑对你好吗？"
"好。"

到了小卖部，我让他挑个想吃的东西。他看了一圈，挑了一袋最便宜的方便面，我又让他拿了一个变形金刚。

"也怪可怜的。"结账时，阿姨自言自语。

18

傍晚，杨老师招待我们三个志愿者去她家吃饭。上一次她烙了三种饼，分别是原味饼、鸡蛋饼和青椒洋葱饼。摆好饭桌，她拍拍手说："多吃点啊，挑大块的吃。"杨老师性格开朗，笑口常开，她的儿子继承了她的优点，很热情，也很规矩。在这边，热情和规矩往往无法作用在同一个人身上。

这一次杨老师炖了排骨，她口味偏淡，得兑点辣椒酱。我吃了一碗，还想吃，但锅里已经所剩无几，只好忍住。

我问杨老师儿子的理想，他说想周游世界。在L小学，这个答案出现的频率很高。这是个很好的理想，能周游世界的人都不会太穷。就算为此倾尽家当，也换来了另一笔财富。他们需要出去看看，从"外国有没有硬币、日本有没有好人、香港钱上印不印毛泽东"开始，一点点解开这个世界的谜团。

19

我请了两天假，周四早上出发，在北京过了一个周末。

青西村有班车直达郑州，但一天只有一班，早上六点半发车。时间太早,我没坐。没坐的结果就是先步行二里地到青西村坐公交车到郏县,打一辆三轮车到汽车站,坐大巴到郑州南站,打车到东站,然后坐高铁到北京。全程要七小时左右。

阔别北京半年多,地铁扩建了,天气好了些,走在路上,感觉这座城市变温柔了不少。

周日早上返回,唯一可记之事是郑州的出租司机,是个男青年,有着大部分司机的毛病,爱骂脏话,而且一定在擦肩而过的一秒冲窗外骂句最狠的。我曾遇到过两个司机对骂后,对方开在我们前方,一直别我们的路,几次差点撞上,所以很烦为了几秒钟的事而吵吵嚷嚷。但下车时,他几次叮嘱我,一定要去大厅买票,不要理黄牛,也不要跟他们说话,有可能被他们拉住。直到我下了车,他还在提醒我,甚至目送我走进售票厅。

回县城的路上我又睡了过去,到学校时已经傍晚六点钟了。

从首都到吕沟村,好像从一个生命体的神经中枢到了最小的细胞。我脑袋里只有一个想法:太累了,在离开这里之前,我哪儿也不会去了。

20

晚上我坐在台阶上纳凉,几个孩子围过来和我聊天,聊着聊着就说到了自己的愿望。拖鞋男孩说他想回到小时候。一华说,我希望回到老师刚来的那天,希望一小时有一年那么长。

我看了他一眼,想起第一次走进二年级教室,他被全班说"他爸有三个老婆"的样子;想起第一次给他方便面,他不好意思要的样子;想起他抱了盆植物选阳光最好的地方的样子;想起他的凉鞋破了,我帮他粘,他扯了张手纸帮我擦汗的样子;想起他被缺牙男孩欺负,背过身哭的样子。

胖老师领着五年级的女生跳舞,我津津有味地看着,一华说:"老师,你有心事吗?"

我笑笑,他又说:"老师,你有心事就说吧。"

21

校长说六一会演这天省里会来很多媒体和爱心人士,加在一起有七十多人。听到这话,我和小赵对视一眼——平时光是做操,这一百来个孩子就快把操场站满了，再加上七十多人和看热闹的村民，不知道要挤成什么样子。

为了迎接客人，学校连续几天大扫除，把考试用来当板凳的那堆砖头全部转移到水桶后面，铺成一块砖路，几个老师开玩笑要在那里烧烤。接着劳动的队伍又把门口两块废弃的花坛开垦起来，新土泛着湿漉漉的红光。周老师带着另一批队伍里里外外清扫了厕所，连接水桶的长水管在操场各处喷洒、浇灌。

校长特别强调，要让孩子们把自己好好洗洗，尤其点了我们班的德里克。他的确是学校最邋遢的孩子，全身没有一块正常的肤色，黑不溜秋。

我知道德里克爱面子，如果当全班的面让他洗澡，他肯定颇为受伤，于是我把他叫到教室外边，小声告诉他，把自己清理干净，尤其是脖子、胳膊、腿脚，再换件干净衣服。

"中午回家就洗，下午我检查。"

德里克点点头，跑掉了。

中午吃完饭，德里克还是一副脏兮兮的样子，玩着最近男孩们流行的玩具——用圆珠笔芯串着几个瓶盖当陀螺。我挨个检查，最后把德里克和巴顿拎到水桶边，用办公室的香皂带他们俩好好洗了下四肢。德里克不会打香皂，打完香皂又像挠痒痒那样把皮肤抓得通红，泥土依然挂在那里。尽管我有点排斥，还是亲自上阵，帮他搓了搓。我见他拇指一团乌黑，问他怎么搞的，他说砸的，一旁的巴顿说，指甲都快掉下来了。

"去医院了吗？"

德里克摇摇头。

"还疼吗？"

他又摇摇头。

班里的孩子探出脑袋好奇地看我们，等我带着白白嫩嫩的德里克和巴顿回到教室时，贝拉说："老师你真是又当老师又当爹啊。"

22

省里的报社和爱心团队比预定时间晚一节课来到学校，为了他们，六一会演推迟到星期一。仪仗队果然忘掉步伐，就这样凌乱地走到校门口，把贵宾们迎进操场。原本说要来七十个人，实际不足三分之一。而原本说有两卡车物资，也只是几捆书和文具。前一天老师们还在讨论哪里能停这么多车，看来那个地方只有真来那么多人的那天才用得上了。

仪仗队使劲挥舞手里的彩花，志愿者冲教室和孩子们拍个不停。

报社的领头人说一口地道的京腔，他负责分发礼物。大部分礼物数量不够，到后来他举得高高的，孩子们伸长手臂去抢，谁伸得长就给谁，一旁的记者赶紧拍了下来。最后他把低年级的男孩们聚集起来，教他们同伴溺水的营救方法，然后又教给在旁边围观的村民。我听到他说："不要哭！要抓住最后一线希望！"

拍完照片，代表讲完感言，不到一小时志愿者们就回去了。他们带来的旗子还没在土里扎稳就被拔走了，留下一个浅浅的土坑。

我回宿舍的路上经过二年级教室，他们无不沮丧地跟我说："我就抢到这几个。"我一看，有肥大的T恤，有薄薄的作业本，有1998年出版的英语单词卡，有一打演算纸（只有一面空白，另一面是书籍扉页），居然还有瓜子，用塑料袋装着，一袋差不多二两。

一个村民阿姨跟我说，五毛钱的作业本谁买不起，我们缺的是好老师。

万幸没有人找我们三个志愿者拍照和采访，我实在说不出应景的感言。

中午，三年级狼叫男孩的爸爸找来办公室。狼叫男孩什么也没抢到，他来评理。杨老师们只好告诉他，这跟学校无关。而那些孩子抢到东西的家长，也在比较谁的东西更贵、更好一些。

23

生活波澜不惊，接连两个星期没有写笔记，而这两个星期里发生的事情，除了在本子上记的几个关键词外，我忘得一干二净。

因为朋友W愿意资助一华三兄妹的学费，我联系他姑姑足足三次才见到本人。见面那晚村里正在唱戏，我们在戏台后面的空地简单地聊了几句。

她比我想的年轻，一问更吓一跳，比我还小两岁。一华的爸爸（她的哥哥）第二次结婚时她十四岁，她妈妈觉得要把钱花在儿媳身上，于是让女儿退学。从那开始，她就一直在苏州打工。后来她哥哥离婚再婚又离婚，最终和这个家失联，两个老人、哥哥的三个孩子、自己的一个儿子，就一直靠她和丈夫养活，至今已有九年时间。现在她又怀了孕，家里需要钱的地方很多，两个老人的身体都不太好，她打算回村子里住，照顾老小。一华胳膊里的钢板本该半年前取出来，因为钱的缘故拖到现在。她说她也想过读个夜校，但经济不允许，而她也不希望让三个孩子走她的老路，所以尽力供他们读到大学。

情况就是这样。她的普通话很好，而且总在我讲完最后一个字才回应。她说话时我出神地想，这家人的基因真好，姑姑长得好看，三个孩子长得也好看，一华奶奶说过，她儿子也很好看。

她说，一华以前有点内向，每次心情不好就蹲在院子里，谁跟他说话都不吭声，现在改了不少，总跟我说老师对他好，性格也变得开朗了，光这一点我就很感谢很感谢你了。她又说，虽然我是他姑姑，但毕竟是个女人，有些事他不愿意跟我说，愿意跟你说。要是你能跟他一直保持联络，开导开导他，就更好了。

最后我给她留了我和朋友W的电话。

24

就快期末考试了。

这是我在村里的最后一周。——这几天，这句话一直在我脑中徘徊。一旦有了这样的想法，看谁就都是好孩子，即使是缺牙男孩、鸡蛋男孩，也变得可以忍耐。

有天我和一年级的周老师在办公室聊天，她说我们三个是建校以来的第一批志愿者。"我们这儿的人都感谢你们，也特别喜欢你们，怕你们生活不习惯，不爱吃我们的菜。你刚来的时候天冷，要给你拿厚衣服，你讲究，不肯要，冻得直哆嗦。"我们大笑，我赶紧撇清："我不是讲究，是怕麻烦嘛。"

"知道你爱吃海鲜，可惜我们这儿没有，有时候吃桌——就是结婚——才有，我一直想带你吃桌，但结婚的冬天多。年轻人出去打工，过年回来一次，顺便把婚结了，都是这样，也没机会带你去。"

端午节这天休息，早上六点钟，一华顺着窗户给我塞了一袋粽子和鸡蛋，接着七点不到小卖部阿姨也送来一袋。我心里有你，你心里有我，这就是全部的节日气氛了。

25

村里的休息日总是乏善可陈的,这一天唯一有趣之事是我放在房间里的粘蝇纸分别粘住了一只麻雀和一只壁虎。生平第一次给麻雀洗澡,小心脏在我手里砰砰乱跳,但羽毛上粘满了胶,怎么也洗不干净,我握着它去小卖部借花生油。阿姨委婉地说,就让它死掉吧,村里太多麻雀了。最后我只能把它搁在了草窝里,给它扔了半个桃子,希望它能像只鸡那样过完后半生;这也是我第一次摸壁虎,好在它皮肤光滑,很好清理。在我走之前,就这样和它们结下缘分。

我定了早上八点的闹钟,八点不到,电话就响了,一个悲伤的声音断断续续地说:"我给你带了点鸡蛋,你来门口拿一下吧。"村民们打电话都没有自报姓名的习惯,每次我都要花几秒钟分辨这是谁。我稍微清醒一些,听出来是一华的奶奶,她好像哭了。我穿上衣服,下楼给她开了大门。

她把一袋子煮鸡蛋和三瓶饮料递给我:"听说你今天就走了,一华说,奶奶你去送送老师,你去跟老师说说话……"她果真哭了起来,老泪纵横,好多话说得含糊,我没听懂,但也跟着悲伤起来,"……怕你嫌家里脏,一直也不敢让你来家里吃饭……"

"奶奶别哭了……"我的睡意陡然被难过取代,又想着,这也太戏剧化了。

我收拾出一些不想带走的东西,有洗洁精、洗发水、牛仔裤、短裤、运动鞋、袜子,拿捏不准该不该把它们送人。最后我把鞋袜留在了房间,其他的拿给了吕老师。

吕老师第一次吞吞吐吐:"学校这事儿办得不对……"他抽了一大口烟说,"我跟他们说,把工资给我结了,我出钱给你买张车票。"

"千万别这么说。"

"我本来想找这几个老师,一人出一点……学校是真没钱……"

"真不用,我哪能要你们的钱啊。"

钱的话题我们也曾讨论过,我很诚实地告诉他们离开这里的确有钱的原因,身上的积蓄只够生活一个月了。本来和校长计划在网上卖孩子的画补贴学校，也没有实现（小赵认为这样可能被舆论批评为利用小孩）。

十一点多，吕老师和他的二女儿、小儿子，杨老师和她的儿女，周老师、小赵，一共八个人为我饯行。我们挤进吕老师的面包车，一路开到城里。因为超载，有摄像头的地方窗口的人就得哈腰。周老师给校长打电话，校长说待会儿联系，我们停在一片玉米地旁边等校长来（刚来的时候到处是油菜花，后来是小麦，现在已经变成了大片的玉米），很像在拍公路片，连杨老师的女儿都说像逃亡。

26

回到北京后，我收到阿姨的短信：你是回家了还是去别处工作了？你那里热吗？这里三十七度，正好你走了，要不然冰柜里的饮料该你承包了。给你发短信是阿姨想你了，影响你的话就不用回话了。我通过了艾尔莎的好友请求，她给我发来一张男孩的照片，说这个人总想加她好友，可是他太丑了，是不是应该把他拉黑。杨老师在我的照片下留言，说下学期还要不要来？我给你做辣椒酱吃。一华用姑姑的手机发来短信：我明天要做手术了，不要为我担心，老师，我会想你的。

我好几次梦到孩子们，和朋友聊天时，也常常脱口而出孩子们的土话。

节选自《山西文学》2018年第11期

评鉴与感悟

让人感动的还是高燃的热血，一个二十几岁的青年，从辽宁大连跑到河南平顶山的一个村庄支教。当眼球被区块链、科幻填充，当世界被更多虚妄与欲望的信息遮蔽，仍有高燃这样的人，心中有梦，践行着他们热爱的一切。没有比单纯的理想更动人的事了。剔除了夸张和粉饰，只是朴素地记录他所看到的另一个世界。欲正其心者，先诚其意。修辞的安静，阅读的舒适，说到底还是来自他的诚意。

老年色情店杀人事件

/蔡寞琰

2018年2月，一个170开头的电话打进来。

通常这种虚拟号段的来电我都不会接，挂了三次之后，短信来了："X律师，在忙吗？我是罗桂娇，还记得我吗？我想请你吃个饭。不嫌弃的话，等得空了告诉我一声。"

我一下记起了她，赶忙回消息过去，说这几天随时都有空。罗桂娇很快又打来电话，说马上就"下点"，约我一起吃晚饭。我问她在哪里上班？她却支支吾吾，只说见面聊。

我清晰地听到那边有喘息的声音。

我们约好在一家西餐厅见面。罗桂娇比我先到，选了一个靠窗的小包厢。一见面，我先惊了一下。

我还清楚地记得2015年4月跟罗桂娇第一次见面的情形。那天，我去看守所会见她，她就笔直地坐在椅子上，头发蓬乱，皮肤蜡黄松弛，手背上还有几个大小不一的老年斑。

眼下的她比之前胖了些，脸圆了，乌黑的短直发，一件V领黑色连衣裙，套了丝袜的双腿并拢斜坐着，看起来竟比之前年轻了不少。

见我来了，她赶忙把烟掐灭，起身给我倒茶。

"罗姐最近气色好。"

"比不了你们年轻人，还差几个月五十岁了，恐怕撑不了几年。"

聊了两句，罗桂娇主动说自己还在做老本行："去年1月从监狱出来，一直想联系你见面吃个饭，但是我走不开。"

她说自己前段时间在医院照顾一个老头，是位老干部局的离休干部。老头也没什么大病，就是一些医院为了营收，邀请他们过去住，每月医药费全报，还给返几千块钱。老头在医院住了好些年，实在无聊，无意间就逛到罗桂娇她们的按摩店。

从那以后，老头基本天天都去，每次都点罗桂娇。罗桂娇说他今年八十三了，做不了什么，也就时不时摸她一下，大部分时间在唠唠叨叨——聊他十四岁就参加工作的壮举，反反复复讲了好多，其他人听得不耐烦，瞌睡连连，他就大发脾气——罗桂娇在监狱待过，有足够的耐心听他说话，就这样讨了他的欢心。

一段时间后，他干脆让罗桂娇做他的全职保姆，五千块钱一个月，包吃住。罗桂娇给他洗衣做饭，打理得干干净净。开心的时候，老头还会额外塞给她钱，带她逛街买衣服。说到这里，罗桂娇不好意思地笑了，可不一会儿却又红了眼眶，喃喃说："老头是好人。"

这样的日子过了半年，老头的子女们有天来医院探望他，才发现二人举止亲密。子女们当即对老头发了脾气，骂他老不正经。可老头脾气更倔，说你们不照顾我，还不许我找人照顾？

子女们气不过，只能骂罗桂娇："还要脸的话，赶紧滚蛋。"老头却一把拉过她："小罗你别怕，我保护你，谁敢过来老子毙了他。"

第二天，老头的子女们又跑来，应该是把罗桂娇的底细查了个底掉，在医院大骂她一个坐过牢的臭婊子，什么时候巧言令色改当骗子了。老头还是满不在乎："坐过牢又怎样！我现在跟坐牢没什么分别。"

看着这家人的架势，罗桂娇不想再掺和进去，不顾老人的挽留，转身走了。

等她气消了，想起老头的好，再去医院看他时，才发现他已经住进了重症监护室。医生认得她，带她过去瞧了一眼，老头赤身裸体躺在里面，靠各种仪器管子吊着一口气，看着痛苦不堪、凄凉无比。

老头已经熬了五个多月了，医生说如果家属同意拔管，就是几分钟的事,但拔了管,每个月一万多块的工资也就没了。有些家属是能拖就拖,甚至一拖三四年。

罗桂娇说:"这次找您,就是想问问,有没有什么办法能帮老头解除痛苦?"

我摊手说,真是没有一点办法。又问她怎么又做回这一行了:"难道上次还没有被吓怕?"

罗桂娇说她也没有办法:"蹲监狱那两年,确实比在外头的生活要容易得多。"

蹲监狱之前,罗桂娇工作的地方在临近立交桥的一座三层老房子,右边与菜市场相连,桥下的人流量大,遛弯、下棋的,摆摊、兜售货物的,从清早闹腾到半夜。市场里一排小店,唯独按摩店的招牌最醒目,六个红色粗体大字:"十五元按摩店"。

按摩店大多数客户也都是老年人,老板娘口头上对技师们说"不能和客人做出格的事",其实一直都是睁一只眼闭一只眼。这家店开了将近十年,收入是怎么来的,她很清楚。

"十五元按摩"不过是一个噱头,罗桂娇她们会告诉客人:很少有人选择十五元按摩的,太低档;四十块,才有私密的空间,虽然不过是用一些胶合板隔出的,但好赖属于独立的"房间"。

技师们上钟轮排,罗桂娇的钟点最多,常有技师们在背后说她放荡,什么都肯做,自然留得住人。还有人说,"年纪那么大了,还能玩这么多花样。"

其实,按摩店里的技师都是四十岁以上的妇女,她们从不会说出自己的真实年龄,一般都只说三十多一点,也没什么人"放不开",真正会按摩的也几乎没有,随便捏几下便会问客人,要不要"打个飞机",然后就有人火急火燎地开始解皮带。这事儿有的技师要加收五十,罗桂娇却不收,只有"做点"才收六十到一百不等。

有时胶合板两边的房间都吱吱嘎嘎响,她们却还要低声说,"这里是正规场所"。

有些二十出头的年轻人也过来,但都不会常来。罗桂娇对我说,老人的欲望不比年轻人弱，年轻时有时还能控制得住，挑人；等年纪大了，不管怎样都要忙活一阵，有的到楼下药店买个药也要跑来一趟，有的还带着一两岁的孙子来，小孩就丢在床头。

那天下午三点左右，肖佐龙来了，刚好轮到罗桂娇上钟。刚开始肖佐龙还很老实，问罗桂娇多大年纪。罗桂娇回答说三十六岁。

很快，肖佐龙一双干瘦的手开始在罗桂娇大腿上游离，罗桂娇便在他耳边轻声说："要加钱的哦！"

肖佐龙大声地回了声："我知道！哪能不给钱！"

罗桂娇做出"嘘"的手势，让他躺好。

肖佐龙那时七十三岁，儿女拖家带口在省外打工，他一个人待在郊区家里无聊，看电视没五分钟准睡着。想找个伴，可家里人都不支持，于是只得每天搭城乡公交来城区闲逛。

"只准他们年轻人在花花世界玩，我们这些老家伙就等着做劈柴被烧？"他拉住罗桂娇的手就往自己裤子里塞。

一连加了两个钟，肖佐龙的身体都没什么反应，但说好的钱却一分不少地掏了出来。

罗桂娇替肖佐龙穿好鞋子，帮他打开玻璃门，望着他走下台阶时，罗桂娇觉得多少还有点对不住他，想跑下去退五十块让他打车，却迈不开腿，只大声说了句："慢走啊，记住我是十八号，下次再来。"

肖佐龙扬了扬手："下次来找你就是，号子记不住呢！"

正月十五那天，当地街上人声鼎沸，天黑时分，四处都燃起了烟花。

这一天，按摩店又是罗桂娇和另外两个技师留守，电停了好久了，也没什么客人。在蜡烛底下，她们正商量着，待会是买炸好的能现吃的元宵，还是买汤圆来自己做甜酒冲蛋吃。

突然门外听见有人咳嗽，进而大声嚷嚷："怎么乌漆麻黑的？今天过节，怕是没得人吧！"

罗桂娇急忙出来相迎，借着手机的光，才看清是肖佐龙，手上还提着几斤苹果。

"老爷子今天怎么过来了，儿孙们肯放你出来？"

肖佐龙把苹果往柜台上一放："你拿去分了吃！他们没空闲管我，初六就出去了。"

罗桂娇掏出一个苹果，笑了笑说："正好没吃饭。"

"你也没吃饭？六点了，我也没吃，一起去吃个饭！"

"那你先去吃点东西再来？这会反正开不了空调，应该八点左右会来电，我在这等你。"

"一块去！给你算钟就是，多大点事！"肖佐龙说。

罗桂娇犹豫了一小会儿，还是有点怕："要不晚点一起吃夜宵？我们平时是不能外出的……"

肖佐龙掏出一百块钱往罗桂娇手里塞："走咯走咯，别跟我啰里啰唆的！"

罗桂娇打算就在楼下找个饭店撮一顿。不曾想肖佐龙叫了的士，说外面的东西不好吃，他自己就是厨师，屋里没人，菜都是现成的，回去做给她吃。

换作平时，罗桂娇是无论如何也不会去的。那天马路上的风很大，四周的烟花响个不停，店里一片漆黑，老头的眼神里又满是期盼，她便拉开了车门。

出租车开了大概二十多分钟才到，肖佐龙的家不远但有点偏僻，四周都是两三层的砖房，以及荒废的农田。

"就不怕周围的邻居闲言碎语？"罗桂娇问。

肖佐龙掏出一串钥匙找了好久，一边开门一边念："他们管得着？信了他们的鬼怕是没盐吃，你不知道，我们这里有几个老头，给一斤鸡蛋就被哄去参加什么科技公司一日游，游回来万把块钱没了，买了一大堆垃圾回来。就这样还说我不长脑子。"

进屋后，肖佐龙给罗桂娇倒了杯水，打开电视，将果盘端了过去，让她吃瓜子："菜是现成的，一会儿就好。"

罗桂娇看了一会儿电视，空调的暖风吹得她昏昏欲睡，靠在沙发上眯了一会儿，醒来时，发现餐桌上已摆了五六个菜了。

肖佐龙给她装了饭，自己倒了酒，不停地给罗桂娇夹菜，说都是自家的东西。自从老公死后，罗桂娇就再没喝过酒，但那一刻，此情此景，竟有一种家的错觉。

吃完饭，肖佐龙给了罗桂娇一个红包，说今天应该行，之前太紧张，放不开。还是刚碰到罗桂娇的私处，肖佐龙就结束了。罗桂娇想起身，肖佐龙不肯，说还要再试一下，不让她走。

罗桂娇就一直推脱，说这么大年纪，不要勉强了，这样两个人都难受。

肖佐龙也不搭理，忽然一口死死咬住罗桂娇的乳头，右手在她身上又抓又捏。罗桂娇痛得晕了头，双手拼命地拍打肖佐龙的头，肖佐龙还是不放手，情急之下，罗桂娇一个侧翻将肖佐龙踢下了沙发，这才长吁一口气，下身火辣辣地痛，乳头被咬出了血。

罗桂娇刚穿好衣服，一开始还在地上呻吟的肖佐龙就没了声息。罗桂娇慌了，连忙打开门喊救命。

一些邻居听到后赶了过来，看到肖佐龙一丝不挂地躺在地上，明白了是怎么一回事，其中一人按住罗桂娇，另一人用绳子将她捆了起来。

围观的人越来越多，有人义愤填膺，说又来了个婊子，打死她；还有人舀来厕所的水往她脸上浇。直到救护车和警车相继赶来，这些羞辱才结束。

采取一系列的抢救措施后，医生最终宣告肖佐龙已不治身亡。在场的人一听说肖佐龙死了，又跑过去殴打罗桂娇，说当场就可以撕了这个臭不要脸的。

警察见状迅速围在罗桂娇旁边，警告村民不可以轻举妄动，她的事情还没查清楚，不管是谁，伤害她都涉嫌违法犯罪。

法医鉴定，肖佐龙的直接死亡原因为颅脑损伤。公安机关以"故意伤害罪"对罗桂娇进行刑事拘留。而罗桂娇的伤情报告上则显示为阴道撕裂伤，一侧乳房部分缺失，两处轻伤。

第一次见到罗桂娇时，我根本没法将她和"失足妇女"联系在一起，她的样子，就像一个带孙子忙得心力交瘁的农村老妇。

会见期间，她的身子一直在发抖，我问她是生病了还是害怕？她摇了摇头，过了好一会儿才说："进派出所不是一回两回了，以前都是关几天、罚点钱就算了,现在说我故意杀人,我不认。"

我告诉她,看了案卷,如果罪名成立,量刑可能在七年以上。

她明显不高兴了,问是谁请的律师?花了多少钱?

我据实回答,说所里收了两万块,已经很优惠了。是她一个叫吴姐的同事和"十五元按摩店"老板娘出的钱,她儿子签的委托书。

"请律师有什么用?"

我不想和她争论这个事,岔开了话题,说特意安排在今天会见,是从她的身份信息上获知今天是她生日,"生日快乐。"

她愣了一下,语气平和了许多:"我们那边的人过阴历生日的,不过谢谢你,我儿子都从来没和我说过这句话,除了要钱,再也没和我亲近过,不过能怪谁?人生来就有还不完的债。"

我见过她儿子,知道她儿子直至今日还非常恨她,但这会儿说这些不好。

罗桂娇见我没有接话,提高了声调,像突然想起了某件事、不及时说出来就会马上忘掉一样:"哦,还有啊,吴姐家里盖房子,她每个月的钱都寄回去了,还向我借了两千,她哪里来得钱?老板娘又是怎么一回事?"

说起这个我有点过意不去,当时吴姐来律所咨询,我们告诉她,一个刑事案件差不多三万块左右。她讨价还价,说只有五千块。我说五千块钱还不如免费代理了,她就一下眼里放光:"那就免费啊!"

恰好那时电话响起,我便走开了。

我回来的时候,她还在那里,说实在拿不出钱,而且罗桂娇只是她的一个"姐妹":"我们这种'姐妹'你应该知道,处了大半年搞不好都不知道真实姓名,出了门,谁也不认识谁。我是看她人好,平常和她聊得来。也找过他儿子,他横竖就是伸长了脖子说一分钱没有。"

谈到罗桂娇,她说了很多,也流了不少眼泪。

了解事情的大概后,我问她:"老板娘有钱吗?平时对你们怎么样?"

她有点失望:"老板娘怎么说肯定比我们有钱,对我们不好也不坏吧,但她怎么可能出钱!"

我说那我过去看一下,其他的再说。

按摩店老板娘消瘦,黢黑,头发油腻。我也没有过多寒暄,开门见山，问她能否帮忙垫付一下律师费，毕竟她是罗桂娇的老板。

老板娘没好气地说："她在外头出的事，怎么要我出钱？这么多人，我管得过来吗？"

"如果是在你这里出的事，你现在就在里面了，组织、容留、引诱、强迫卖淫，法定量刑五年起。退一万步来讲，就算你有关系照着，活动打点，也不是万把块钱的事，就当破财免灾。"

老板娘没好气地说："你在威胁我吗？"

"绝对没有，这个事情确实有这么棘手，也确实不干我事，我只是觉得你会帮她的。"我说着就起身准备走。

旁边的技师们也说："要不我们凑点吧！"

我没有停留，出了门又有点后悔。只怪自己头脑发热，明明是个律师，却搞得像个黑社会老大一样来谈判，一阵害臊，恨不得往井盖底下钻。

第二天，吴姐又来了，带了钱，说老板娘刀子嘴豆腐心，不要其他同事凑，自己拿出一万五千块来请律师。

但我却变卦了，不愿接这个案子了。我给吴姐说，昨天的事情感觉自己做错了，让她换个律师。吴姐就把钱往我抽屉里塞，说："没错，没错，就你了，不换。"然后一直看着我笑。

罗桂娇听到这里，眼眶就红了，说她从来没有乱讲店里的不好，不是有难言之隐，谁愿意这么大年纪了还出来卖。至于这个钱，有机会出去的话，她在银行存了十万的定期，一定要还的。

这个案子很快就变得有点复杂了——公诉机关似乎有意要将它作为"典型"来办。他们以罗桂娇能预见到伤害结果的发生来定义"故意伤害"，就是说，罗桂娇应该知道自己能几拳捶死一位七十三岁的老人，也能一脚踢死他，而对于罗桂娇自身遭遇的暴力事实，他们置若罔闻。

再三考虑之后，我决定同样走"极端"，以"正当防卫"来做无罪辩护。为此，特意征求了罗桂娇的意见，告诉她，在当前做无罪辩护不是一件容易的事，作为被告人，对她的量刑可能会加重，而作为律师，我肯定会得罪人。

罗桂娇只说了一句："听你的。"

我忍不住多说一句："以前有个类似的案件，被害人在发生性行为时过度兴奋，中间转换姿势，从床上跌了下去，颅内出血导致的死亡，没有证据证明女方动了手，最终依照《治安管理条例》因卖淫嫖娼处以女方十五日拘留。"

罗桂娇说："不，我踢了他，也捶了他的脑部。"

"是的，你这个已成事实了，我只是感慨一下，被害人第二次与你发生性行为你是愿意的还是……"其实说完那个案件后我就后悔了，我怕她翻供对我自己不利。

可没想到罗桂娇一直都是那么直爽坦诚："其实也不是不愿意，只是他太野蛮了，又没有能力。"

"明天代表你去慰问一下被害人家属，如果对方提出赔偿，你能接受吧？"我试探地问了一下。

"太多了没有，儿子二十好几了，还没娶媳妇，如果没有一大笔钱，是没人嫁给他的，我宁愿自己多坐几年牢，给他留点钱。"

罗桂娇的儿子叫魏元勇，1992年生。我见他的时候，极力克制住了内心的不舒服——他的脸上手臂上遍布着疤痕，头部还有很大一块没有头发。

魏元勇的父亲在他刚好两岁的时候，去亲戚家吃酒，回来的时候失足跌落山崖身亡。那段时间，罗桂娇魂不守舍，有一次她一只手抱着魏元勇，另一手打扫灶台，一个转身，不小心将魏元勇掉进了开水锅里。罗桂娇一把将他抓起来，就看到孩子身上的皮肤大块大块地掉，像腐化了的烂布条，一碰就碎。魏元勇号叫了几声后没了声音，全身百分之九十的面积都被烫伤了。

治疗费用花光了家里所有的积蓄，还欠了不少债务。罗桂娇被公婆打断了一只手，被赶出了家门。

魏元勇从懂事起，就无比痛恨自己的母亲。尽管罗桂娇每月都寄钱回来供他上学，每次回来对他都是哭着又抱又亲。

最初，罗桂娇在工厂打了五年工，没日没夜地干，手头一有点钱就寄回家。三十一岁那年，在一个前同事的介绍下，罗桂娇进了夜总会当服务员，工资比在厂里高了一半，第三天上班，就被一个"大哥"拖到卫生间强奸了。

夜总会领班一个劲吹嘘对方如何有势力，让个把人消失就跟玩儿一样，劝她息事宁人，以后也有个照应。罗桂娇得到了三百块钱的"营养费"，马上跑邮局寄了回去。

夜总会鱼龙混杂，她总是被男人趁机揩油，后来一想到儿子的伤疤，心一横，干脆放开了，赚的钱一下多了起来。

老家那边关于罗桂娇的风言风语早就传遍了十里八乡，几乎所有人都知道她是"卖的"。罗桂娇说自己在外头确实是"卖的"——她"卖"了十几年，在家里起了一座房子，送走了公婆，养大了儿子，还在接着"卖"，想给儿子存一笔钱让他去做整容手术，想给他娶老婆。

尽管罗桂娇沦落风尘很大原因是为了儿子，但魏元勇越长大，对罗桂娇的仇恨反而越来越深，打架斗殴，吃喝嫖赌。

我见到魏元勇那天，没有说让他试着原谅、试着和解之类的话，只是说，他该去看守所给他妈妈存点生活费进去，再买几件不带拉链的衣服。

魏元勇就两个字："没钱。"我说你妈每个月的工资一半打给了你，你总有个结余。

"就是没钱！她的死活与我无关！"魏元勇伸长了脖子看着我。

"既然你说她的死活与你无关，你就不要拿她的钱啊。"我的语气很淡。

"那是她欠我的！如果她不把我丢锅里煮，我现在一分钱都不要她的！我现在女朋友都找不到，所有人看到我都像见了鬼一样，她不养我，我怎么活？"

大概，这个理由就像一个紧箍咒，能制服罗桂娇。

魏元勇告诉我，他现在的发泄口就是去赌去嫖："这就是一报还一报，她从男人身上得到钱，我又从女人身上花出去，公平。"

我没回，心里只想，如果罗桂娇听到了这些话该有多难过——或许她早就听过很多遍了。

后来，我又去了一趟肖佐龙的家。

关于他的事情，只要往他们村的那株大槐树下一站，就能听全。

在罗桂娇之前，肖佐龙认识了一个寡妇，四十出头，说要嫁给他。肖佐龙不顾众人的反对，把家里的一千多斤稻谷全部运去给了她，又掏了两万多块钱做彩礼。按照他的话说:"这么年轻的一个女人陪我吃饭睡觉,短十年命都没关系。"

即便后来,那女人变卖了粮食,拿了钱,悄无声息地离开了出租屋,他也坚决不报警,说:"如果在恋爱中花出去的钱还去报警要回来,这一辈子的老脸算掉地上了。"

因为这件事,肖佐龙的儿女和他大吵了一架,说以后死活都不管他了。肖佐龙就说,自己能吃能做,什么时候要他们管过。

肖佐龙的儿女从此真是几年都没回一趟家,一个电话也没有。

有人告诉我,肖佐龙他脾气火爆,但是为人豪爽,至于为什么要侵害那个失足女,他想不通:"之前有学校的老师带着小学生来关爱空巢老人,有个老不死的,小女孩讲故事给他听,他却把人家搂了过去,全身乱摸。刚好被肖佐龙撞见了,一拳打掉了那人两颗牙。"

"肖佐龙的老婆本来脑子就有点问题,在他三十多岁的时候就疯疯癫癫的了,跑到外面去了,再也没有回来过。肖佐龙找了她蛮多年,一直都没有再娶,等到了七十岁的时候却突然这样了……"

那天见到肖佐龙的儿子,我说我是罗桂娇的代理律师,过来慰问一下他们,望他们节哀。

肖佐龙的儿子就说,家里出了这样的丑事,哀不哀的都放一边,主要是拿出诚意谈一下赔偿问题:"她出来'卖'的,钱总不会缺。我们这里很快要拆迁了,按人头算,老爷子怎么也值一百万。你们拿出一百二十万,我就通知公安撤诉,她一天牢都不用坐。"

我说这个是公诉案件,检察院接手的。

他说:"只要给钱,我保证给你们撤诉。"

最终我放弃了取得他们谅解的想法,谈不下去了。

宣判的前一天,我躲进了"十五元按摩店",让吴姐帮我按了两个钟。

她们的手法确实很烂,除了捏我的肉就是敲我的骨头。期间还发生了一件趣事,一位技师和客人发生了冲突,技师很凶,说打电话叫她男朋友来弄死客人。

过了半个小时,我就眼见着一位年近六旬的老人气喘吁吁地走了过来，两个老人面面相觑，在一起吹了好久的牛，都说自己年轻的时候有多狠。

最终，法院以过失伤人罪判处罗桂娇三年有期徒刑。这个结果我很满意。

两年多的时间，魏元勇一次也没有去看过他的母亲，尽管罗桂娇的探视家属名单上第一个就是他。第二个是我，我也没有去过。

"十五元按摩店"还在那里，改成了"二十元按摩店"。罗桂娇把吴姐她们垫的钱还了，自己换了个地方做，却不肯告诉我在哪里。

我们在餐厅里聊了两个多小时，罗桂娇最后还在问我，老干局那个老头身上的管子，不知什么时候才能拔掉。

我却在想，插在罗桂娇身上的管子什么时候才能拔掉呢？她也五十岁了，这二十年，每一天过得都不轻松。

选自微信公众号"人间 the Livings"（2018年8月10日）

评鉴与感悟

老年，色情，杀人，当这些关键词组合在一起，粗鄙，甚至是荒诞，像极了黑色幽默。细细读完，才难过，为罗桂娇五十来年的人生竟是这样活着。早年守寡，失手把幼子烫伤，被公婆赶出家门，长大后的儿子不光不理解，还全是仇恨。她找不下什么赚钱的门路，成为失足女，仍然把挣来的钱给了儿子。"人生来就有还不完的债。"如果单单是写这样一个人的命运，或者是简单呈现老年人的孤独、父母和子女的疏离，好像也是漆黑一团。故事的结尾虽然什么都没有改变，不过，即便如此，罗桂娇纠结的不是自己的遭遇。她担心那个插满了管子的老头，好像他的困境更甚于她的牢狱之灾。她看似浑浑噩噩的一生，在牺牲，在隐忍，也在切实地爱着。

半夜笔记本之四

/小安

1

天气更冷，阴冷。就写了这两句话。具体不知道是哪一年的冬天。

已经四九了，三九四九冻死猪狗。我在寒风中低头行走，看着干裂的地面。枯叶，几十片叶子重叠在一起，里面有个什么东西闪闪发亮，我踢开看，是一片彩色的玻璃。我低声喊了两句谁的玻璃，谁的彩色玻璃，当然没人应，不是谁的玻璃，根本就是被丢弃的玻璃。

我也没捡，我怕割伤我的手指，划一个大口子，血朝外冒止不住，嗯，我的身体起鸡皮疙瘩，心一颤抖，那种被玻璃划伤的感觉太恼火了。我八岁时切南瓜，南瓜太大在菜板上滚动，我按不稳，一刀切下去，把左手无名指切掉一小块肉，永远没有长出来。就是那天晚上，我姐姐怕挨打，不停地和我说话，在我左手无名指上包着一大团青布，血浸透了，她又缠上一块，手指开始是钻心的痛，后来变的冰凉麻木没有感觉。

我姐姐找许多话和我说，她问我痛不痛，我说痛，马上又问我痛不痛，我说痛得不那么凶了。她说你不要哭得让人听见了，特别是让妈妈听见，她必定会挨打，又问我长大了想做什么，我说当工程师。她说好，当个科学家。

我用右手抚摸左手无名指残缺的那一块，我当时为何要说当工程师？

完全都不懂得工程师具体学什么做什么，我姐姐认为工程师和科学家是一样的。而我从过去到现在一点都不喜欢，其实我什么都不喜欢，只喜欢在这个世界上走来走去耍。

我继续走，冷呀，寒风朝衣服里浸透，我该去买一件厚衣服，我身上这一件棉服太旧了，不保暖。

以后我会经常写到寒冷和炎热，我总是故意让身体去感受。

我是走在下班的路上，一个人，右转后再右转，我去买菜。走八分钟左右有一个菜市场，有时我走路走上瘾了，走到很远的另一个菜市场。那个市场小，人气不旺，其中一家卖菜的女人说，她家的菜样子不好看，都是她男人隔一天去乡下从农民地里收回来的，没有打过杀虫剂和催红素那些东西，番茄是老味道可以生吃的，这种菜数量少经常还收不到呢。我相信她说的话，买了她的番茄马上吃一个。

还有一家卖油炸小鱼小虾和酥肉，铁锅架在门口，大半锅油，鱼虾肉裹上面粉，女人炸鱼，男人负责买卖，热乎乎的，我会买十元钱的鱼虾，很香，就是炸鱼的油不放心，反复使用。

我也买红薯、蘑菇、萝卜、辣椒、豆腐、各种青菜。看了看水果，水果总是冰冷的，没有吃的欲望。不买。回家。

2

回家关起门。脱外套鞋子，洗手换衣服，先开电脑，在里边逛啊逛啊，从星座到生肖，到淘宝，到京东，到亚马逊。到豆瓣。到音乐、电影。到新闻八卦，八卦不须找，直接就扑过来。到博客微博，找不到人，也不主动和人说话，也不留言，各处点赞转发。只能说我性格内向与人交往困难，也的确如此。

在书城找了找书，认为该找一下书，一直认为自己是读书人，把一些书，在心里批判一番，故意不买，加入购物车，和衣服鞋子厨具家居用品放一起。再找，买两三本，付了钱才不内疚了。

重新找电影或电视剧，如果没想看的，回到网站页，盯着发呆。发现电脑屏幕上有灰尘，灰尘越来越大，朝眼睛里钻。我起身去洗漱间找了一块抹布擦灰尘。电脑屏幕上留下一条条弯曲的水纹线，我又用纸巾擦拭一遍，干净了，我坐下来，继续发呆。

房顶上有飞机飞过，声音轰隆隆，快速地飞过去，剩下一点点声音，直至全部消失，总共时间几秒钟，但飞机已经飞得很远了。以前每天晚上还能听到火车行驶的声音，那就要慢得多了，有节奏，心跳跟着火车跳动一会，哐当哐当哐当。

手脚僵住了，这个也是我自己找的，用土话说是造的，我回家把袜子脱了，光起一双脚几个小时不活动，每次都是这样光脚。冷得不能再冷。空调在墙壁上面悬着，也不想开，空调味不好闻，再冷也不想开。到夏天再热我也不想开。有故意受折磨的意思。

再次从电脑桌上站起来，双脚跳，简单做了一些运动，像深呼吸、踮起脚尖高举双手全身朝上拉，放松，再拉，三个回合，每回二十一秒钟。这动作是一个同事教我做的，她练了五年，减肥美体效果好，从肥鸭变成天鹅。取暖也不错。

又原地踏步，身体乱摆，又打一通散拳，脑袋里想到自己是真的拳击手，想到泰森，他每次出来穿的袜子雪白，每次一双新袜子。我有意识像真正的拳击手那样出拳收拳，一只手在前，一只手躲在后面，每出一拳都发出吼声，凶猛或者柔和。请自己注意，前后的步法，逃跑和站位，一招一式尽力做够功夫，身体绝不能左右晃动。

运动时间短，反正运动完了，还是很爽快。又坐下，冷得没那么厉害，但我无聊得贪婪起来，还想要火热的那种感觉，双手在火苗上烤。

要不要把我的朋友龙喊醒，请它再吐一口火，像开始那天晚上一样，它突然喷出火来，让我的房间暖和如春天和夏天之间。春夏之交，不冷不热，红花绿草，蓝天白云，一年中最舒适的季节。出门去爬山，去远处旅游，结交新朋友。

我就想要那样，火焰一般明亮的晚上。

翻开笔记本，和龙见面，龙还在睡。我没立刻叫醒它。考虑十分钟又合上，算了，总去求它不好，它会不耐烦，发脾气逃走，或失灵。这个念头让我紧张，特别关键的时候再说吧。我最近在看佛教方面的书，说龙是畜生道里的东西，有特异功能，会喷火和飞翔，但在轮回中，命运还不如人，这个我简直不能接受和相信。龙甚至不是神仙，它是我的朋友。我合上笔记本，让我的朋友继续睡觉，睡一千年一万年吧。

我可以用太阳电烤炉，我有一个，太阳烤火炉意思就是可与太阳的光媲美，它就放在脚下，我找到插座，打开电烤炉，慢慢地热起来，出现红红的火焰，热气从脚下朝上传到心里，心里快乐。

我打开手机，和家人视频。看到我妹妹了，看到我妈妈了。我妈妈又温和地教训我，她说，每天要吃饭，要早起早睡，要节约要存钱哪，我都答应，全部听你的，妈妈，除了吃饭穿衣服，一切都戒了，男女之情也戒了，我有意识戒的，总得有人来试一试做个实验，还有，我觉得没啥了不起，有男人的生活更麻烦，整天吵吵闹闹，打架也打不赢，久了要生厌恶想逃走，更无能力为对方负责任，一人过日子劈脱爽朗。

试验结果有些怪异，人格不是会变得宽敞，而是更害羞和不知所措，越来越喜爱独处，自然就封闭起来，思维敏捷，只愿意面对自己，其他都还好。

我相信这是初级阶段，等我再继续修炼，每天修炼，总会有变化，成为和现在的我不同的东西，这样一分神，手机晃动，妈妈和妹妹离开消失。

3

我看到一个大商城，我在里面走。或幻想的我看到一个大商城，我在里面走，或是第二天我到商城里去买保暖的衣服，鞋子袜子。

我背了一大包钱，也是幻想的许多钱，在里面逛，我想买什么东西，一栋房子？我现在最需要的，我奢侈地好想要一栋房子。能不能给我一栋房子。把地球边上那栋房子卖给我，如果没人同意，当然没人同意，我也要那栋房子，东西南北都好，房子正面有一棵大树或一条河流最好，有一片沙漠也好。我自己搬进去住，我一个人，或和我妈妈、姐妹，如果她们愿意，和我的新朋友龙，我创造它，我和它说话，有事找它帮忙，它必须和我一起住在里面。

我在商城里至少逛了一天，不想停下。我总是这样的，换季节没有衣服穿了，或没有房子住了（房子不是真的，是想象的）才临时起意去买。

一般我是一个人逛街，偶尔朋友陪我，逛到崩溃、逃走。我用各种法子，买高级手机壳吃日本菜装可怜，也留不住她，坚决要走，说我太可怕了,这样逛要累死。从此以后再也不要陪我买东西,从此以后我就一个人逛街。

天气如此寒冷,我要买一件羽绒服和五双厚袜子,我逛啊逛啊逛啊,商城快关门了,人越来越少,有些地方灯已经关闭,黑咕隆咚。商城服务员好意叫我回转去,说哪有房子卖,我没听,认为他态度不好。

天气如此冷,我还没买到羽绒服,总觉得某个店铺我没看过。我坐自动扶梯,又急匆匆朝二楼走,二楼我已经来过六次了,有件羽绒服我惦记着想买,其实我一开始就看上了,总要逛来逛去,到最后着急起来。

二楼更没两三个人,一个年轻人站立的地方依然灯火通明,许多穿黑衣服的人突然从四方冒出来朝他跑去,把他围起来。他在卖金银珠宝,我也站着看,忘记自身安全。金银珠宝堆成一堆闪闪发亮,我看得惊奇了。

年轻人使劲拍了我肩背,说,快走快走,商城要关门了,背好你的包,极不耐烦,把我朝一边推。我很生气,以为他不想卖东西给我。他又使劲推我,几乎把我推倒在地。

我咕噜咕噜骂他,但很无奈,坐上自动扶梯下楼,一身的不痛快,猛然聪明,想到他是在提醒我,那些人全是强盗。我回头去看他,伸出五指表示感谢。他正好也看我离开没有,马上脸又转到一边,和那一伙强盗混淆在一起。

我一直在想,强盗是要抢劫我还是抢商城,肯定是抢劫商场,那么多人来抢劫我一个,有何意义?是那些珠宝,他们要抢劫的是那些珠宝,啊,那个年轻人也是强盗,他其实不是要保护我,他只是想让我赶快离开,不想在抢劫过程中多生枝节,伤到一个人。

我走到外面,天早已经黑下来,路灯亮起,气温低,有霜有雪,我兴奋得忘记有多么冷,朝家的方向走,边走边推理:那个年轻人他既是强盗,他还是指挥别人的强盗头子,是他控制了整个商城,而且他穿着黑衣服,黑手套,白袜子。

选自微信公众号"凤凰网读书"(2018年9月12日)

评鉴与感悟

最早喜欢上小安的文章,是读她的《我们这儿是精神病院》。当时年轻,以为世界充满了迷宫和隐喻,想当然地以为小安的精神病院也是我们的境遇,小径交叉,时时都在象征。她关注的其实还是人,陌生的震惊当中,有对人的体贴和怜悯。《半夜笔记本系列》,不例外的,还是她惊奇的目光,例外的是,她关注的触角不再局囿在病院之内,素描一般,画出了我们所生活的更多群像。

审判布罗茨基

/朵渔

1960年代初，苏联赫鲁晓夫当政时期的"自由化"思潮达到顶点，连索尔仁尼琴的《伊凡·杰尼索维奇的一天》这样劲爆的作品也得以发表。

不过两年，当政者们渐渐感受到，国家在精神自由层面上已处于某种危险境地，于是意识形态又开始条件反射般抽搐、收紧。1963年初，一位列宁格勒的共青团领导人公开发表讲话，指责作家协会对青年作家关注不够："正因为如此，像布罗茨基这样一些'未获承认的'诗人们便在城里来回游荡，并常常向青年们朗诵各种颓废的、形式主义的作品……作家协会要断绝与这些自视为'被抛弃天才'的年轻人的来往，以便教育他们，对这些多少有些名气的人之创作中凭空虚构的东西予以回击。"

布罗茨基很快便感受到了体制回击的压力。1964年初的一天，他正在家中写作一首诗，突然闯进来几个警察，威胁他说，如果他在三天之内找不到一份工作，他就会有麻烦。"我答了他们几句，可是脑袋还一直在想，该如何给那首诗结尾。"布罗茨基正在写作的诗叫《身着棉袄的园丁，当乌鸦……》，写的是一个园丁在树冠上张开剪刀，像乌鸦张开鸟喙……

没有固定工作的布罗茨基不仅是体制的溢出者，更是国家的麻烦。十五岁时，正读八年级的布罗茨基对学校教育心生厌倦，便自动退学，浪迹社会。他曾先后在工厂、锅炉房、实验室及医院的太平间等处做过杂工，还曾随一支地质勘探队在广袤的俄罗斯大地探矿。1962年9月结束在勘探队的工作后，布罗茨基差不多有一年时间没有工作，仅靠发表点文学作品和译作赚取生活费。在当时的苏联，没有一份正式的工作是不可想象的。虽然苏联宪法对劳动权利界定得含混不清，但事实上，在1961年5月，国家就专门颁布了与所谓社会"寄生虫"做斗争的法令。1963年6月，苏联主管意识形态的中央书记伊利切夫在报告中严肃告诫全国："我想劳动就劳动，不想劳动就不劳动，——在我们的条件下，这样的选择是无从谈起的。我们的生活及其法律不允许这样的选择存在。"尝试自由的青年诗人布罗茨基，正好撞在这个枪口上。1964年2月13日，正准备去一个朋友家做客的布罗茨基，在自家门前的马路上被突然逮捕。随后，他经历了一场"卡夫卡式的"审判。审判大厅的入口处悬挂着一条横幅，上书"寄生虫布罗茨基审判会"，未经审判便已定罪；庭审现场除了他的几位朋友，剩下的大多是被专门拉来的、已被洗脑的工人。下面是两段精彩的审判记录：

法官：您的职业是什么？

布罗茨基：诗人。诗歌译者。

法官：是谁承认您是诗人的？是谁把您列入诗人行列的？

布罗茨基：没有人。（并非挑衅地）那么是谁把我列入人类的呢？

法官：那您学过这个吗？

布罗茨基：什么？

法官：学过怎样成为诗人吗？您没有上过大学，那里培养……那里教出……

布罗茨基：我不认为诗人是教育出来的。

法官：那是怎么出来的？

布罗茨基：我想，这……（慌乱地）来自上帝。

……

法官：……请向法庭解释清楚，您在（工作）间歇期间为何采取一种寄生的生活方式？

布罗茨基：我在间歇期间工作过。我当时做过的工作，就是我现在在做的工作：我在写诗。

法官：这就是说，您在写您所谓的诗咯？您经常变换工作，这能带来什么好处呢？

　　布罗茨基：我十五岁就开始工作了。我对什么都感兴趣。我经常变换工作，是为了尽可能多地了解生活、了解人。

　　法官：那您做过什么对祖国有益的事情吗？

　　布罗茨基：我写诗。这就是我的工作。我相信……我确信，我写下的东西将服务于人民，不仅是此时，还将服务于后代。

　　法官：这就是说，您认为您所谓的诗能为人们带来益处咯？

　　布罗茨基：您为什么在谈到诗的时候要说"所谓的"呢？

　　法官：我们说您的诗是"所谓的"，因为我们对它没有别的理解。

　　……

　　审判持续了近五个小时，到黑夜才结束。当时的亲历者托波罗娃后来回忆说："布罗茨基最后的申言说得很棒。他是这么说的：'我不仅不是寄生虫，而且是一位能给祖国带来荣誉的诗人。'在他说出这句话的时候，法官、书记员，几乎所有的人，都哈哈大笑起来。"

　　审判结束后，法官惊讶地看到，在过道和楼梯上挤满了人，尤其是年轻人，这些未曾经历过斯大林时期大清洗、大恐怖的年轻人，已经不再习惯于恭顺和沉默了。布罗茨基的三位年轻朋友还勇敢地站出来为他做了辩护。然而判决的结果依然出乎所有人的意料：布罗茨基被判处强制劳动五年，这是那部1961年法令的上限。连那三位在法庭上为他辩护的朋友，也被公开谴责，说他们"缺乏思想上的洞察力和党性原则"。

2

下面的叙述，我打算以布罗茨基的一首诗作为线索——

　　　　由于缺乏野兽，我闯入铁笼里充数，
　　　　把刑期和番号刻在铺位和椽木上，
　　　　生活在海边，在绿洲中玩纸牌，
　　　　跟那些穿燕尾服、鬼才知道是谁的人一起吃块菌。

从冰川的高处我观看半个世界，地球的
阔度。两次溺水，三次让利刀刮我的本性。
离开生我养我的国家。
那些忘记我的人足以建一个城市。
我曾在骑马的匈奴人叫嚷的干草原上跋涉，
去哪里都穿着现在又流行起来的衣服，
种植黑麦，给猪栏和马厩顶涂焦油，
除了泔水什么没喝过。
我让狱卒的第三只眼探入我潮湿又难闻的
梦中。猛嚼流亡的面包：它走味又多瘤。
确实，我的肺充满除了嗥叫以外的声音；
调校至低语。现在我四十岁。
关于生活我该说些什么？它漫长又憎恶透明。
破碎的鸡蛋使我悲伤；然而蛋卷又使我作呕。
但是除非我的喉咙塞满棕色黏土，
否则它涌出的只会是感激。

——《一九八〇年五月二十四日》（黄灿然译）

这是一首"记忆之诗"，让我们从这首诗的第一行开始往下读："由于缺乏野兽，我闯入铁笼里充数，/把刑期和番号刻在铺位和橡木上，/生活在海边，在绿洲中玩纸牌，/跟那些穿燕尾服、鬼才知道是谁的人一起吃块菌。/从冰川的高处我观看半个世界，地球的/阔度"……说的就是那次审判，和接下来在流放地的生活。1964年4月，布罗茨基被流放到高寒地区——濒临北冰洋的阿尔汉格尔斯克州。流放地绝非田园诗般的生活，但也并非地狱。他冷静地接受了这一切，没有愤怒，没有绝望，他要在这濒临绝境的境遇里做点什么。他在科诺沙的诺连斯卡亚村找到了一个住处，开始了简单的日常生活：劈上几片木柴，从井里打点水，在烛光下阅读和写作。正是在这段时期，布罗茨基接触到了大量的英美诗歌，弗罗斯特、史蒂文斯、约翰·邓恩、奥登……尤其是对奥登的阅读，使他境界大开。"（这是）我一生中最好的时期之一。"布罗茨基后来回忆说，"没有比它更糟的时候，但比它更好的时期似乎也没有。"他坚信，制度只能从肉体上毁灭一个人，如果整个人都被毁掉了，那只能说明你脆弱。

布罗茨基遭流放后，无论是在苏联国内还是在西方社会，都激起了强烈的反响。著名诗人阿赫玛托娃、女作家楚科夫斯卡娅和女记者维格多洛娃立即行动起来，积极拯救未名诗人布罗茨基。加入进来的名人至少还包括肖斯塔科维奇、马尔克夏、帕乌斯托夫斯基，甚至还有谨小慎微的作家协会书记康·亚·费定。布罗茨基的受审，使他的知名度在西方社会瞬间大增。法国诗人夏尔·多勃任斯基发表了愤怒的谴责长诗《致苏联法官的公开信》，诗中写道："在卫星飞向太空的时候/列宁格勒却在审判一位诗人！"美国诗人约翰·贝里曼也谴责道："……许多诗人都工作艰辛，收入极少/但他们却不会因此而受审……/像这个年轻人一样，/他不过想沿着运河走走/谈谈诗歌，再写上几行。"西方最著名的知识分子萨特甚至直接写信给苏联最高苏维埃主席团主席米高扬，信中说："主席先生，我想向您通报一下我们感到的不安……请求您出面保护一位非常年轻的人，他已经成为，或正在成为一位优秀的诗人。"

面对持续高涨的反对声浪，苏联最高苏维埃做出决定，缩短布罗茨基的刑期，立即释放这位二十二岁的青年。据说，赫鲁晓夫在听说了布罗茨基的案件之后曾声言："审判搞得不成样子，但是，不是因为政治，而是以不劳而获罪来审判布罗茨基，应该是他的幸运。因为，凭他的诗可以判他十年……"他似乎心有不甘。此时，需要这个老大的专制帝国操心的事情还有很多，比如对自由派作家西尼亚夫斯基和丹尼埃尔的审判，以及对索尔仁尼琴的调查。

"两次溺水，三次让利刀刮我的本性。/离开生我养我的国家。那些忘记我的人足以建一个城市"……剧情在继续发展。"两次溺水"，也许是让布罗茨基念念不忘的两次精神病院经历。他的朋友们为了让他避免被捕，曾将他送去精神病院，以求得一份"心理不正常"的证明，但未能如愿。"三次让利刀刮我的本性"可能是指他生命中的三次牢狱之灾。布罗茨基虽然获准从流放地归来，但他却一直处在克格勃的监视之下，他的诗人身份也一直未得到官方的承认。布罗茨基在这种状态下生活了七年，1972年5月12日，他再次被叫进警察局。一位上校接待了他，并递给他一张表格。

"我来告诉你,布罗茨基,你现在就把这张表给填了,再写一份声明,我们会做出决定的。"上校说。"如果我拒绝这样做呢?"布罗茨基问道。"那就会够你喝几壶的。"上校回答。

这是一张离境申请表,目的地是犹太人的故乡以色列。在当时近乎封闭的状态下,也只有像阿克肖诺夫、沃兹涅先斯基、叶甫图申科这样的官方作家才有可能获得出国的机会,"问题青年"布罗茨基突然获此机会,一方面是因为美国总统理查德·尼克松即将来访,美国及其强大的犹太人议会游说团一直要求苏联放宽移民条件;另外,布罗茨基一直是克格勃的老客户,能够一劳永逸地摆脱这位难以把握的诗人,有关方面自然不放过这次机会。

布罗茨基填写了表格,审批工作进行得异常迅速。1972年6月4日,三十二岁的布罗茨基不得不告别自己的父母和孩子,独自从列宁格勒的普尔科沃机场起飞。不过目的地不是以色列,而是维也纳。从此,他开始流亡欧美各地,再也没有回到祖国。在离开俄国的那一天,他给勃列日涅夫写了一封信,信中说:"任何人都无法因为恶、愤怒和仇恨而获益,即便是那些有理由这样做的人。我们大家都得到了一个同样的判决:死亡。写下这些文字的我会死去,阅读这些文字的您也会死去。我们的事业会留下来,但是它们也会被毁灭。因此,谁也没有权力去妨碍其他人做自己的事情。存在的条件如此艰难,就不用再去让它们复杂化了。"

"猛嚼流亡的面包:它走味又多瘤。/确实,我的肺充满除了嗥叫以外的声音;/调校至低语。"从专制封闭的祖国一下子来到眼花缭乱的西方,布罗茨基经受了短暂的眩晕,他站在自己简单的行李旁,形单影只,一脸茫然。事实上,布罗茨基的流广之路说不上多么坎坷,刚到欧洲,他便见到了自己的偶像、英国大诗人温斯坦·奥登那张"惊人的脸"。奥登"像一只抱窝的母鸡"一样迎候了他,带他参加重要的诗会,为他的诗集作序,将他介绍给希默斯·希尼、以赛亚·伯林等人。他的好朋友、传记作者列夫·洛谢夫也觉得,作为一个诗人,布罗茨基实在是够幸运的,"在俄国,布罗茨基在其文学道路的起点处就得到了白银时代最后一位伟大诗人阿赫玛托娃的相送;而在其生活的转折关头,在西方的大门前,他又得到了最伟大的英美诗人温斯坦·奥登的迎候。"布罗茨基认为,暮年的老酒鬼奥登之所以对他充满好感和好奇，是因为他来自陀思妥耶夫斯基、托尔斯泰和契诃夫的故乡；更重要的是，奥登对那个将他驱逐出境的体制充满了厌恶。有了大诗人的护驾，加之他那"车间里的中学生、疯人院里的健康人、农庄里的知识分子和陌生国度里的流亡者"的多重身份，他在西方的生活几乎是一路坦途。几个月后，当他一踏上美国的土地，他甚至有一种回家的感觉，"我们比本地人更像是美国人"。

"1980年5月24日"正是布罗茨基的四十岁生日，此时他已是一位"俄语诗人，美国公民"，并与沃尔科特、苏珊·桑塔格、米沃什、马克·斯特兰德等诗人名流相谈甚欢。这一年，他首获诺贝尔文学奖提名，而当年的获奖者是他的朋友切斯瓦夫·米沃什。这一荣誉没有让他等待太久，七年之后，他便以其"如交响乐一般丰富"的诗篇和"为艺术英勇献身的精神"荣获诺贝尔文学奖，成为继加缪之后最年轻的获得者。在这样的境遇下回忆自己在母国的遭遇，虽然滋味复杂，但依然要感激生活所赐予的一切："关于生活我该说些什么？它漫长又憎恶透明。/破碎的鸡蛋使我悲伤；然而蛋卷又使我作呕。/但是除非我的喉咙塞满棕色黏土，/否则它涌出的只会是感激。"关于生活的诸般苦难，布罗茨基选择"斜斜地"说出，"除了抱怨，我允许自己做一切事情。"话语间少了批判的力量，多的是接纳一切、溶解一切的淡定和从容。米沃什说布罗茨基是一个思想高傲的人，"他从高处俯瞰生活"。布罗茨基一直声称诗歌的美学原则大于伦理学，自己追求的是"完美文本的创造"。他并非一位政治诗人，因为"他不屑于和那些不足挂齿的对手争论"。他认为诗人改变社会的方式是间接的，"他改变它的语言、发音吐字"，俄国人之所以不用社论的语言讲话，而用普希金和涅克拉索夫的语言，这就是诗人的荣耀，"他是语言的仆人"。文学为社会提供某些标准，应该是社会来模仿、追随诗人，而非相反。然而吊诡的是，终其一生，"政治伦理"都像梦魇一样与他纠缠不休，因为，他曾来自那样一个国度。

1996年1月28日，布罗茨基因心脏病突发在梦中辞世，享年五十五岁。来自俄罗斯通讯社的消息称："俄罗斯诗歌的太阳陨落了。"时任总统叶利钦说："连接俄罗斯当代诗歌和过去伟大诗人作品的纽带断裂了。"曾经是这个国家的囚徒，然而在他去世后，这个国家的首脑却对着他的棺木下跪。生活真如一则道德寓言，一个神话。"然而它确实就这样发生了，"米沃什说，"在我们这个几乎像神话故事一样的世纪里。"

选自《东方历史评论》2018年第2期

评鉴与感悟

约瑟夫·布罗茨基的《小于一》《悲伤与理智》也放在床头，但我疑心自己并没看懂。幸好遇见了朵渔的文章。他在历史的缝隙里穿针引线，把布罗茨基的命运绣出来了。诗人活在那个世纪，在魔幻的世界里，写下了神话故事，这简直就是天启和寓言。活在这个时代的人，不是能更感同身受？

读书

这些美的存在

/钱红丽

1

原本计划今年一定要将《容斋随笔》《世说新语》读下来……我文言底子弱，是抱了学习一门外语的决心的，指望一边读，一边查资料核对，说不定慢慢便通了。得需要非常安宁的心境去完成。有一年夏天，读张恨水的"水浒"系列，那么艰深的文言，硬是大汗淋漓地啃下来，过后，有一丁点成就感。

今年，事不遂人愿。这两本书，一直排在书架上，始终没有勇气去翻动——这半年来，生活际遇异常糟糕，时时濒临崩溃边缘，许多深夜，大睁着眼挨到天明。

可能是出于自救吧，不知为什么，就又开始读起汪曾祺来。

去年，将废名的长篇《桥》重新拿出来消夏，瞬间进入到一个流淌着江河、草木气息的古老中国，沁凉、温润、绵绵不绝的潮湿的乡野生活图景，无与伦比沉沉静垂的中国，是当代作家笔下所缺乏的悠长气息。今年重读汪曾祺，读着读着，心也慢慢静下来了，那一股气息一直贯穿着，那么好地被保存下来，玉一样停于绿丝绒上，光阴的漫漶里，渐渐有了浅醉色的光，一直照亮你，使你不再彷徨，不再患得患失。他这么好的定力，总叫人想起萧红，在炮火连天的香港静心写下不朽名篇《呼兰河传》。读

《鸡鸭名家》,读《受戒》,读《晚饭花集》……这个老头不只是一个士大夫,他的气息恍若一个玉匠,默默挑着一副担子走,不作一声,自带光芒。

反正夜里睡不着,醒着也是醒着,就拿一支红笔,在书上批,鸡血一样的猩红,似一颗颗跳动的心,密密麻麻。《受戒》结尾:

> 芦花才吐新穗。紫灰色的芦穗,发着银光,软软的,滑溜溜的,像一串丝线。有的地方结了蒲棒,通红的,像一支一支小蜡烛。青浮萍,紫浮萍。长脚蚊子,水蜘蛛。野菱角开着四瓣的小白花。惊起一只青桩(一种水鸟),擦着芦穗,扑鲁鲁飞远了。

这段白描有多厉害呢——读一次,惊叹一次,画一样悬在半空,惹人心心念念,说不尽的乡野之美。现在的小说作者都不晓得来向汪老头借点气息,真是可惜。

《八千岁》里,我喜欢看他列的菜单:烧乳猪、叉子烤鸭、八宝鱼翅、鸽蛋燕窝……也算在意念上吃过一回了。八舅太爷喜欢京剧,常把县里的名票名媛约来……找人刻章,阴文:戎马书生;阳文:富贵英雄美丈夫。语出《紫钗记》,中国文学里最美的词句,此人还有一匹乌骓马。

整个破落的中国深深埋藏于恩恩义义的文明里,虞小兰就是那个扫榻留宾洗妆谢客的美人。乌骓马与美人,无比合衬的一对细软,是可以在苏州园林搭台唱三天三夜《游园惊梦》的奢靡,朽烂而没有光明的古旧日子。

……灯下摩挲这些,生命仿佛被文字合成一体,似暮暮蔼蔼的钟声,回荡在一地明月上,也像"一个个音符走进了谱子里",煦煦然,所有的春天一起开了花。

《鸡鸭名家》里,有我爱的荸荠慈菇、芋艿山药、鸡头薏米……有茅棚瓦屋,以及绿缸中的凉茶,有垂杨柳、脆皮榆,有一条小船顺河而下,都是古意以及生命的欢欣醒活……读这些,我对生命的绝望渐渐淡了,就是这一点淡,帮我涂改了掩藏已久的焦虑、失控以及怨怼。忽然,汪老头写:

> 蚕豆花开得紫多多的,斑鸠在叫。

仿佛日本的俳句，把我湮灭日久的灵性重新唤醒过来，一霎时有了信心，蠢蠢欲动地计划，明天我一定也能写出一篇东西了。每当这个时候，我变得非常强大，不再懦弱无助，仿佛成了自己的王，赶着千万只鸭子来到河边，我的灵感，一路啾啾啾地叫着，睡梦里都不踏实。

读汪老头，逐渐获得了人的气息，真是相慰相劳。

慰藉的慰，犒劳的劳。

是淡淡金光覆盖了沉沉暮霭，小小生命一点也不孤独，反而是一种放逐，前面是一片茫茫大水，虽孤身一人深入寥廓，却一点也不值得惧怕。

《黄油烧饼》里，一个孩子自小跟着奶奶长大，奶奶死了，爸爸把他接回一个叫沽源的县城。孩子不舍得走，起先抗拒着，跟爸爸特别生分，牛车一路滚滚，终于到了塬上，这里没有树，也没有高粱、玉米，只种莜麦、胡麻。

莜麦干净得很，好像用水洗过，梳过。胡麻打着把小蓝伞，秀秀气气，不像是庄稼，倒像是种着看的花。

夜里，一边放着塔斯克大提琴，忽然读至此处，心上似有一根弦被轻轻拉扯到，感觉人的一生都是空无的，无法拥有。童年时躺在圩埂地上，牛在身边啃草，我的眼界里就是一个很大很空的天……

一夜一夜，用读汪曾祺来平复内心的躁动。每夜，读上三两时辰，倦意渐趋围拢过来，模模糊糊里把书角折一折，摁灭台灯，于空调的吱吱声里，沉入睡眠。

一颗心算是踏实点，又一天过去了，人渐渐老去了，无以挽回的。但，这又何所惧呢？除了白发，我还有自己啊。

2

午后，读冯秋子。她说自己居在朝西的一个小房子里，每天只能晒四十五分钟的阳光。所有开花类植物一旦到了她家，渐渐地，都不开花了。

她写：绿叶也挺好的，我心里面有花就可以了。

这一句，银钩一样，刺棱有声，泪水瞬间涌出来，不可遏制，怎么劝都劝不住，简直是抽噎了……在安静的家里，在孩子的书房里。窗外骄阳高照，孩子在一旁聚精会神地打着五人制足球游戏，他不晓得自己的妈妈刚刚历经了什么样的灵魂震颤。

一直喜欢冯秋子，不仅仅是文字，甚至包括她的长相，值得仔细端详。有一种女性，天生的艺术气质。这种气质，诗人蓝蓝身上也是天生自带的，许多女性均如此，令人爱慕。

那种坚韧、强大而不可被摧毁的意志，正曲径通幽地影响着我。

还有一次，也是读她的文。总感觉没有写完，则匆匆刹了尾。也许不是这样的，是我不够历练，不懂得适时节俭语言。

有一个细节：有一年，父亲病重，非常想见见自己的女婿，父亲一直看重这个男人。但，那个阶段，夫妻正在冷战中……末了，那个人并未去看望自己的父亲。

多年以后，她站在对方的立场，非常体恤地猜测：也许，他怕去看了岳父以后，从此改变心意……

什么样的婉转心肠，得历经多少风霜雨雪，才能拿得起放得下？换作一般的女性，一提起怕都是有怨怼的吧，怕是无法忘却和原谅的。无非埋怨，都是肉做的一颗心，未免太狠，连父亲想见最后一面都不肯遂愿……怕是后半生要埋在心底，时时沉渣泛起了。

她，如此大气壮阔。

随笔，也是执笔者的精神自传——从一个人的行文里，是可以触摸到他的心性，一直替别人考虑，干净，纯粹。

她那样的文字，叫人一读难忘。编这一组文字的也是一位作家。碰巧一个采风活动上，我们又遇见。自然而然，谈起这些……好文字总是令人感念。正当我们轻声交谈之际，另一位写作者路过，加入进来，我问：你喜欢冯秋子的文字吗？得到的是无比否定的答复……如此这么一番，话题被迫中断，再也不能继续下去。

所有的写作者，都在寻找相似的灵魂，聊得来，则聊；聊不来的，半句，也嫌多。

实则，文学并非用来聊的，它只能默默感受。每一个人都是寂寞的，寂寞地跋涉在途中。我们的一生都在途中，有起点，但，始终没有终点。好文字就是让我们用来默默感念的。

我的朋友少之又少，很少正经地聊文学，无从启口。大家正为着生活奔忙，无暇他顾。偶尔，多年前相熟的人，因为一篇文字重新联系上，说完正题，会问一句：你还好吧。嗯，我还好。再无别话。人至中年，还有什么可以诉说的呢？即便倾诉，也是要向风去诉说，向云去诉说，这些虚无的东西，才是支撑我们灵魂的东西啊。

有时，去单位，真的不愿遇见那一副副胸无点墨的嘴脸，但不得不遇见，情绪难免复杂，得尽快调整，尽量跳出来，翻一个跟斗十万八千里——我还要书写啊，写完风，写完云，还有霜，还有雪……都还没写呢，要规划，谋篇啊，布局啊，打腹稿啊，不能让这些尘俗之事干扰了心情。

我的定力差不多是在一夜一夜的读书中慢慢磨炼出的。比如冯秋子这样的文字，总是给人的精神注入一种无形的力道，是瀑布之下的深潭，秀润甘冽，获益良多。

3

买到一本假书——契诃夫的《札记与书信》，淘宝上可能有专人做这项生意，将图书馆里正版老书借出，复印，装订。尤其书封，其成色，乍看，与真书不相伯仲。我的这本书来自郑州大学图书馆。凑合着也可以的，看得饶有兴味。

契诃夫有一个随时记录的习惯，叹为观止。走到哪，记到哪，几个字，半句话，都记下。一种与生俱来的职业素养。后来，这些只言片语都用到了他的小说里、戏剧里……

创作这个行当，勤奋是垫脚石，想象力是金翅膀，二者缺一不可。得随时准备着，去飞，不可以有一丁点儿偷懒。另外，投入和产出是永远不能成正比的。比如我个人储备了许多年的，至今尚未完成一篇令自己满意的小说——尽管青春期里，写过几个中短篇；比如我从早晨七点半开始坐至电脑前，一直到下午一点半，一共写出五千字。这五千字并非简单的就是这五个小时产出的，而是在心里盘旋了很久很久的，以及更多的数不尽的心血，并非五千字那么直观简略。这样的五千字只不过是一种表面的呈现，它们被我捂在身体里，自一粒种子，到发芽，长叶子，开花，结果，直至挂果后期，才可以打开电脑，一点一点把它们呈现出来，有时没能对准路径，呈现出的，并非当初想要的，必须删除重来。所有删除掉的，也是心血，是没有什么可以用来补偿的了。

契诃夫写下那么多的书信，给妹妹，给妻子，给前辈，给同行友人，给曾经爱过的人……读罢，唏嘘，不能说出什么……这世间，许多东西一旦呈现于目前，我们再也不能说出什么了，如同多年不再联系的朋友，偶尔遇见，除了一句"你还好吧"，再也没有别的了。

我非常喜欢写信，不！是热爱。生命的不同阶段，总是试图写信——尽管找不着一位可信赖的合适的收信人。对着电脑写，去年春天，不可遏制地写下四五万字的信，给一个莫须有的"H君"——他们是众人，也可以是我青春期的不同笔友，也可以是我崇敬的人；他们是众生中一部分的灵魂……

也非常愿意收到朋友们的信，纵然三言两语，也值得感谢——珍重，书生气，不可多得的仪式感。可惜，这样的仪式感，愈来愈少了。每每开电脑，微信、QQ等社交软件瞬间跳出，有什么事，直接说了——倘若再写信，你好意思吗？

不好意思，所以我就对着虚空写。

倾诉，正是另一种获得。

4

早晨，橘色霞光铺满东面的整个天空，我抱着两岁半的小侄女在露台浇水，顺便掐了一朵九重葛的花给她玩。一边浇水，一边告诉她：大姨正浇着水的是梅树，它到冬天才开花……小侄女接过话头，奶声奶气道：冬天下大雪。随后，带她的阿姨迅速赶过来，问她：晗晗，那春天是有什么的呢？

她思考了一会，答：春天燕子来。

简直神启一般的早晨，值得铭记。稚童的语言稚拙、天然——冬天下大雪，春天燕子来。

天然的语言，仿佛世间最美的流动，天真，诚挚，无以形容的好。

近年，陆陆续续读过许多童话，得益于诗人周公度的慷慨馈赠。树才翻译的《小王子》，可能是国内最好的汉语版本；朱纯深翻译的《夜莺与玫瑰》，伟大的《尼尔斯骑鹅旅行记》……以及周公度自己创作的若干本童话，尤其那本《鲸鱼来信》，真是不可多得的宝贵，奇异的想象力，纯净的语言，与怀特《夏洛的网》、希梅内斯《小银与我》放在一起，也是毫不逊色的。

诗歌与童话，最高级的两种文体——没有想象力的写作者，无法胜任。

我好像问过周公度，想象力可不可以依靠后天培养？他说：想象力是基本功。

许多写作者，最缺乏的就是基本功。批量生产一些装神弄鬼的东西，吓唬阅读量不够多的读者，甚至某些刊物编辑也缺乏一定的阅读量，连同他们也一起骗掉。久而久之，写书的，与读书的，都以为自己很了不起。

在好的诗人与童话作家面前，我们都应该谦卑，丝毫没有炫耀的余地。

为什么一个真正的诗人，他在驾驭小说、随笔等题材方面得心应手？因为连诗歌这个高峰都攀登过了，余下的溪谷、坡地还有什么可以言说的呢？

以往，觉得这个世界上，《夏洛的网》是最牛的童话。怀特一生致力于随笔写作，开拓了《纽约客》专栏的清新文风，末了，他又为这个世界贡献出童话三部曲。直至读到《尼尔斯骑鹅旅行记》，似乎整个世界格局都为之崩塌，必须重建。原来还有比《夏洛的网》更恢宏壮阔浩渺的童话世界。《夏洛的网》呈现的是一只蜘蛛和一头猪的情深义重，以及生死的考量。《尼尔斯骑鹅旅行记》呢？目前我尚不能用一句话将它极其精准地概括出来，说明还未读透它——这不仅仅是一个小男孩与一只鹅的故事，它的架构、布局早已超越了我的想象力。

读这本伟大的书，方深知，自己是一个缺乏奇异想象力的人。一个没有想象力的人，即便你对于语言的组合能力何等强大，也始终是翅膀缺失的，注定飞不高，飞不远。

想象力大于语言，如同真挚永远大于工巧。在写作这个行当，既无想象力，又没有好的语言，你写出的东西几同于垃圾。

所以，这个世界上，但凡有诗人与童话作家存在，我们都应该谦卑。

一直记得小侄女的话，她说：冬天下大雪，春天燕子来。这分明就是日本的俳句了呀。

我写不出这么天然的句子了，所以面对一个两岁半的幼童，更应该谦卑，要弯下腰，蹲下来，向她学习，学习她的天真于一尘不染。世界在她眼里，每一天都是崭新的，灵动的，值得歌颂的。

选自微信公众号"钱红丽"（2018年7月20日）

评鉴与感悟

常想自己为什么对职业的散文家有看法呢？肯定是做久了编辑的原因，那些沉湎回忆、纠结于一己情绪的文字，真是读得人泄气。偏偏承蒙北岳文艺出版社厚爱，竟让我编起散文年选来，从2013年开始，一直编到现在。编选好坏，小强兄也从未和我谈及，倒是让我每年有机会得以集中时间阅读大量的散文，校正先前的偏见。钱红丽的文章应该就是这样在网上读到的吧。我喜欢她文章里的气息，有自己的好恶，爱的就是真爱，憎恶的也要坦荡说出来。当然她也很少说些情绪的话，只是聊她爱看的书、感动她的物事，这些美的存在，是怎样铺排在她生命的小径里。她是在分享，近乎迫不及待，要把她的欣喜传递给同道中人。

李洱与《花腔》

/魏微

我认识李洱是从《花腔》开始的。此前，他作为小说家已经颇具声望，他早期的以知识分子为题材的中短篇至今还有人念叨。他那时还很年轻，三十不到的年纪。——这个年纪，也正是他和他的同龄人陆陆续续登上文坛、啼声初试的年纪。我至今还记得，当年的文学杂志上怎样充塞他们的声音，新鲜，热闹，叽叽喳喳，真正是"你方唱罢我登场"，红杏枝头春意闹。

当年的文学杂志上，自然还有一些别的声音，相形之下我们不大留心，那是年长于他们的，属于他们的兄长和父辈。也许任何时代，都是大家各说各的，年轻有力的，盛年稳健的，苍老遒劲的……众声喧哗里理应彼此吞没，归于一片混沌才是。然而事实上，在任何时代，总是年轻人的声音更为嘹亮些的，容易出挑。

这并不是说，年轻人写的就是好的，事实是，年轻时的好往往是不大作数的。都说雏凤清于老凤声，可是倘若雏凤只叫唤一两声，下面就喑哑沉默了，慢慢也就被人忘了吧？谁还记得这世上也曾有过这么一个存在，也曾喊过那清亮的一嗓子？因此，持续叫唤是很重要的，哪怕老了，力不从心了，声音颤巍巍的，叫唤本身也是一种存在吧？叫得勤了，人就会想起年轻时它栖于枝头、放声歌唱的曼妙歌喉。两相对照，简直苍凉。

我琢磨着写作也是如此。年轻时的好是要靠日后的写作来映照的，日后哪怕是质不够量来凑，也是可原谅的，否则真就泯然于众人了，等于没写过。无论如何，我认为这是一个选择的问题，有人选择沉默，有人选择聒噪，两者面临的一个共同前提是，在创造力下降的情况下，一个作家该何去何从？

然而在李洱却不是这样，他直接规避掉了这个前提。他年轻时的好是不需要映照的，反而是他后来的写作，使人忘了他前边的好。也就是说，他是越写越好了，这在中国作家里大概是极少有的。

简单回顾一下《花腔》之前的李洱吧，一个新锐小说家，成名于1990年代中前期。那时我正兢兢业业地当文青，因此对他那一代的作家，至今还如数家珍。他那一代的作家，笼统说也就是60后，不幸生得晚了些，未及赶上1980年代的文学大潮——也许赶上了，只是三心二意错过了，待他们回过头来，认真做起文学时，大潮已经退去，沙滩上一片狼藉，到处都是大浪淘沙过后的遗迹，枯枝败叶，死鱼烂虾……那情景委实凄凉得很。而另一边却渐次热闹了起来，充塞着油烟味、叫卖声，也就是说，随着文学的黄昏蓦然来临，那边也开始了灯红酒绿、笙歌燕舞。

这便是李洱那代人的写作背景，自他那一辈起，这背景就再没变过。背景很重要吗？窃以为很重要。就好比原先熙熙攘攘的大街上，现在只走了几个零落人，没有观众，没有掌声，写作等于是唱独角戏，自己演，自己看，都形不成参照了。若非上瘾成癖，或是对表达的强烈的诉求，这条路怕是很难走下去的。

确实，在李洱辈成名的二三十年间，我们已经看到，一代年轻新鲜的声音怎样慢慢没了声息。总也有二三十人吧，当年文学杂志上的常客，很活跃的。如今回望他们的作品——还有人回望吗——也未见得就没毛病，但文字间流露的气息，毛茸茸的、果敢的，以及对父兄辈写作的反动和纠正，使得我们这些后来者相信，他们可能会在先锋和传统之间找到一条更合适的路径。确实，先锋走得太远了，有如一场狂飙突进，以至于后来他们自己都不过意，意识到当适当地往回收，重新开始写人物、讲事情。

但往回收这件事，恕我直言，实在不当由先锋作家自己来完成，因为难免会矫枉过正；确切地说，应当由稍晚几年的李洱辈来完成。实在说，李洱辈也是先锋的同路人，只是当时碍于年幼，看着兄长一旁厮杀打斗，他们愣是没挤进去，估计旁边助拳为乐是有的。也就是说，他们身兼参与者和旁观者两种身份，而这两种身份，是能使他们比当事人自己更能看到先锋的可贵、先锋的过激，并在以后的写作中加以扬长避短，从而走出一条新的路的。

只可惜这条路他们没能走多远，半数以上的人就退出了，未能形成澎湃之势，合成文学的主流。与此同时，诸如"新写实"等也浓墨登场了，从那以后，故事性、可读性得到前所未有的推重，这样一步步的，落回到先锋之前的宏大叙事模式，侧重对社会、历史、底层的表象书写，并以此为价值判断，简直是再正常不过的事了。这中间还夹杂着70后、80后过来搅搅局，一阵乱花渐欲迷人眼之后，终也不耐烦了，干别的去了。

也就是说，再怎么折腾，各种花招玩尽，也未能赢回读者的芳心。文学的颓势一直持续，更糟糕的是，观念和叙事也趋于保守落后了，这在年轻一代的写作里也不乏见。只能说，1980年代是耍得太尽兴了，把条条路都耍死了，所谓盛衰相倚。李洱一代或许有那么点机会，在废墟之上立点什么，然而终于没顶住。也许内中有人坚持过，只是内心的热力终不能抵挡文学环境的荒寒，——越是见过繁花胜景的，越是不能抵挡那荒寒。于是罢了，罢了，是时候说再见了，去从商、为官、写影视、当教授……五花八门，样样都有。现在，也不知他们今何在？都还好吧？还念记文学那回事吗？偶尔翻到旧杂志，看到上面有自己年轻飞扬的文字，他们大抵也会发发愣吧？

这便是李洱那代人的结束——五十多岁了，就创造力而言是当结束了，如果不出意外的话；何况中间还停了那么些年。但是何以李洱又坚持下来了呢？我估摸着他也不是坚持，他不属于咬牙切齿型的，本身是个迷糊人。他是足够机灵，却不精明，身上少一点现世感，这反而成全了他。

也不能说他单纯，人情世故他也懂，只是懒得去做，或者做了也不像，也不能持久。某种程度上，他是守在书房里就能自得其乐、自我完成的人，对于这一点，他自己可能也难为情的，因此口头上越发热情，频繁表达对大千世界的兴致，他确实是一张利嘴。然而照我说，他也不过是假装热情罢了，以显得自己还是个正常人。可能连他自己都不知道，对于身外的滚滚红尘，他比自己想象的还有免疫力。

他走到今天这一步，全然是性格所致，而非坚持。更何况他也没走到哪一步，就世俗而言，他的声名和影响远远不抵他的作品，哪怕他的声名是当代中国最杰出的小说家之一，也还是不够。这一点，有心的读者都心知肚明。我前边绕了一大圈，实在想把他置于更广阔的时空、人群里来打量，打量的结果，发现当代是拢不住他的，时空范围还需扩大，再扩大。

二十年来，他只出了两本长篇，一本《花腔》已足矣，更何况还有风格迥异的《石榴树上结樱桃》，都不像一个人写的——这一点，只有写作的人才能体谅其中的艰难可贵。听说第三部长篇已完成，他迟迟揣在手里，也不知什么意思。大抵是不急吧，还急什么呢，都到这个年岁了，一生已定。现世的功名、风光他是不求了，他只能搏作品、赌时间，倘若时间还公正的话，虽然事实证明，时间也不全如此。

他是典型的慢手活儿。几十年时间，也就写了一两百万字，不会再多了，他这一生止于此矣，著作等身是谈不上了。也就是说，在这个以字数为创造力的时代，他是个真正的异类。是自信吗？是淡泊名利吗？更确切地说，是那种心系彼岸的人，他不在现世里。这也是没法子的事了。

我猜他在写作上常呈现的不是自信，而是摇摆不定。犹犹疑疑、一试一探之间，反而写出了世界的复杂性。也可以说，他是先看到了复杂性，尔后才显得犹疑，可是壮胆写下去，那个复杂的世界也慢慢变得明晰了。不妨说，他是当代少数几个具有思想能力的小说家之一。

写作这件事，我疑心李洱是直到《花腔》之后，才把它真正当回事，虽然我这么说也没什么依据。心理逻辑是，第一，《花腔》是成了的，可作为他写作的一个分水岭。第二，反正前边已耗费了大把青春，不如索性砸进去，把它当成一生志业所在。

无论如何，《花腔》之前的李洱，尚是他们中的某一个，也未见得有多卓尔不群。反正是一群人打包出品——这是中国文学界的惯例——俗称新生代。有那么些年，他的名字频频出现在文学杂志上，倘不是他自己的作品，就是出现在评论家的作品里，甚至有时评论家也写不到他，直接省略号掉了。是从《花腔》开始，他作为个体陡地凸显了，成了卓越的"那一个"，开始有人为他写专论，他不在群里了。

再说，他的群已濒临解散，慢慢退成了他的背景。从那以后，李洱是只为自己写作了，虽然写作本来是个体的事。然而我还是遗憾于他的独木难成林，未能给当代文学带来一片浓荫。写到李洱的时候，难免会想到他们，在此顺带缅怀那过早夭折的一代人。

2

那么，《花腔》到底是怎样的一部作品呢？简单地说，李洱写了一个知识分子，可是这个知识分子从未出场过，是通过三个人在不同时间段的回忆来呈现的。此人名叫葛任，延安时代的一个重要人物，精神气质上是有点类似瞿秋白的。李洱自己也不讳言这一点，他是照着瞿秋白来写葛任的。小说中，他甚至煞有介事地安排过葛任和瞿秋白的一次会面，暗示两人是惺惺相惜的。

1942年春，葛任在"二里岗战斗"中死于日本人的伏击，等于是为国捐躯了。这件事，中日两国的媒体都做了渲染，反正是各取所需，双方面子上都过得去。半年以后，中方突然得到密信，葛任并没死，正隐姓埋名于一个叫白陂的南方小镇，以著书立说为己任，是渐有归隐之意了。

这消息如同重磅炸弹，震得延安、重庆惊惶不已。介于国共两党在抗战时的微妙关系，双方都需要对已进入历史的"葛任之死"做出反应。重庆方面至少是戴笠出面了，亲自下的命令，诱以高官利禄，也就是"抓活的"。延安方面则正好相反，本着对历史负责任的态度，无论是出于民族大义，还是为葛任的个人名节计，他都必须再死一次，简言之，等于下了灭口令。

双方都派出了精干人马，快马加鞭赶往葛任的藏身地，一个叫白陂的小镇，——我后来百度了这地名，果然是在江西，确乎像那么回事。甚至二里岗也实有其名，应是河南的一个小旮旯地，百度上现在是一个地铁站名。

说这些的意思是，李洱为《花腔》做过十足的案头功夫，细致到令人发指。大凡写小说的人都知道，案头大体做做就行了，不好太详尽，否则小说没法写，因为难免会受制于材料，四处牵绊，八方掣肘，小说很容易就写死了。

我难以想象李洱是怎么做案头的。一开始可能只是出于兴致，可是一俟深入进去，也许他头都大了，那迷雾一般的中国现代史，层层叠叠的，时间，地点，人物，事件，细节……天知道是经过怎样的化学反应，或是人为的捏捏补补，才出落成我们今天认知到的、为一般大众所接受的历史？这其中哪个是真的，哪个是假的？历史有真的吗？或者说，多大程度上是真的？

我疑心作为小说家的李洱，在做案头不久就意识到，他这是在找死。历史学界为材料所害的人和事，真称得上是白骨累累，确也不在乎再多他一个写小说的。也许他常常就犯蔫了，绝望啊，材料掌握得越多，他越不知如何下手，正如细节一个个纤毫毕现，世相反而越来越模糊——而这，也不知是有意还是偶得，后来竟成了《花腔》的一个主旨。

无论如何，《花腔》最先让我服膺的，便是材料和虚构的完美结合。也可以说，小说家李洱是借用了学院派的方法，在和材料的死磕中，非但没被材料淹死，反跃身材料之上，凌波起舞。更进一步说，史实把他箍得越死，他从史实中获得的虚构的自由就越多。他是怎么做到这一点的，把南辕北辙合于一个整体？

整本《花腔》，虽不能说字字有来历，至少是，在该有来历的地方，作者交代了来历。在不可能有来历的地方，他做出了有来历的样子，丝丝入扣，步步为营，真称得上是"满纸荒唐言，字字见匠心"，常言说的一本正经地在胡说八道是也。从延安到江西的路怎么走？又是驴车，又是卡车、火车，沿途经过了哪些市镇，作者心中是有一本明账的，我疑心他研究过当年的交通线路图。

他既深谙中国交通地理，同时又能做到藏而不露，——沿途他确实写了一些地名，虽说是为了交代线路，其实主要还是叙事之需，因为在这些地方，人和事都有变故。整个感觉是，这条路好像是我们自己走下来的，要不就是作者亲自丈量过。这是我服膺李洱的第二点，有知识而不卖弄，这对于小说家，尤其是男性小说家而言是极难得的，基本上这可视作是美德，其难度犹如有痒痒而不挠、女人长得美而不弄姿一样。

除了交通地理，书中还有大量的对于从前时代报刊文章的引用——这些报刊引文大多是李洱诌出来的，但诌得像模像样，有来源，有出处，诸如文体、表述、用词、腔调等，也都几近复原，至少从我的角度是不大能找出破绽。书中诸如新闻体、文艺腔、文白相杂的文风、延安的文风、国统区的文风……措辞腔调都各有不同。外国传教士的回忆录是质朴清新的，海外学者的言谈则沉静雅驯。另外还有"文革"腔、改革开放腔，活泼泼的民间用语、方言、行话、套话等，比如这一句"天上布满星，地上亮晶晶"，很显见是小民百姓对官样文章的活学活用。

《花腔》整个是一杂耍场，小说家周旋于各种文体之间，把日记、游记、诗歌、随笔、新闻通稿、地方志、回忆录……进行自由切换，令人眼花缭乱。他也不知怎么回事，似乎打通了文体开关，想按哪个就按哪个，哪个都是活的。又像是卖艺人手指上的一根棍子，不拘站着，蹲着，侧身，旋转，翻跟头，那棍子仍粘在手指上，且能耍出各种花样。

尤为难得的，是他于万花筒一般的文体变幻中，尚能兼顾各样文风和腔调。整本《花腔》，可说是文体的大杂烩，腔调的集中营——《花腔》的得名也许正来源于此。我近来读小说，尤感文风、腔调在当下文学语境下的不足，似乎大家都专注故事，主攻意义，一门心思扑向大题材，其实大题材也不一定指向伟大，还有可能是空大，倘若语言没调性的话。

腔调之于小说的重要性，打个比方，是有点像做红烧肉却不放酱油，那就不能称作红烧肉了。肉当然很重要，但之于文学而言，焉知酱油就是可失缺的？更何况腔调、语调、语言等也不单是酱油，它一旦浸到肉里去，它就成了红烧肉本身了，物我不分。我从前强调语言，人总以为是修辞意义上的，直到今天，这也是小说界对于语言认知上的一个最大误区了。

以我看，语言是可以作为本体的，因为它关乎一个作家的生命状态，关乎气质、个性，有了这个，小说才有可能往深里走，不再流于表面。又譬如腔调，大凡好小说必有腔调，但腔调转换之难，我想起自己前几年想尝试新题材，一直苦于不能定语调，大抵还是气跟不上。倘沿袭从前的吧，明显又不贴。从这个意义上讲，语言也关乎内容，关乎认知。这才是李洱最让人敬服的地方，差的小说家不知道语调，略好点的苦于不能转换语调，而他借一本《花腔》，或鸣或啸，且歌且哭，变声变得一个欢。

而这一切，都是基于他对于现当代文体、文风，以及官方话、民间语有着相当的敏感和辨识，不夸张地说，他写出了有白话文以来的语言的变迁史，——未知这算不算得《花腔》的题中义。为了这一本薄薄的小册子（也就二十来万字），能想见李洱做了怎样的知识储备，也有可能是，他是先有了储备，尔后才想起要写这本小册子。

无论如何，《花腔》不能仅当故事看，它是一部变相的历史，也是煞有介事的野史，证据链一环扣一环，经过考证、甄别，去芜存精，末了还是一笔糊涂账，而这，正是历史的本相。它的背后，是影影绰绰的民国史、抗战史、国共关系史、中苏外交史、人文史、生活史、地方风俗、花边八卦、医学——李洱诌了个"粪便学"，用粪便给最高领导人治病，我懒得再去考证了，我选择相信，至少小说里他引章据典，跟真的似的。为了一本《花腔》，他把百年中国都装兜里了，必要的时候，他就摸出一张小卡片给你露一下。

还是回头说故事吧。葛任既然活着，延安重庆就都开始行动了。延安派了个白医生，以给葛任看病为名，这样最便宜行事了。重庆呢，这里先说两个人，一个是特工阿庆，一个是他的顶头上司范将军。三个人千里迢迢来到了白陂，——需要说明的是，这三人都是葛任的旧友，都肩负重担，一方是要灭口，一方是为拘捕。这里头便有矛盾。实则是，三人都想放了葛任而又不担责任，倘若不得已也只好嫁祸他人了。因此各种心理戏：矛盾，误会，栽赃，互相掣肘……故事外壳已足够精彩了。

尤其是那个阿庆，明为军统特工，内里却受延安指令，其实也就是延安的内线了。他这身份，范将军当然并不知情。简直可以做成间谍片了。但是，何以延安来的白医生，既知阿庆是自己人，却始终一个人在单打独斗？原因在于，他既想放了葛任，便是在忤逆上级的决定，首先要瞒的必是自己人——故事的复杂性也在这里，书中的每一个人都目标一致，可是彼此又不相知，互为提防，一直在消耗。

另有各式次要人物、偶发事件，稍一错落，便牵一发而动全身，把事情带往别处去了。总之各种阴差阳错，使双方都不能如愿，末了还是范将军出面，退而求其次，借日本人之手杀了葛任，"民族英雄"这个称号总算落了实锤，不是虚枉，等于帮延安实现了这愿望。

故事到这里就算结束了，貌似又回到了原点。葛任为日本人所杀，是个民族英雄。是的，他确实死于日本人之手，只是时间、地点不同而已。

历史大概就是这样写就的，经过人为的补刀，达到了某种圆满。直到今天，世人眼中的葛任（倘若世人还记得他的话），仍是死于"二里岗战役"，是个抗战英雄。又有几人知道这中间发生了些什么。

这是《花腔》的故事层面，可是这故事怎么讲？其丰富复杂、曲折回旋，我的概述不及万一。我们先看故事的末梢，葛任既死，阿庆便性急地追杀日本人去了。白医生呢，延安反正是回不去了：知道得太多了，回去也是一个死。于是他便随了范将军，任由他带到哪里。路上，他跟范讲起他这一路的来历，怎么认识的葛任，两人怎么去的苏联，又怎么回的延安。整风运动时他怎么犯的错，怎么被拘捕、被释放，怎么来的白陂，一路上和谁结伴，见了哪些人，发生了哪些事……真是惊心动魄啊。及至到了白陂，又怎么被阿庆的手下吊打，两人怎么演戏……小说这就开始了。

也就是说，《花腔》正如俗话说的，是始于故事结束的地方。——故事结束了，三个当事人跳出来讲故事，以一种极自然的、经得起推敲的由头。最先发声的便是这白医生，时间是1943年春，地点是由白陂至香港途中。他一五一十，和盘托出，并由范的秘书做了笔录。听口气是个忠厚老实人，葛任的发小，原籍浙江，入乡随俗故，操一口顺溜的北方话："有甚说甚，将军。"是啊，他就这么开说了。

第二个讲述人阿庆的开口，却是要等到几十年以后。1970年，河南信阳的一个劳改农场，此时的阿庆，已沦为一个劳改犯。这几十年都发生了些什么，读者可自行脑补去。这个阿庆，原是葛任丈人家的一个下人，自小便和葛任玩得很熟，也是葛任带着出道的，后来误打误撞入了军统；是个机灵人，性躁，身上难免一些流气、痞气。他的讲述，是源于"文革"时"葛任之死"的旧案再次被翻出来，专案组找他落实情况，属于不得不讲。他的讲述有多大程度上是可靠的？又要自保，又要顾及葛任的声誉。行文中，只见他把花腔耍得一个欢，满嘴跑火车，避实就虚，不落实地。全程都是"语录体"，表忠心，喊口号，装神弄鬼，哭得如丧考妣。然而假作真时真亦假，后经考证，他的言说见未见得就比其他讲述者更不靠谱。

阿庆这一章写得极精彩。有腔有调，个性十足，之于阿庆，这是高难度的一次演讲。之于李洱，何尝不是高难度的一次写作？

最后一位讲述人范将军的出现，同样还得等个几十年。直到2000年，这个人终于现身了，此时他已是个苍苍老者，人称"范老"。关于他的身份，李洱没有点明，可是从范老的口述里，我们大体猜到，他后来归了共产党，身居高位，声名显赫。

这范老也是个老狐狸。白陂事件，几十年来他不愿着一字，本是准备带进八宝山去的。妙在这老头儿有颗活泼泼的心，最是近女色，于是相关人士（这个人士我们后面会提及）便安排了一次美妙的远行，趁着范老去白陂为"希望小学"剪彩之机，着一妙龄女郎陪同。这女郎名叫白凌，乃当年白医生的孙女，和范老相熟得很——慢着，怎么全凑一起了？有那么巧的事吗？

有的。缜密的李洱早于开篇便布了局，埋了线。葛任之死，大抵后世总有些疑惑，于是便成立了一个"葛任研究会"，葛任的后人也参与其中，开始跟进调查，欲还祖上一个清白。由此，凡是跟"葛任之死"沾点边的，包括他们的后世子孙，一嘟噜全被串到了一起。前边提及的那位"相关人士"——着白凌陪范老南下的——便是葛任的后人，此人在小说里未具姓名，但其重要性，怕是要大于三位讲述人。

一本《花腔》正是由他统领的。是他，从故纸堆里翻出当年白医生的口述，又翻出"文革"时阿庆的供词。如今，斯人已逝，三位当事人中只剩当年的范将军，可是他又搞不掂。不得已他才想出这么个馊主意，出资请白凌南下，陪范老说说话。一路上，祖孙俩欢声笑语，白凌以给范老写传记为由，连哄带骗，终于撬开了他的嘴，并全程做了录音。

范老的口述很有意思，主要是他这个人有意思，是我们很熟悉的革命老干部的口吻，陈词滥调，套话连篇。时值2000年，他的这套话语体系跟全球化、社会主义、改革开放总能搭上点关系，比如：OK，去见马克思，革命的庆功酒……诸如此类。然而仍不失为一个风趣老头，尤其在小姑娘面前，心一下子就变慈柔了。一边回忆往事，一边拉着白凌的手不放，借口要给她看手相，活现活现！

也曾是人中龙凤。早年曾和葛任一道留学日本，认识了一个叫川井的年轻人。战时，川井来到中国，随范将军去白陂作短暂停留。葛任之死，正是他安排川井下的手，苦口婆心，循循善诱，为成全中国的一个"民族英雄"——那可真是成全啊——多年以后，川井来中国赎罪，第一件事便是在白陂建"希望小学",使得范和白陂又重建了联系。

从当年处理白陂事件以及阿庆等人的口述里,当年的范也是个利落之人,正处盛年,精明强干,谁曾想后来变成这么个人,啰里啰唆,好大喜功,整个人都松塌塌的,说到妇科、大腿跟、按摩女时,他的口腔似乎是得到了某种享受。范老的腔调,李洱把握得最是好,他并没有分明去写一个人从中青年到老年的变化历程,可是细心的读者一俟意识到,两相一对照,那是要绝倒的。

随着范老的开口,小说也快结束了,至少"正文"部分是结束了。结果怎么样呢?其实也没怎么样。一本小说写完了,以一种科学的、学术的方式:当事人的口述实录、史料、证据、田野调查、专家论证等,确认葛任是死于白陂,做了政治需要的刀下鬼。但没关系的,一般老百姓愿意相信的,仍是他死于二里岗,英勇作战,弹尽人亡,一个地道的民族英雄。——等于白忙活了。

本来也是,官方归官方,学术归学术,可是民间仍选择走自己的路。这中间差了十万八千里呢。

3

啰唆了那么些,好歹是把小说的情节、主要人物说了个大概。还是那句话,我所概述的不及万一。

诚然,《花腔》是一本丰富的书:情节一波三折,人物关系纷繁芜杂——除了三位讲述人,书中有名有姓者多达几十人,在漫长的、一个多世纪的时间长河里,他们因葛任被拢到一起,纵横交错,尔后便各归各的去了。

有的仅是探个头,露个脸,还未及说话,就被李洱技巧性地、三两句话打发掉了,只落了个苍茫背影。这些人物的出现,于主干情节并无多少推动,反而有生出枝杈的危险,连累作者在叙事之余,还得腾出精力去修剪。

可是这些人物的出现多好啊,像戏台上跑龙套的,主角正在卖力地唱,这边厢却跑过来一个蓬头小鬼,匆匆一晃,很不甘心的,临消失前还朝观众粲然一笑,扮了个鬼脸。大抵总有像我这样的观众,心思会被这小鬼吸引，侧头去追寻他的踪迹，猜想他的来龙去脉，前世今生。

叙事学上似乎有个讲究，前边写了手枪，那后面必得听到枪响，——道具之所以为道具，即一定得派上用场。可是我总嫌这种"三一律"式的套路过于僵硬了些。我是宁愿看到手枪不出声的，无论是搁窗台上、挂衣帽钩上，它就那么搁着、挂着，仇人最终没等到，手枪也慢慢被人忘了。

生活大抵就是这样吧，不是总按设计来的。生活中有很多无用物件，譬如我办公室阳台上的几盆绿植，常常我视而不见，几同被我忘了的。又譬如我们每天见到的人，邻居，同事，遇上了总会打声招呼，闲扯两句，有意义吗？当然没意义。可是这无意义、不相干才是我们生活的大部分。

我琢磨着这也是李洱的意思。小说里，他借"葛任之死"编织了一张巨大的网：革命者，传教士，土匪，文青，戏子，妓女，红二代，出家人，造假币的，搞传销的，史大林（今译斯大林），鲁迅……甚至葛任的先祖葛洪他都写到了（可真能扯啊），因此关于炼丹他也带了两段……真是虚虚实实，人头攒动，可是小说主干却丝毫未受影响，只是丰富了，宏阔了，好比一棵枝繁叶茂的大树。

由此，我们是否可以说，《花腔》是借一个人写出了一群人？这群人中除了三五主人公、十来个重要人物关系错综，其他的人并无多少联动。对于这部分人，李洱着墨不多，基本都是"简笔画"，三下五除二，蹭蹭蹭，一个活物便浮于纸上，有音容笑貌，也有腔调。有的甚至连这都不及，只落了个名字，偶尔被提及，证明世上也曾有过这么一个人，他曾经活过。

这些人——统称"次要人物"吧——跟"葛任之死"毕竟关系不大，可倘说没关系吧，千丝万缕又总能搭上一点。就这样，他们被李洱引了出来，安插于各个时空下（尤其是现当代），是作为证人而存在吗？貌似是。可是当他们走上前台，也未必全能说出个子丑寅卯来，——这要是搁侦探小说里，就算是闲笔或废章了。

因此，我们毋宁认为，《花腔》里的这些"走马灯"式的次要人物，只是以葛任为由头，他们虽寄生于葛任这根树干上，却是自管自地葱茏、摇曳、败落……就当他们是树叶吧，一片一片的，多有不搭界的，可是一片一片归到一处，却使我们看到了这棵树的全部：那纷繁复杂的20世纪中国的"世相"。这是李洱最用心的部分,虽然他做出的是漫不经心的样子,何以如此?小说家的机心所在,二则呢,恐怕当归功于结构。

《花腔》的结构,笼统地说,是三个当事人关于"葛任之死"的口述实录,这是小说的正文部分。可是《花腔》倘是仅由"正文"组成,写得再好也不过是个"罗生门"。确实,自从黑泽明的同名电影诞生以来,关于讲述、如何讲述就变成了一个伟大的时代命题,由此衍生出的关于事实、真相、谎言的诡异关系,以及它们的含糊和不确定性,早已成为现当代人文社科写作的一个共识。

《花腔》的主题也是关于不确定性,可是高格之处即在于,李洱开篇就引出了一个人,这个人是葛任的外孙,"葛任研究会"的负责人,多年来一直穷力追究他外祖的生死之谜,得了三份珍贵的口述实录,对照阅读,却发现迷雾重重,尤其是当年的白陂事件,三个人讲同一件事,非但没把事情讲清楚,反而有很多细节上的出入,使事情陷入五里雾中。

这并不是说,三人中有人在撒谎——虽然撒谎也在情理之中——而是时间、记忆、立场、视角等诸多因素,使讲述变得全然不同。也许讲述本身就是个难题吧,连词语、腔调都能带来歧义,讲述又如何抵达事实和真相?

于是,葛任的外孙便一追到底,对照三份口述实录,一段段进行勘查甄别。他查资料,走实地,采访相关人士;倘若相关人士已离世,他便去找他们的子孙后世——这一招尤其妙,引出了当代部分——总之翻了个底朝天,把百年中国做成一处,落在他外祖身上,合成了一个整体;并且他有甚说甚,把整个过程,并采访、研究所得一样样记录下来——这在小说中被称作"副本"——由此和"正文"形成了参差对照,也是补充丰富,也是相抵解构。

大体上,《花腔》是这样一本书,开篇便是"卷首语",由葛任的外孙写就——小说名义上的作者——交代这本书的来历,十年来他怎样穷心竭力,得了三份口述材料,自己又怎样调查研究,而今他把这一切公之于众,还历史一个真相。

可历史的真相到底是什么,他在《卷首语》里并未提及。根据后文,我们大体也知道,所谓历史的真相,倒也真有"拨开云雾见天日"的,只是再往深里走,恐怕又是云山雾罩了。十多年来,葛家后人皓首穷经,也只是给出了历史的大略。可是也就这样了,真相本是没有的,信的人多了,也就成了真相。

小说分三部,即三个人的口述实录,由葛家后人做了分段处理,每小段后面,他都附上自己的研究成果,这样"正文"和"副本"交错进行,越发纲目清晰,简明之极。

好小说大抵就是这样吧,并不以花哨、繁复的形式夺人眼目,反而越是浩繁的小说,形式上越是能做到简洁明净,这个道理正如佶屈聱牙多未见得能写出伟大的思想,平常的语言反而能引出深刻的洞见一样。

总之《花腔》就其形式,整个做到了朴素、整饬、开阔、了然,像分割清楚的稻田,内中沟渠纵横,可是田归田,垄归垄,打理得清清楚楚。当我们从垄上走过,眼看稻田铺天盖地,一垄一垄伸向天际,那视野何等辽阔。可是当我们蹲下身来,细察脚下的每一棵青禾,看它舒展,看它招摇,那各式生命形态也自动人心魄吧?

某种程度上,文学本来就是一场形式的事,《花腔》的精微、庞杂再次证明了这一点。倘若没有"副本"的补叙,《花腔》至多是个封闭的历史故事,空间逼仄,时空断裂,作者怎有天大本事,也只能铁棒磨成绣花针,在精细上做文章了。可是"副本"一出,境界全出,随之场面也大开大合,历史当下汇作一处,那真是要什么有什么,招一招手都能带来一片云。

举个例子,白医生的讲述里,开头第一节便是"消息",顾名思义,这是白医生得了葛任还活着的消息。他先是讲自己怎样从拘留所里被提出来,本以为没命了,是要拉出去枪毙的,谁知却是这么个事。葛任不是死于二里岗了吗?讲他怎样吃惊、激动,尔后又被委以重任,他也只当是派他去南方把葛任接回来的。大致是这么个意思,三五千字,信息量并不大。

那么紧跟其后的副本,自然要就二里岗战役、葛任之死做出种种考证,作者(葛任后人)引章据典,诸如《二战史·中国战区》《大东亚战史》《边区战斗报》等,他都一一做了相关摘录。另有正文里关于葛任是"文化教员"这一说法,因与事实略有些出入,他便引用葛任友人黄炎的回忆录《百年梦回》里的一段加以更正。

而他引用的这一段，恰恰说明了一个事实：连葛任友人、当年身在延安的黄炎都不知道"葛任之死"的原委，几十年后都当他是死于二里岗。尔后，作者笔锋一转，讲他1998年去二里岗走访，得知某电视台有个"欢乐大本营"节目，便是拿"二里岗战役"作为知识抢答题的，在一片欢乐紧张的气氛中，主持人郑重宣布：答案正确！我们的民族英雄葛任正是死于这场战役。

这一节的"副本"算是很点题了：二里岗战役、葛任之死、欢乐大本营节目组……处处都是关键词，使得历史、当下互为映照，越发吊诡。也许这时小说才开始，李洱还略显紧张，写到后来，我们眼见他是越来越自由了：正文里随便一个词、一段话，副本里他都可以拿来物为我用，前提当然要看他高兴不高兴了。

说这些的意思是，副本的引入，使李洱真正得自由了，那是一种上天入地的自由，最局促的地方他都可以做到游刃有余。小说里，我们得以见识了一个人怎样自在地出入于文本间，好比足球场上他打的自由人位置，穿针引线，闪入闪出，以一己之力盘活了全场。而那边，主干叙事正在紧锣密鼓地进行，葛任之死确乎是个难题。这边厢呢，各个时代的证人、证据都到齐了，一时间喊喊喳喳，人声鼎沸，大家各说各的，矛盾摩擦在所难免。各式史料：书籍、报刊、信件、回忆录、地方志……一样样摆在面前，凑得成20世纪中国的文化史。另有各式文风、腔调：温婉的、睿智的，文青腔、泼皮腔、民国腔、"文革"腔、改革开放腔……就这样合成了一本《花腔》。

很大程度上，《花腔》的广阔丰富是由"副本"引发的。难以想象没有副本的介入，《花腔》会长得这样敦实肉感。除非犯规、冒叙事之大不韪，否则很多人和事出不来……未知这可算是形式决定内容的一个典范。

可是我偏爱"副本"的同时，实在也要为"正文"说句公道话。这么说吧，倘若副本里住着一个广阔自由的李洱，他天马行空，无所不及，那么正文里的李洱则是缜密精细，复杂至极。在一个局促的空间里，他可以做到深挖洞、广积粮。也确实积了很多粮，在挖到快见泉水的时候，他适时收手了，培培土，正好兜住了那粮。

他的大脑构成当是很奇特的，简单，复杂，深邃，且一根筋。正文的写作，使我第一次把李洱和类似"智力"这样的词相联系。这样的联系，当代作家里恐怕再无第二人。本质上，他是典型的理工男，"葛任之死"是经他严密计算出的，每个细节的衔接，张三说，李四说，他一遍遍演算，精确到小数点。尔后一个萝卜一个坑，一个螺母一颗钉，他拧得严丝合缝，看不出一点人工的痕迹，仿佛它们生来就自成一体。

我前两年重读《花腔》，"正文"部分是做了记号的，尤其是三个人同讲白陂事，重合的部分我尤其留心，其实就是找破绽。找了几条，当然也没找出。又想，都不在一个频道上，就算是发现破绽，恐怕也会被李洱打个马虎眼糊弄过去的。那么，到底有没有破绽呢，后世读者恐怕得成立一个"花腔学"才能鉴定。

写作大抵分两类，一类是智性的，一类是感情的，这两者不分轩轾，无谓高下。可是我读《花腔》，常常是要自惭形秽的，也不知为什么。

总之，《花腔》是一个睿智人写的书，撇开他那如精密仪器般的非常大脑，这个人也体察，也思考，他视阈宽广，眼力深邃，表达上极尽曲折复杂之能事，形式上却又能做到坦白简洁，看不出一点"做"的痕迹，仿佛世间真有这么一个人，为他的外祖竭心尽力。尤其是副本的引入，称得上是李洱一个卓越的发现，并不在于它的新鲜，前人没这么写过，而是它的开放性，使内容一下抵达了丰富。

就好比一个大篮子，大到没有边界，世间一切能拉进来的都是菜。像这样的开放性结构，当代小说里我能想起的，也就一个《马桥词典》了，凭借"首字笔画索引"，一画，二画，三画……这小说可以源源不断地写下去，直到无限。然而两位作家都是极克制节俭的，仿佛不舍浪费字纸，《马桥》二十八万字，《花腔》二十四万字。它们谦逊地，也是骄傲地存在着，构成了对当代文学中一切强写的、硬写的、动则三部曲、百万字的所谓"鸿篇巨制"的一个反讽。

也许每个作家都有过这样一个梦想：把握整体性，乃至写出"全部"。然而这是不可能的。首先，它需征得形式的同意；而形式这东西，绝对一点讲，有时要靠天意。花腔、马桥那么简单、自然的形式，似乎满大街都是，然而但凡写作的人都知道，逮住它，除了能力，还需一点好运气。什么叫自然天成呢，说的就是这回事吧。

很多年前的一次饭局上,李洱讲到一场足球赛,国安队的主场,和客队打得很不愉快,连主教练都搭进来了。赛后,记者采访区内,国安队主教练对着镜头扬长而去,尔后回头,挥手,给记者留了这么一句:"一切尽在不言中啊,兄弟。"那天李洱给我们讲述,兴致勃勃的,满脸都是戏,他站起身来,把手臂挥过半个饭桌,又是娇俏的,又是带一点"气声"地说:"兄弟,一切尽在不言中啊。"则一桌人都笑翻在地。

那是我第一次见到李洱,2002年,《花腔》才刚出版,他三十五岁了。很多年后的今天,我又想到这句话,想到一个人在很年轻的时候,就服从了写作的限止。如此形式,有如神助般的他得到它,又是小心又是自在的,他用过它,尔后点到即止,以区区二十四万字戛然而止。这世界如此丰富,直通往无限和全部,然而李洱挡住了这诱惑,高速途中及时刹车了。仿佛弱水三千,他只取一瓢饮。他要的不过是这么个意思。

确实,一切尽在不言中啊。

4

最后,我想简略地说一下李洱这个人。我估摸着我也说不出个所以然来,因为太少了解,这里也就是瞎猜猜。自然,我也可以去打探些趣闻逸事,可是对一个作家而言,我以为读读作品猜猜人,未尝不是件更有趣的事。

普泛地说,李洱是知识分子写作的代表,《花腔》是最"像"他的一篇小说。往后,哪怕他写出了惊世名作,《花腔》也还是抹不去的。第一,这是他长篇小说的头生子;第二,这对于他是一场本色出演。当代作家里,有那么几位是极具标识的,比如文化之于韩少功、上海之于金宇澄,李洱呢,当然是知识分子。

这并不是说没标识的就不是好作者,而是李洱们凭着出色的,也是本色的写作,使这一标识只落在自己身上,另换个人就不像。

李洱的知识分子写作,其渊源何在?我疑心跟他的出身、学养以及"学院派"背景并没太大关系,因为显见的,"学院派"的人也有很多婆妈浅陋的,知识分子家庭出身的小孩也有一些痞子混混的。一个人长成什么样,多半还是天生注定的。我的感觉是,李洱从娘胎里就注定是知识分子了，这跟他的思维方式有关系，那就是缜密、深邃、不介入，敏于思而慎于行，远远的一个旁观者样。

可能还有天真、轻信，还有戏谑——末一条尤其切时，我印象中当今知识分子多是戏谑的，不比从前。唉，这也是件难说的事。

总体上说，我认为是思维方式，而不是知识使得一个人成了知识分子。从这个角度讲，可能有些半文盲、下岗工人、开出租车的、摆地摊的、公务员、公司文员……比某些"学院派"更堪称知识分子。

多年来我一直有个误会，以为李洱是出身于乡村知识分子家庭，父母是中学老师、小学校长一类的。前几天看到群里有人转李洱的一篇文章，回忆他的文青生涯的，才知他的祖父喜读《百年孤独》，当年是延安的一个文化教官。父亲自然也是读书人。父母中至少有一位是深谙农事的，李洱写《石榴树上结樱桃》时，关于农田、果苗等常识，曾咨询过他们的意见。总之，知识分子家庭是无疑了，城乡未明。——很有可能是，几十年来这个家庭曾流转于城乡间，七下八下，起起落落，像中国的绝大多数知识分子家庭一样。

这一节要是写出来，定又是一台好戏。只怕李洱不肯写吧。迄今他的写作无关他的生活、成长、经历……未知这是不是知识分子写作的一个特点，可以把自己摘干净，尔后从一个更大的向度上来完成他自己以及他所属类群的自传。之所以这么说，在于李洱确实撇开了他自己，可是他的写作反而更接近了他自己，一个无关生活、有关精神气质的自己。

1966年生于河南济源。十七岁考入上海华东师大。现定居北京。这是李洱一生中的三个自然段。尤其是前两段，我猜对他意义重大。

先说第一段。李洱不大像河南作家的，不在于他是否写过故乡、乡土，而是他的腔调，——这话真难讲。我的意思是，哪怕他说一口顺溜的河南话，把河南梆子唱得呱呱叫；《花腔》里的阿庆，便是浙江人学说河南话，开口就是俺俺俺，说得嘎巴作响，可叫一个起劲……可是即便如此，李洱也不是地域意义上的河南作家。

可什么是地域意义上的河南作家，这话也难讲。

比如《石榴树上结樱桃》——我因为要写这篇《花腔》，去年一发把"石榴"也买来读了——照样还是好，主要是"像"。很奇怪的一个现象，很多乡土出身的作家是写不好乡土的,要么是夹生,要么是苦大仇深,要么是同情怜悯,反正是那老一套,一样都是假,哪怕写得像摄像机镜头里的高清特写,也还是不像。

李洱写得很像,可是他却少有乡土经验。前边提过的,他写"石榴"时,时不时地要打电话回家咨询农事。我向来也以为,写作和生活的关系是神秘的,如果非得扯上一点关系,照我说,真也未必是直接关系。天知道是什么玩意儿在其中作祟、发酵,最后混血成一种叫"文学"的东西。

"石榴"可视作是李洱对当今"乡土中国"的冷静一瞥,照样是精准、妥帖,略带一点小戏谑。又因默克尔的青睐,一时名声大噪,扬名海外。可是较之《花腔》,我觉得"石榴"在叙事上还是略嫌紧密了些,仿佛一大碗米饭,压得紧紧实实的,干货倒都是干货的。另外,此篇也可算是李洱拓宽写作疆域,从"本色表演"转向"性格表演"的一个开始,从此他一发不可收,一路开疆拓土写到哪里都未可知。

"石榴"跟河南应该能搭上点关系,故事原型,人物设计,我疑心李洱是照着故乡写的,以至我读的时候也确实读出了河南的意思,但气味上仍不是中土文学。或许李洱心不在故乡,哪怕他把故乡写得活蹦乱跳,把故乡人爱得死去活来,他笔下的人仍能越过中原大地,活化成笼统意义上的中国人。

"地域写作"应该是个很好的卖点,很多聪明人已经在做了,虚构一个小村庄,一条街,一个城,以使自己在中国文学版图上占得一席。然而照我说,一切还得看文本。忘了是不是钱锺书说的沈从文,说他卖"自己是乡下人",这话虽刻薄了些,确乎也是事实。

沈从文卖了也就卖了,挡不住人家货品好。李洱呢,他不卖,他在写作上是个老实人,又或是骄傲的人,不屑于耍那些噱头。又或是,他就是想卖也卖不成,就好比看上去是卖水果的,走近一看,筐里装的却是猪肉。

大体上,李洱和故乡的关系是有些奇特的,生他养他的地方,血浓于水的亲情,真是越理越乱,他是怎么都弄不像了。河南养出这么个儿子,估计也会觉得莫名其妙的。

因此,这里有必要提一下上海,较之河南,我觉得关系反而更顺一些。他的读书地,十七岁来的这里,懵懵懂懂夹在一群师友之间,还没弄清楚文学是怎么回事，反正大家都在搞，于是他也就搞了。华东师大的夜修教室里，免不了他的身影吧，拿着个铅笔头，涂涂改改，为赋新词强说愁。

可能就连这都是难得的，我猜多半时间还是玩儿吧，男学生那一路的。等到年岁渐长，面皮也稍稍厚实了些，可能偶尔也会去逗逗姑娘。反正一样都是玩儿，玩文学也是玩儿啰。就这么杂七杂八全扯一起了。后来，就玩到《收获》堆里去了——三十年前"先锋文学"的策划地、大本营——这样就玩大发了，把自己玩成作家了。

李洱的写作之路大体是这样吧。河南生出了李荣飞，上海却养出了作家李洱。也就是说，是上海定义了李洱的写作，他那时还是个小年轻，一张白纸正等着人来盖戳。那也没什么好客气的，敲了个戳，说，就这样吧。

于是他就这样了。

选自《上海文化》2018年第3期

评鉴与感悟

谈到魏微的小说，大概都会提到她的语言，看似散淡平和，却别具魔力，温暖人心。这篇印象记，写她认识的人，写她眼中的文学创作，没有套话和术语，却把李洱与《花腔》，甚至一个时代活画出来了。这不是刻板的文学评论，是鲜活有生命的文章。

李国涛和他的书话

/卫洪平

李国涛先生是我爱重的一位学者和作家。

我喜欢读他的文章，始于上世纪90年代初。那时候年轻，精力充沛，对未来充满向往。工作之余读鲁迅、浏览报纸副刊，不久便注意到，《太原日报·双塔》《太原晚报·天龙》经常刊登一位名叫李国涛先生的文章，文字典雅，气味清醇，篇幅也短。

李国涛的职业是编刊物、写评论，兼做鲁迅研究。鲁迅研究早已是一门显学，有创见，出成果不易。李国涛业余"兼做"，却搞出了名堂。1981年纪念鲁迅诞辰一百周年前后，仅鲁迅研究的一个分支——《野草》研究——就有十多部专著出版。李国涛的《〈野草〉艺术谈》（山西人民出版社1982版），以其"侧重艺术分析鉴赏"（见袁良骏《当代鲁迅研究史》，陕西人民出版社1992年版，第484页）之鲜明特色，与李何林《〈野草〉注解》、孙玉石《〈野草〉研究》诸家比肩。几年后，他又出版了第二部鲁研专著《STYLIST——鲁迅研究的新课题》（"鲁迅研究丛书"之一，陕西人民出版社1986年版）。这部专著被鲁研界称作是对鲁迅文体研究"这一新课题的第一声回答"（袁良骏语，同上，第422页），论者尤其称道"李著对鲁迅运用语言之妙深得于心，写来大有体会，构成了十分精彩的部分"（袁良骏语，同上，第565页）。我视野狭小，不知道李著之后三十年间，鲁研界对鲁迅文体研究这个新课题有无新进展。李国涛逝世后，我取出这部鲁迅文体研究的开山著作重读一遍，依然有银铃响于空谷之感。

我的《STYLIST——鲁迅研究的新课题》，是李国涛先生持赠的。扉页上有他的签名，盖一枚阴文图章。时间在2002年3月。那一次登门拜访，谈过些什么已经淡忘了，只记得在南华门李家客厅，老人蔼然地眯着眼打量我时的神情。我却惊奇，眼前这位念书只念到高二的老者怎么还会搞翻译。那时我刚读过李国涛从《纽约时报·书评周刊》翻译的短文，是李锐长篇小说《旧址》的评论。

到了六十岁左右，李国涛目力不好，不能再搞研究了，转而写起小说来。一时间，《郎爪子》《紫砂茶壶》《世界正年轻》……一批署名"高岸"，地域性、文化味很浓的短、中、长篇小说喷涌出来。"高岸"行情看涨。可是有一天，我忽然在《太原日报·双塔》看到他一篇短文：《停顿：暂时的吗?》。文章说他写作的阶段性很强，先是搞鲁迅研究和小说文体研究，后来写小说，正写得起劲，因冠心病住了两次院，便停顿下来了。文章发表于1994年6月23日，我喜欢那个标题，当时剪下来，保存到现在。从标题一眼就看出，他不情愿"停顿"下来，无奈，却又很不甘心。如果"高岸"以上世纪40年代徐州市民为题材的小说，一直写下去，会是怎样？往事未忘，多可入诗，这些小说寄寓着浓烈的乡愁。他偏爱这些不好归类的小说。编《李国涛文存》时，小说卷选录的中短篇都是这类题材。

人生的无奈或转折，往往因为遇到了不可抗力：自然的，社会的，家庭的，政治的，疾病的。有的人顺势而为，"从吾所好"，活出新境界。有的却逆势而行，终不免赵趄，一脚浅一脚深。李国涛那一次"停顿"，果然又成了一次转折。从此便进入散文随笔的阶段了，一直到离世。他先是写过一些怀旧散文，"平生我自知"那个系列真好，可惜《祖父》之后就断了。他的祖父虽说只是秀才，却著有《万年少先生年谱》，陈寅恪、冯其庸、来新夏诸家的著作都引用过。李国涛也写了一些人生感悟、生活类随笔。后来，他就专注于文化随笔的写作了。在《怀念随笔文体》一文中，他写道："我很担心，有一种文体在我们的文学里逝去。我说的是一种优秀的、精炼的、充满知识和智慧的短文。以前在古代的诗话、随笔、札记里存在过。五四以后如鲁迅的随感录一类，也是。不过我们只注意到它的战斗性的一面，短小之体则忽略了。"他感叹有学问的大手笔不弄这些了，于是觉出少了一种文章可读。他是如此怀念、热爱那种有学问的短文章，晚年几乎把全副精力都用在写作这种文化随笔上了。

李国涛的文化随笔，可分两类。一类谈文事。他喜欢看文事、谈文事，在谈文事中表现自己的观点和趣味。这个活儿看起来容易，做好却难。要有合适的材料，判别材料的眼光，还得有触类旁通的功夫。而这恰是李国涛的擅长。有朋友打趣他附庸风雅，他说："我不附庸风雅，难道风雅还来'附庸'我这个老头不成？"中国的文事，他最关注现当代，很喜欢收在"新世纪万有文库"里的两本小书：温源宁的《一知半解及其他》，林以亮的《文思录》。外国的，他激赏董鼎山笔下的美国文事，还有董桥、恺蒂写的英国文事。他自己写文事，纯然是学者的手眼，材料翔实，有见解。如《糖炒栗子》《"布衣"趣谈》《〈水浒〉风习名物之博考趣谈》《一条该收的资料》《张之洞"屠财"而不"图财"》，读他这一类随笔，真是长见识，受熏染。《两篇〈谢本师〉和四位名人》，谈章太炎之"谢"俞曲园，周作人之"谢"章太炎，又谈到鲁迅临终前连续写《关于章太炎先生二三事》《因太炎先生而想起的二三事》。做过一番比较后，李国涛说："鲁迅对老师的态度，显出比周作人更多一分理解、厚道和人情。在这里，鲁迅显得更宽厚。""对历史人物从大处着眼，正是鲁迅的难及之处。"立言有据，在学术上能站得住。

另一类是评介书籍的，亦即"书话"。这很可观，光是数量就在百篇以上。这得读上百部新书才能办到。一部书按十五万字计算，就是一千五百万字。而他读得又是那么仔细。李国涛有两本小书，书名《总与书相关》《目倦集》。他晚年确是用眼太多，读得太累了。

李国涛的书话，主要介绍国内新版或再版的书籍（包括翻译作品）。他的热心让人感动。往往是读过一本，或者还没读完，就迫不及待，要介绍给读书人了。"读了一本好书"——介绍王佐良《英国散文的流变》；"钟叔河文章好"——介绍钟氏《念楼集》。有时干脆直接催促读者掏腰包："我劝没有机会参观《田家英收藏清代学者墨迹展》的读书人，或者已有机会看到此展而没有机会或没有富余的钱去买价值六百元的《小莽苍苍斋藏清代学者书法选集》（共二册）的读书人，请去买一本2002年9月才由三联出版的《田家英与小莽苍苍斋》。那也不少钱，四十八元，但还能承受。我就买了，因为它能叫我慢慢读几年。"多有趣！

他的书话是学术小品。这需要丰富的读书经验。《关于"鲁迅买书的花费"》是读赵毅衡一本《伦敦浪了起来》，看到作者论及徐志摩在英国的经历，顺便说到鲁迅兄弟在日本："当时中国钱也真值钱，一个破落地主之家——例如鲁迅周作人之家有足够钱供兄弟俩在东京闲住多年。"李国涛感到这种说法与他平素所读关于鲁迅家庭经济情况的说法大不相同，"而更应辩明的是，周氏兄弟在日本留学不能称之为'闲住'。这个词用在这里颇觉刺目。"于是拿证据、摆事实，详加辩明。一千三百多字的辩证，所依据的资料有七八种：钱理群《周作人传》，鲁迅《呐喊·自序》《集外集·俄文译本〈阿Q正传〉序及著者自叙传略》《杂论管闲事·做学问·灰色等》，周建人口述《鲁迅故家的败落》，周作人《鲁迅的故家》，《鲁迅年谱》，鲁迅致许寿裳的信。李国涛身为鲁迅研究专家，对这些资料自然是出入自如的，所以他说"事情原来也并不复杂"。看上去，这篇书话似乎只做了一个小小的考证，给读者和那位赵先生讲了一点点"知识"；实则对这样一个非学术的问题，李国涛感到"颇觉刺目"后，从学术的角度，以主观热诚做客观辨正，体现了一位鲁迅研究专家的手眼和品格。

《排除两难处境》一文介绍谢泳编《胡适还是鲁迅》。李国涛认为"所选之文，重学理分析，重史料分量"。他在第三辑《胡适还是鲁迅》看到李慎之文章结尾提出的一则材料，认为"很宝贵"。这则材料便是周策纵1999年说，20世纪50年代中期胡适曾告他"鲁迅是个自由主义者，决不会为外力所服，鲁迅是我们的人"。李国涛说，当时台湾在蒋介石的统治下，把敢于说真话的人投入监狱，情况同鲁迅活在上海时也没有两样，这才引起胡适这番话，得出这个结论。他又说，这个书名似乎说出一个两难处境：非此即彼，要胡适呢，还是要鲁迅？继承胡适传统呢，还是鲁迅传统？是胡适高明呢，还是鲁迅高明？这有点像哈姆雷特王子说的话："活着，还是死去？这是个问题。"李国涛认为，伟人的事业、思想以及道德文章，合成一笔大财富，都是我们的思想资源。"胡适、鲁迅，鲁迅、胡适，一个都不能少，不能拒绝任何一个。"这是历史眼光、学者襟怀，是实事求是的态度。

有些书话近乎学术探讨。《新文学散文史之研究》一文，谈刘绪源新著《今文渊源》，肯定了刘著的创新意义，认为"读者完全可以把此著当作一部散文史来读"。也指出刘著的不足："我读这本书，觉出提到孙犁的地方不够，以我的愚见或喜好，以为孙犁颇得周作人'谈话风'的影响。他的后期作品，也就是'文革'以后的小品和读书随笔，常有苦味和涩味，并且有一种难得的平淡和亲切。"李国涛另有一篇《孙犁与周作人》，全面阐述了这个观点。《陈平原〈中国现代学术之建立〉》一文谈到，陈平原认为周作人一直是大声疾呼继承晚明小品的人，以抨击唐宋八家的古文，周作人是晚明小品的知音，但是周作人自己的文章可不是走晚明小品的路子。那么，周作人继承了哪家的笔法？陈著没有说，李国涛认为，如果以明末清初的文章相比附，周作人文风倒是更接近于山西的遗民傅山。接着就举出周作人喜欢的傅山一则杂记（"老人与少时心情绝不相同"）。这也是学术探讨，可备一说。

书话贵在体现作者独到的品书心得。《〈耻〉之耻，在何处？》一文，介绍诺贝尔文学奖获得者、南非作家库切的代表作《耻》。他说："我觉得小说震撼人心。对这样的书，普通人是无法再多说什么的了。好像所有的话都让专家说完了。但是，恰是作为一个普通读者，我还想说几句：不是我的思考多，是作家留给读者的思考多。"从他的复述里，我们看到了那个名叫佩特鲁斯的南非土著，他是南非白人女子露茜的邻居。露茜不听父亲劝告留在南非，经营着一个小农场。佩特鲁斯有农产，也是露茜的帮工。这个佩特鲁斯是真正的、诚实的农民，"诚实地做苦工，也诚实地狡猾"。然而为了得到露茜的土地，竟然唆使两个黑人再加上他的内弟去轮奸露茜，抢光她的财产，逼她出让土地。李国涛说："我的认识不同。我以为，耻就在佩特鲁斯之所为、所思。""佩特鲁斯所为，是一个国家、一种制度的耻。库切勇敢地写出这一切。他自己是南非人，南非白人。他谴责过白人的殖民主义，现在他看到南非的现实，他谴责黑人了。"小说《耻》大胆反映了新南非的现实。这是一个作家的良心。1999年小说出版后，库切在南非成了官方和民间的众矢之的，不得不移居澳大利亚。李国涛读了这部小说，以评论家的犀利眼光，把谴责的矛头刺向那个"诚实地做苦工，诚实地狡猾"的黑人农民。这篇随笔是文学评论，也是社会评论。可惜只是一篇书话，篇幅太小了，未能展开。

有时在一篇书话中，李国涛要介绍两部同类的书，在比较中指出优劣。如林语堂《苏东坡传》和王水照、崔铭合著的《苏轼传》，都德《磨坊书札》的两个译本。《读纪昀的两本传记》一文，谈1994年南京大学出版社《纪昀评传》和1993年长春出版社《清代第一才子纪晓岚全传》。对前者，李国涛认为：“这部书诚然是用力甚勤之作，叙述纪氏生平翔实有据，考核纪氏思想也言之凿凿。”对后者，则认为"以四十万字的篇幅写出来的都是纪昀谈笑话、作对子的故事。纪晓岚这位文化巨人成了耍贫嘴逗笑的丑角，看了实在使人不舒服。"进而指出书里有些所谓趣事，"实在不雅"，"浅薄无味"。以李国涛先生的厚道，这样的辞气算是很重了。

关于书话，当代学人多有论及者。钱谷融《近代书话系列·总序》说："立言有据，言简意赅，阐明书品，指示路径，这应该是书话的文体精神。"李国涛向来重文体，他的书话，我以为很好地体现了这种文体精神。

记得李国涛写过《欢欢喜喜过老年》，文中引用古贤的话，说老年人"血气既衰，戒之在得"。别人很在意的事，他不上眉头，不上心头；新书一部部读，随笔一篇篇写。他十分喜欢鲁迅在日记书账后面抄录过的傅山那个帖子（开头一句"老人家甚是不待动"），赞赏人生和艺术中"萧散"一格。他的老年情怀若用两个字来说，便是"萧散"吧。丰赡闲雅，疏淡空阔，萧散有味，乐在其中，亦美在其中矣。

这是一位睿智的文化老人。

选自《太原日报》2018年1月19日

评鉴与感悟

国涛老师去年魂归道山，当时我人在乡下扶贫，只是发蒙，想不到那么爱读书、文章又写得好的人，竟然就不在了。时常想起跟老人家一起买书的时光，八十多岁的老人，目力再不济，看到有意思的书，仍有坚持买回来。夏天的时候，他拄着拐杖到院里晒太阳，也是安安静静地坐在树下翻书，读报。洪平先生的回忆也情感真挚，大概喜欢品书之人，遇见这样的人和书，都充盈着幸福吧。

抽象画里的尤利西斯

/苏也

1

抽象画家中，赛·托姆布雷最让我感到头疼。

第一次在纽约的大都会博物馆中看到托姆布雷的作品，讶异得我不知道该如何自处。相较于隔壁的勃洛克和纽曼，托姆布雷确实像个孩子一样在作画。勃洛克的滴画虽然也是大胆而原始的作画痕迹，但是整体效果上十分和谐，构图与色彩的掌握简直优美；而纽曼那平铺直叙的大面积蓝色或是红色，透露出了一个严谨的画家肖像。任何一个拿起过油画笔的人都知道，把一种颜色如此整洁而均匀地铺平在画布上并不是一件容易的事情；而画面中央那道直指人心的白色直线，更像是画家眼镜片上的一道闪光，叫人佩服而又感到不寒而栗。

而眼前的托姆布雷则完全不一样：画面闲散，乳白色的背景上散落了一些潦草的笔法，浅灰色的线条旋出一些不知所云的圆圈；而远处，在画框的边沿那里又出现了一些坠落的嫩黄和粉色。最要命的是，这画面里还有一些可以被读懂的文字，书写的痕迹也并不优美，而像是一个生气的孩子，在老师的惩罚下，在黑板上写下了自己的名字。

2011年7月的一个星期二，八十三岁的托姆布雷在罗马的家中去世，整个艺术界都为他哀悼。报纸上形容道，美国战后绘画失去了一位激发人心的巨人。的确，相比于他那两位亲密的伙伴，罗伯特·劳森伯格和贾斯珀·琼斯，托姆布雷的绘画、摄影和雕塑，虽然属于美国抽象艺术，但是在气质上的确与统领纽约20世纪四五十年代的美国抽象表现主义不一样。那一时期的纽约画派被形容为"高级的头脑，纯粹的艺术"，同时，他们用巨大的画幅和宿醉般的泼墨，营造出了一种野兽般的男子汉气概。而托姆布雷的抽象艺术，就如同他本人搬去了罗马一样，另辟蹊径，距离纽约画派的抽象语言越来越远。

我曾在一次画展中，面对一幅托姆布雷绘画，问我的老师，应该如何去理解。老师说，看托姆布雷的绘画，就像是读《尤利西斯》，明知费解难懂，但不得不佩服艺术家的勇气与智慧。

其实在抽象艺术的竞技场里，每个艺术家选择的比赛方式都不一样。有的人在强调艺术的高雅、精神语言的纯粹，有的人在探索人类心灵的动荡与生活经验之间的联系，还有的人，如同劳森伯格，把艺术作为一种筛子，在生活的图像信息流中筛去混乱的杂质，留下记录时代的符号。而琼斯则选择一种孤立的态度，把眼光聚焦到一些个在生活中隐形的具体事物上，例如人们熟悉的国旗，用精确的观察力去放大一种现实。但是，托姆布雷不一样，他完全舍弃了任何人们可以看懂的事物形象，不去拼贴火箭发射的激动场面，也不去深究国旗内的星条纹理；他的艺术更像是一种概念，一种不用任何语言文字写下的抒情诗。

在超过五十年的艺术生涯里，托姆布雷把书写和绘画作为他的艺术基础。即使是在他那些充满温情的拍立得照片，或是单色的抽象雕塑上，托姆布雷依然要附上文字的痕迹。他故意用油彩在画布上画出铅笔在纸上写字时留下的质感，或者是精细地描述出黑板上白色粉笔的感觉。托姆布雷的画面里总有大面积的留白，使得油彩的痕迹显得十分的单薄，感觉像是蜡笔留下的画痕，懒懒散散地游走在画布上。而他手写下的那些文字，就书法的角度来看，的确是让人感到尴尬。但是这些词汇的本身也许联系了一个古典主义时期的经典神话，用一种语言本身自带的高级感击败了潦草的书写。这时，或许人们会忘记关于那些神话的故事，而是注意到画面上符号的存在，一种图像与其起源之间分离的标志。

无论是用线条表达情绪或是干脆用文字书写，托姆布雷对于素描的态度总是十分执着,这并不奇怪。托姆布雷出生于1928年,在他生长的年月里,美国的抽象画家一直都在模糊素描和油画之间的界限。而以纽约画派为代表的现代艺术也走向了一个愈发严谨也愈发稳固的阶段。像是勃洛克和罗斯科这样的画家,他们喜欢在画布上制造一种平面感或是对称性。通常来说,他们画面上的痕迹很浅,留下大量的解读空间。而托姆布雷则不一样,他喜欢素描,喜欢留白,喜欢一种相较而言更为小声的绘画语言,而他后来选择在素描的基础上使用油彩反而更像是一种偶然性的事件。

毫无疑问,托姆布雷的画面是粗糙的,充满了毫无遮盖的打底线条,或者是被淡淡的颜色覆盖的乱涂乱画,甚至还有不少突起的干掉的颜料,怎么看都显出一种令人震惊的开放性——他好像是把自己的绘画过程也放在了画面里,敞开他的秘密,甚至显得有些脆弱。如果说,对待勃洛克那样的明星画家,人们在看过那部精心摆拍的纪录片之后,会因为艺术家大胆随性的绘画过程而爱上那个酗酒抽烟的男人;那么,托姆布雷好像是把自己躲在画室里的秘密都写在了每一张作品里。他是一个如此坦诚而毫无保留的人,去除了所有萦绕在艺术天才这个概念上的光环。

因此,无论是那些看似涂鸦的线条,还是一些血腥色的油彩堆积,或是他那些被拍出了天价的"黑板画"系列,托姆布雷几乎是把自己的最隐秘的想象和情绪都洒在了画布上。有的时候显得不合时宜,留白里有一种尴尬的暴露感。那些喃喃自语式的文字和粉红色的云团悬在空中,就像是艺术家说出了自己对他人的诅咒,或是画下来了梦里才看到的性幻想。托姆布雷对自己的这种开放和悬置情绪的画法表示毫不难为情,他觉得自己的艺术就是一种对于重力的抵抗。

但是,我们也必须承认,托姆布雷的绘画是最难懂的。他的画布上充满了划痕,没擦干净的笔迹,甚至还有污秽的词语和类似生殖器的涂鸦;但他的画从标题上又告诉了你一个古典神话的暗示。他混合了颠覆性的粗俗和伟大的思想,这也使得托姆布雷获得了充满了热情的崇拜者和眉毛挑起的批评者。事实上,也正是由于这种解读上的分裂,或者说这种争议引发的思考,使得托姆布雷成为美国战后,尤其是后抽象表现主义时期的绘画里,最为重要的艺术家之一。

2

然而,离开纽约,搬去意大利的托姆布雷还是选择了抽象画的艺术语言,从某种程度上说,这种选择还是与纽约画派的影响分不开。可是,他的成就在于,他并不是推翻了抽象表现主义的风格,而是从其内部制造了颠覆。

在他的早期作品,1955年创作的黑底白画的《全景》中,我们就能明显地看到勃洛克的影子。就仿佛是勃洛克用滴画的方法在黑色的画布上先用甩满了白色颜料一样,托姆布雷更进一步,拿小刀或是锋利的画笔把每一滴颜料都戳破,然后让划痕深深浅浅地布满了整个画面——就像是给自己紧张的神经画了一张地图。它们随心所欲地排开,像是一个个孤单的独白,拒绝像勃洛克的《秋韵》那样完成一个宏伟的画面,而是一个个唱着自己的内心的歌。

很快,托姆布雷就开始在绘画中谈论起文学。他审视艺术与文学之间的关系,油画与素描或是书法之间的差别,还有我们人类观看和理解之间的暧昧。最伟大的艺术家常常都是模糊了这几组关系的界限,在一种氤氲的气氛里创作出最华丽的作品。于是,托姆布雷在心里也决定做一个这样的艺术家。他渴望能够重新定义绘画艺术,把绘画的行为视作一种具有雕刻性的讲故事的艺术。其中,自发产生的绘画痕迹行使着双重身份:一边是信息与符号,一边是文字和标记。而在颜色和背景中,尤其是那些大面积的留白里,托姆布雷的作品始终萦绕着一些叙事性的痕迹,即使这种叙事的感觉只是在透露艺术家关于绘画过程的秘密。

《全景》这幅画尺寸不小,有三米多宽,而在1959年的新年夜,他完成的另一幅作品《亚历山大时代》则更大,足有五米宽。那一年,托姆布雷的儿子,赛勒斯·亚历山德罗降生,艺术家满怀激情和爱意地在巨大的画布上洒满了他的思绪。《亚历山大时代》被视为托姆布雷艺术生涯里的一个里程碑。他采用了一种无所畏惧的绘画形式,不同于任何时期的叙事性绘画语言,在大面积的浅色铺排、细微的笔画和微妙的图形中闲散地记录下自己的真实感受,充满了对于新生儿的温情。

《亚历山大时代》是托姆布雷的第一幅"历史绘画",它的主题和面积都暗示着一种对过去的告别和新时期的到来。在这幅巨作的表面上充满了细节，蜡笔和铅笔的素描，手指涂抹颜料的痕迹，还有小刀和指甲的划痕。有的白色部分让人想到亚历山大大帝在暴风雪中的战斗，而那些单色油彩描画的小球中又充满了可爱的运动。仔细观察，便会感到托姆布雷在绘画过程中跟着这幅画面在肢体上的运动。

这是一幅真的把个人历史和私人情绪融入大历史的画作。从题目到内容，《亚历山大时代》都是一种托姆布雷的个人原创风格的成熟标志。从前，我们的艺术中充满了对于历史伟人和上帝神人的歌颂与描绘，我们普通人的情绪和生活似乎和这些宏大的概念距离很远，那些听上去高雅和宏伟的故事之所以可以在文化启迪上发挥作用，正是因为它们的遥不可及。而仔细阅读托姆布雷的画面，你会感到他的大胆构想——那是一个把个人情感融入历史洪流的壮举。这幅画既标志着婴儿的到来，也标志着一个绘画新时期的到来。每个人内心最朴实的情感，例如儿子的降生与迎接新生命的喜悦，这些真实的人类情感不能够用任何伟人的诗歌去歌咏，但它在当事人的心里，也许会和当年亚历山大大帝去开创无人企及的西方文化一样波澜壮阔，势不可挡。

但是，托姆布雷的这种做法不是每个人都能看得懂，或者说，看懂了也不一定认同。他表达的其实是和古典主义时期那些优美而逼真的绘画和雕塑一样的高雅情绪，但是视觉符号上却选择了无人能懂的、极其"自私"的绘画语言，因而，越是谈及历史和古希腊神话等高大词汇，托姆布雷的那些粉红色云团和潦草的书写就越是引起了评论家们的围观和大众的嘲笑。

3

但是，当人们站在一幅托姆布雷的作品面前，总不免能察觉到一种绘画行为的诗学。那种画面的结构安排和文字与线条的布置，有时就像是夜空里绽开的烟花，或者是石头丢进湖水里激起的波纹——画面的痕迹是一种随机的内心回音。

这种自动化的作画形式可以追溯到超现实主义艺术对于美国画家的影响。"二战"时，欧洲的超现实主义者们为了逃避纳粹的控制，带着他们的事业和视野来到了美国，心中有一种情绪难以磨灭，那便是愤怒。安德烈·布列东就曾说过，这种愤怒成为一种绘画的灵感，一种内在的驱动力将艺术家们推向了一种自动化的创作过程。最终，这种自动化的艺术在美国纽约画派的画家那里表现为"行动派绘画"。

当行动派绘画开始在纽约占领艺术现场的时候，1950年，托姆布雷从弗吉尼亚搬到纽约，开始学习艺术。在纽约，他遇到了劳森伯格，两人开始了一段浪漫的历史。劳森伯格鼓励他去著名的黑山学院学习，于是，1951年到1952年间，托姆布雷去了北卡，师从弗兰斯·克莱恩和罗伯特·马瑟韦尔。这两位抽象表现主义的大师给了托姆布雷最初的灵感，就连他的第一次个人展览，也是由马瑟韦尔安排妥当，在纽约的萨姆库兹画廊举办。

那一时期，人们可以从托姆布雷的画面里明显地看出克莱恩那些黑白抽象画的影子，粗大的线条，分明的色彩对比，书法般的笔触走向；而在色彩和绘画行为的运动上，又有点保罗·克利的味道。

在20世纪四五十年代的美国，人文主义被认为就是自由，而艺术家在创作中表达自由、追求自由、歌颂自由已成为一种事业。但即使在那个时期，依然有哲学家站出来告诉人们，人的核心，人文主义的定义，其实也都是历史上某些具体的思想体系构建而成的；这世界上压根儿就没有自由。而艺术家在创作中孜孜不倦追求的自由只不过是一种理想，一种集体的幻觉。

在这种情境下，1952年，托姆布雷决定出游。他要到西方文明建构起来的地方去找一找古代哲人埋下的历史秘密，看看那具体的思想体系的样子。于是，他和劳森伯格开始了一段充满故事的地中海之旅。

他们去了北非、西班牙、意大利和法国。在欧洲，托姆布雷在古典主义和文艺复兴的艺术杰作里看到了无数个伟大的故事和经典的作品。他疯狂地爱上了欧洲城市中存留的带有古典主义理想的人文主义精神。在各种白色的大理石雕像的背后，托姆布雷领会到了自己的艺术走向——古典主义的艺术大师用具体的形象描绘出人类的故事与宗教理念中的精神。托姆布雷决定向内看，就像塑造那些栩栩如生的绘画和雕塑一样，他要把自己内心的回音真实而不加遮掩地画出来。

纽约象征一个新兴世界的帝国之都，而罗马则是古典艺术与人文主义的中心。在意大利，托姆布雷在一片满载历史和文化残片的景致中找到了自己的艺术语言。他在脑海里回想起纽约画派的抽象，类似于勃洛克那样的行为在心中萌生，他决定把绘画变成书写，每一滴颜料都要做成涂鸦那样的充满情绪。

1957年，托姆布雷离开纽约，搬去罗马，在那里娶妻生子，买房子和庭院，建立自己的画室，开始了一种沉醉于欧洲古典神话与人文主义精神的浪漫生活，用野兽般的咆哮记录下心中对于那一段时间与地点的解读。在他的画面里，那些古老的希腊神话故事被再一次讲述，采用了一种愤怒般的激情和毫不避讳的笔法：一团团粉色和肉色的颜料，既像是古典绘画中女神的乳房，也好似德库宁的行动——画一曲激烈的乐章。

意大利人说话大声，吵吵闹闹，但市井生活充满情调与热情。欧洲人的自信与美国人的生活文化很不一样，即使是在庞贝古城这样历史悠久的地方，托姆布雷依然在城市墙壁的废墟上看到了各种裸体男女的描绘，各种生殖器的出现让人们毫不尴尬，各种姿态的人体组合成一幅幅优美的画面，歌颂着古典时期人们的自由。托姆布雷在欧洲画了大量的速写，在素描的过程中他发现了线条艺术不同于油画技法的特性。素描更接近于一种行动派绘画追求的自动化过程，一种内心思绪万千的写照。这种绘画语言一直影响了托姆布雷的艺术生涯，他那些尺寸巨大的画作中，总能看到纤细的笔迹、素描般的印象、自动化的组织过程，一起演奏艺术家内心的回音。

在1957年，托姆布雷这样写道："每一条线都是自身固有历史的真实经验，它们并不说明什么，也不刻画什么——这是一种自我意识感觉的实现。"这句话不仅适用于解析他的画作，还可以用于理解他的创作哲学。1954年，托姆布雷曾在美国陆军工作，在华盛顿特区做一名译码员。很多个夜晚里，托姆布雷在纸上用铅笔破译密码，画下许多圆圈和不精确的蛇形图。这一段经历加强了他对于线条和素描艺术的感情。因此，他认为在后来把这些纸上的铅笔印迹还转移到油画画布上时，那种放大的媒介甚至抵消了一些黑夜里解密时与线条艺术之间制造的亲密感觉。

而在1957年终于搬去罗马之后，地中海的艺术与文化完全影响并改变了托姆布雷的创作。历史中的神秘面纱，艺术与诗歌中的意象，绘画家和雕塑家在残根残冠上留下的宝藏，类似于铅笔在纸上划过后怎么也擦不干净的痕迹，隐隐地透露出写作者或是绘画者在实施这一行为时投入的感情，这些细节呈现了艺术家内心的回音，都不断出现在了托姆布雷的艺术中。

4

在1964年的威尼斯双年展上，托姆布雷展出了自己的作品《莱达与天鹅》，这是一个在艺术史上反复出现过的绘画主题，但让所有观众惊奇或失望的是，这画面里既没有美丽的莱达，也没有浑圆的天鹅；托姆布雷用他标志性的凌乱线条和散漫构图，让观众陷入了一堆杂乱的灌木丛和无法解释的羽毛横飞之中。

但这幅画被认为是托姆布雷最成功的作品之一。在画面的右下角，从艺术家潦草的书写中，人们可以看到"莱达与天鹅"这几个字，代表了托姆布雷一生对古典神话和文学事件的浓厚兴趣，例如那一连串的作品主题《阿喀琉斯的复仇》《雅典学院》《勒班陀战役》《夜巡》等。而这种来自古典主义和文学叙事的吸引力，在托姆布雷搬到欧洲后进步一部扩大。事实上，托姆布雷一共画过六幅《莱达与天鹅》，第一次是完成于1960年，1962年他画了两幅尺寸更大的，而在1963年，则用了三种形状的画布，画了不同的三幅。

与传统的《莱达与天鹅》不一样，这些画面里没有女人美丽的裸体，用优雅而又充满欲望的姿态展现给观众，人们也没看到这位美女愚蠢地与天鹅的身体纠结在一起。托姆布雷混合了不同的绘画媒介，在画面里制造了一种绘画行为的暴力，他把美女和天鹅用线条撕个粉碎，再用一些碰撞的颜色把人们的视线倒入一个漩涡。各种强力的划痕和之字形的线条向四面八方飞出，人们在面对这种涂鸦的元素的描绘里，也可以看出隐隐约约的生殖器和一颗可辨认的红心，似乎能在这似懂非懂的场面里看出来幻化作天鹅的宙斯强暴莱达时的场面，充满了混乱的激情和爆炸性的结果。

除了《莱达与天鹅》之外，托姆布雷在许多作品中都直接地写上过文字。罗兰·巴特曾说过，托姆布雷是用指头和指甲直接蘸上颜料在画布上写作。而他选择留在画面上的文字也是精心挑选过，似乎在饶有兴致地设计一个感官游戏："微颤""洒落昨天的雨水""牡丹的心脏上落着一只醉酒的蜜蜂"，类似这样的语言出现在他的画面里，邀请观众参与到解谜的游戏中来，而游戏的最终就是没有结果。但是，这些话语因为可以被读出，而在人们的脑海里产生了挥之不去的声音，人们越是努力去猜，就越是看不到谜底的尽头，但是舌尖上却留下了艺术家设计好的词汇味道。

　　托姆布雷在画面上的书写就像是在电影音轨里加上的旁白，这或许会让一些喜爱纯粹视觉叙事的观众紧紧地皱起眉头，但是，它却成为托姆布雷重要的艺术语言。在这里，画面的图画性叙事成为一种抽象的幻觉——这有点像传统意义里的风景画——标题传递出一个宏大的概念，但是，画面里给出的却是一个极其隐秘而私人的视觉信息，只能被很少的人读懂。实际上，一个画家在画面里写得越多，我们作为观众，就越不知道该如何去阅读。而当我们不知道如何去阅读时，就会把希望最后交给那些凌乱的铅笔笔画，那些从内心发出的狂躁的书写痕迹。这样，人们似乎才把文字的智能交了出来，把任何依托在语言和符号上的洞悉能力忘记，而跨越语言的描述意义，真真切切地看一幅画作中的情绪。

　　托姆布雷职业生涯的成功是他明白了这层关系后的实践。他不仅能够像黑暗里解析军方密码一样用铅笔痕迹在理解的盲区里作画，更能够从历史的宝藏堆中挖掘出人类文明里的秘密，并通过一种全新的、充满激情的绘画方式把它们公布于众，用超越历史和语言的新能量去诠释。

　　到20世纪八九十年代，托姆布雷开始对花卉绘画越来越感兴趣，后来又结合了艺术史里的经典语调，用"春夏秋冬"四季的变化来描述他眼里的古典主义。在他那批充满了大量红色、黄色、绿色的画作里，铅笔的痕迹变得十分弱小，而是用四季这样强而有力的油彩描述出花与自然的气势。在《春天》中，那些被放大了的红色花朵，在形状上透露出具有恩典和力量的结构，红色和黄色在画布上爆炸式的倾泻，是纯粹的精神表现，而不是视觉现实的重演。而随着四季这个周期的更替，人们忽然也可以在托姆布雷的艺术里发现一个意想不到的现实主义，最明显的就是《冬天》里展现的阴沉和《夏天》里呈现出光阴的味道。

　　在人们纷纷议论绘画的大势已去时，托姆布雷则是继承了古典希腊的酒神精神，在自己的世界里用尽全力去绘画。因此，在越来越走向多媒体和交互性的当代艺术现场，托姆布雷的精神和毫无保留的绘画方式还是值得人们去尊敬。他雄心勃勃，想一个人担当起抽象绘画的大任。在他死后，人们认为托姆布雷给当代抽象绘画留下了一个巨大的黑洞，这个黑洞里潜藏着如同拉斐尔的人文主义和毕加索一样的野兽语言。这个黑洞无人能填。

在他的作品里，我们可以看到一个无时无刻不在思考西方艺术经典的画家形象，他正在用一种令人信服的史诗般的魄力去创作，告诉人们，没有什么故事是太过于古老而不能够启发人心的。2005年，托姆布雷在纽约展出了新作《酒神巴克斯》，在那些细如发丝和壮如洪流的笔法中，托姆布雷用色彩和绘画的行为本身去制造一个个令人眩晕的视觉空间。这巨画犹如艺术家的自我肖像画，其背后透露出一种野兽般的热情和对于宏大叙事的个人解构。这套作品也最终在情绪和状态上找回来了多年前纽约画派的抽象风格。同时，一种"酒神精神"的写意透露出艺术家在创作中舒展的情绪；毕竟，一切艺术都致力于内心的狂热和乐趣。

托姆布雷的所有作品，其实都是一次四季变化的过程，春夏秋冬各有其言，共同描绘了一个绘画语言从生到死、从历史到今天的故事。这种语言和信息并不是每一个人都能看懂，但是却成为独一无二的图像叙事，既看得出古典神话中的宏伟气概，也看得到一个个人内心深处的隐匿情绪。

选自《福建文学》2018年第1期

评鉴与感悟

观看之道，观看先于言语。当画家托姆布雷从内部颠覆，重建绘画的诗学，观众看到的是什么？是画面呈现的古典雄伟气概，还是个人内心隐匿的情绪？"每一条线都是自身固有历史的真实经验，它们并不说明什么，也不刻画什么——这是一种自我意识感觉的实现。"苏也以她的理解，试图把托姆布雷，这位抽象画里的尤利西斯，一一确证。

家常

混搭

/王祥夫

> 我只在做梦，这就是我生活的全部意义。我唯一真正在乎的便是我的内心世界，我打开那扇通往梦想街道的窗户，看到那里的景象，便忘记了自我，这时候，我最深切的悲伤就消失得无影无踪了。
>
> ——〔西班牙〕佩索阿

昨晚做梦又梦到父亲，他古古怪怪还是那么年轻，铁锈色保尔·柯察金式的套头运动衣，下边却是三接头，一脸笑，教人发毛。早上醒来净过头脸坐下吃早餐，对我老婆讲说此事，她嘻嘻笑，说三哥我要祝你成功。我说做梦还有成功不成功，分明屁话。老婆咽下一口咖啡，说，地下老爷子永远四十九，按岁数此刻该他叫你小哥的，我说这下闻到臭味了，真是屁话。老婆眯了眼，面包皮不要那么乱扔好不好，收好放外边窗台喂鸟，又说，我这话，要你爸做你小弟，顶多也只能算是乱伦。便又笑起来。

父亲活着的时候，某一日，用他那小刀修他的象牙烟嘴，把我和老大老二统统叫来，木壳子收音机正播放着什么，也不关，叽哩呱啦"社会主义好，"过一会儿，叽哩呱啦"夹着尾巴逃跑了"。父亲也不嫌吵，对我们兄弟几个来说，父亲说话总是有些腔调不正，当年的日本翻译我想差不多就这范儿。若说话正腔正调就不是我父亲。父亲说，人活着，没别的，八字法：柴米油盐，琴棋书画，你们都要好好记牢，去吧。这就完了，没了下文。但我们兄弟几个都习惯父亲这腔调。再一次，父亲又叫我们过去，这回收音机闭了嘴，屋里倒是静，满地铺着从窗外照进来的阳光，是，金银满地刺目刺眼，看久了两眼俱是黑的。父亲对我们几个说，我给你们留下的东西不少，吃不了也花不完，所以你们长大了，一是不许入党，二是不许做官，要靠本事吃饭，去吧。这便又是一次。这便是他的与世事的格格不入。那个年月，没人敢这么说道，他偏这么说，这是他的好，亦是他的不好，其实是他的苦海，一语入苦海。哪如热一壶好黄酒，闲坐闲吃，花生米剥剥。

　　还有，父亲某一日忽然高兴，把我们兄弟几个叫过去，净过手，铺了薄毡，从小袋中轻轻拿出他的商周古玉来，父亲的古玉是一品一袋，然后一是一、二是二地说起，而我的两个兄长偏偏对这种东西不感兴趣，走神了，唯我听得进去，摸摸可以摸的，不可以摸的我知道那是不可摸，便禁住手不动。再后来几次，父亲不再叫我的两个兄长，是太上老君教猴子样只叫我近前，细细教导我什么是生坑什么是熟坑，再细细教导什么沁什么沁，什么是里沁外皮，为什么玉是温的玉髓是凉的，这凉温原是给眼睛看的，与手无关。还有什么什么千年古玉变秋葵等等等等，一一记在心上，到后来并不需要捧着本讲玉的书横眉竖眼乱读。

　　父亲去世，先是昏迷几天，汤水不进，浑身僵着，唯手指有动静，时时摸索床边。这天忽然睁开眼睛要说话，家里好一阵惊喜慌张，天上一时像是又有了九个太阳。乡下阿姨急忙端来早悄悄备在一边的滚烫鸡汤，一层油在上边浮着，倒像是没得一点点热气，她想要蹭过来，却又给吓在那里。因为父亲叽哩呱啦，细听已不是中国话，而是日语，母亲懂那么一点点家长里短的日本话头，却又听不出他在说什么，不像平时，和父亲吵起架来好像日语也挺溜。在那一瞬间，父亲便是一个日本鬼子。我的父亲，从小生在日本，一直长到十八岁，然后就来到了山西最北边的这个小城。这个小城紧挨喝酒不顾命的内蒙古，街上常见醉了的蒙人，大脸小眼塌鼻子，皮袍大襟每每有一块地方黑亮如铁，手里尚提着个酒瓶东撞西撞，更常见的是驮煤骆驼在街上慢慢踱过，过去拉骆驼，一个人领袖七八驮，或十来驮，骆驼不说头，而是驮，一驮两驮。骆驼比人高得多，踱得很慢，慢慢穿过黄草披纷的城门洞，慢慢穿过城外一静如梦的庄稼地，慢慢踱远了。骆驼的个头要比人高许多，人在骆驼跟前统统都是矮人国。小的时候，常听外边有人喊："过骆驼喽！"接着就听到"叮当叮当"乱响，骆驼的铁铃铛可真大，翻过来可以做马桶。一过骆驼，大人小孩都跑出去看，看骆驼从门前过，总是七八驮十来驮，又总是来驮煤的，骆驼拉的屎是一球一球的，很小，骆驼那么大个儿，但拉的屎却要比骡子啊马啊都小，这真是怪事。我们院子里，有个姓李的厨子外号就叫骆驼，这个老李的个子可是太高了，比别人高出一大截，所以他说话走路办事总是弯着点腰，两只胳膊总是朝前耷拉着，疑似猿类但分明又不是，他总是不怎么说话，也没见他笑过，总是好像跟谁在生气，人们在背后都叫他"李骆驼"。我父亲有一次笑着说，老李要是骆驼，也只能是只单峰骆驼。我直到现在都没见过单峰骆驼，我们那地方没有单峰骆驼。来我们小城驮煤的都是双峰。夏天来的时候，用给我们家做饭的乡下阿姨的话说："骆驼可受老罪了！"天那么热，骆驼身上都是一大块一大块的毛片，说掉不掉，说不掉像是又要掉，就那么在身上捂着。有年冬天，阿姨给我们絮棉裤，用的就是驼绒，驼绒很暖和，现在穿驼绒棉裤的人不多了，也不见有什么地方卖驼绒，过去每到快要冬天的时候就有人从草地那边过来卖驼绒，不论斤，论包，一包多少钱，买一包，够全家用的了，驼绒好像是只能做棉裤，没人用来做棉袄，剩下的，可以做驼绒褥子。已经有三十多年了，在我们那个小城已经没过过骆驼了。

　　在满汉全席里，驼峰是一道美味，但怎么个好，说不来，真正吃到那么一口还是在哈尔滨，每人一小碗，被描眉画眼浑身亮片的女招待扭着奉上来，碗里是说肥不肥说瘦不瘦的那么几块，且甚是软烂，看相像是有点不大正经，正想入非非时，我旁边人猛啜一口，分明被烫，又不便吐出，只仰脸大张嘴"呼呼呼呼，呼呼呼呼"，如此好一会儿才咽下，喘过，把腰身平过，方对我说，好东西，这家伙全是海绵体，所以好吃。他如此言说，我越发没了胃口，憋了笑，想想，海绵体自己身上原也是有的，只是不在背上长，且日日只被夹在隐秘处，足见其珍贵。一桌人便嘻嘻笑起，说海绵体的事，好一阵。忽然又没了声，都拿定了心思把脸伏在碗上对付碗里的那体。

再说骆驼，那次在科尔沁草原骑了一回，感觉像是吃错了药，骑前骆驼会趴下来，倒是乖顺，人上去，骆驼便即刻起身，公骆驼是先起前边两条腿，母骆驼是先起后边那两条，无论公母，骆驼起身都是大颠簸，胆小的会被吓破胆，骆驼不用快跑，一旦慢跑起来也是大风大浪，蒙人在旁边连说几声"气紧介紧，气紧介紧"，但哪里会骑紧夹紧，两条腿早已不听使唤，除了担心裆下物件被颠坏，还要时时担心自己别被颠下来，一下子从骆驼上飞出去并不是什么好事，心里那个紧张又怕给旁边的细眼高颧骨美女看到，还得装着，但装也不易，也只有骑在骆驼身上时才会明白没事最好不要骑骆驼，这便也算是人生大开悟，也可以放在别的事体上，此处不必明说。又据说骆驼身上多阴虱，钻到裆处一旦安下家来，痒起来不是几年的事，边走边伸手在那地方抓来抓去也许会进看守所。又忽然记起我的父亲有一次从外边带回来好大一块骆驼肉，血腥刺鼻，像刚杀了人大卸了八块。骆驼肉很粗，不那么好吃，但父亲非要吃饺子，放好多大葱，味道还是铁腥。父亲是别出心裁的人。作为他的儿子，我也时时别出心裁。我做臭豆腐馅儿的饺子，放切碎的马蹄再放一点点肉，然后再放搅碎的臭豆腐，有人闻了就跑。我乐得一个人享用，此饺子恰好与烧酒成双捉对。管它杏花桃花。

　　从我出生，自然是天天都要吃饭，而在记忆里和父亲同桌吃吃喝喝却难得有几次，平时父亲总是坐在他的那张桌前，必有酒，菜肴是一两个，最多也就三盘，但样样齐整，汁水却只是酱汤，酱汤里又从来都是裙带菜加豆腐，从没变过样。酒照例要烫好，也就是一个白瓷酒嗉子坐在一个白瓷的缸子里，桌上花生米，被父亲呼地一吹又呼地一吹，三五粒下一口酒，梅老板四平调就是这个板式。四平调地吃着，忽然筷子"砰"的一声响人已离开桌，父亲又去拍一盘黄瓜，拍好，蒜味扑起来，满屋子都是蒜臭，父亲先拨一半给我们，另一半他去下酒。那时，我们兄弟姐妹，只在另一张圆桌上吃，那张圆桌很低，只被叫作地桌，被漆成蛋黄颜色，那年搬家要扔掉它，忽然想起小时家里的风光种种，让人好不悲伤，几乎落泪，又想起父亲也在这张桌上和我们吃过饭，脸上便一凉一凉，胸口那地方跟着紧。说同桌吃饭，也只有过年过节，父亲才会和我们一起，父亲只活到四十九岁，去世时浑身是伤，浅红深紫，额上横着来那么一下又是海昌蓝,是紫药水涂过了头。父亲额上的伤口像是给什么劈了一下,至今不明不白。父亲四十九岁去世时,眉眼猛看像三十才出头,自是帅气,高鼻梁大眼睛,看人的时候两眼里满满都是男人的那种妩媚,所以总是招逗得女人们前后左右跟着他转。后来见他一张十七八岁时的照片,样子时髦,倒像是我心目中的小流氓,烫发头,且别有发卡,是一排英文字母。那时我小,倒宁愿想他像个日本浪人,头顶剃光一块,远看像顶了半个鸡蛋壳,想不到他竟然会是这样,让我只觉是自己百般对不起他,怎么会像了母亲,细眼矮鼻。

父亲对新鲜的事物总是充满了好奇。比如,有肥皂可以洗衣,他却偏偏要买来碎纷纷的皂片给自己找麻烦,皂片很不好用,要在水里事先化好。比如,贺年卡,他觉得好玩就买很多,对折的那种,只要一打开,里边亮闪闪的小屋子小人就马上立起来,是亮蓝金紫。又比如,他喜欢电动玩具,可以遥控的那种,他就买回来,说是给我那残疾弟弟买来开心,其实是他自己在那里开心。现在想想,我的父亲其实直到去世也还是个跳来跳去的年轻人。他喝酒从不会慢饮慢酌,是快酒,不出声,一口半杯,年轻人的做派。他吃菜,也不出声,若我们吃饭夹菜弄出大动静,他会猛然说,"喝喝,喝喝,喝喝",我们便左右掉着脸你看我我看你的笑,一时都噤了声,知道吃饭出声是不被容许的。或某日他来了兴趣,围着炉子烤小鱼,那种烂银子般的小白条,到老也只会那么大,成篓地买来,用盐腌过烘干收起,吃时再略略一烤。父亲像是特别喜欢用这种小鱼下酒,父亲烤小鱼,会给我们每人几条,像招待客人,吃啊吃啊好吃。父亲抽烟丝,用什么烟斗我却记不起来了,只记他用象牙烟嘴抽烟卷,老旧的黄铜打火机真是好看,只需用手指轻轻一钦,幽蓝的火苗即刻跳出来。

父亲对我的影响是无法说,比如,那年去白河小镇在小卖铺忽然看到了瓶装的那种刷牙粉,现在谁还用牙粉?现在恐怕走遍中国也买不到瓶装牙粉,瓶装牙粉竟然让我激动,虽然放在那里也许几十年了都没人买,上面落满了灰尘。我把那十多瓶一下子都买了下来。我说这个好,给张三一瓶,我说这个好,又给李四一瓶,我说这个牙粉实在是好,又一瓶牙粉已经塞到王二麻子手里。现在还剩一瓶放在我卫生间的格子上,也不用,供着看,每每拉屎的时候蹲在那里鼻酸,想起父亲用这种牙粉擦有机玻璃纪念章的事，忽然间只觉天地玄黄。

　　那年我七岁，做了一件事，就是认真学习抽烟。院里的孩子们说抽烟就可以长出胡子，这对我绝对是一种诱惑。父亲在院子里种了许多花，那种大丽菊长得可真高，刚浇过肥水，真臭，我就蹲在下边抽从父亲那里拿来的烟。忽然，有一只手把我一下子从花丛里拎了出来，那只大手可真有力，是父亲，我年轻的父亲。为此，我写过这样一首诗：

　　我对花朵硕大的大丽菊　从小就心存感激
　　那时候　我常常可以躲到它们那里　蹲下　没人会发现我在那里
　　父亲的大丽菊　总是一种一片　其中真是有很多空隙
　　大丽菊　虽然我的情人　把它叫作馒头花　真是土气
　　因为它开花硕大　有时候　会大到让人害怕
　　红色　粉色　白色和紫色　花瓣都整齐得出奇

　　那年我七岁　对我来说　那是一次探险经历
　　但我既没登山也没出海
　　我用我的嘴　还有鼻子　肺　当然还有喉咙
　　去对付那支　父亲的哈德门牌香烟

　　香烟的滋味并不好　眼睛那地方感到火烧火燎
　　我蹲在大丽菊花丛里　父亲的大丽菊严严把我遮蔽
　　香烟的滋味并不好　喉咙那地方也感到火烧火燎
　　我蹲在大丽菊的花丛里　准备像父亲那样把它一丝不剩吸到身体里

　　是谁把我一把提起　又轻轻放下　是我的父亲　他怎么能那么英俊
　　我蹲在高高的花丛里　父亲怎么发现了我　我恨那只猫　它为什么总是探头探脑
　　接下来　父亲让我原地不动　他笑眯眯　把七支香烟放到了我手里
　　你把它一次抽掉　事情就此一笔勾销　否则我要　父亲的手　已经举高

父亲在收拾他的大丽菊　他把干枯的枝叶和花朵一一摘掉
我继续蹲在那里　父亲的香烟真是无趣
我继续蹲在那里　父亲的香烟真是无趣
啊呀　我的父亲　香烟真正是无趣

才抽完两支父亲的香烟　我只觉天旋地转
时光如箭　从此　我与香烟无缘

我的父亲　你好
父亲的大丽菊　你好
那个夏天的中午太热　但是　夏天你好

我现在去看望父亲　他在坟墓里　那地方没有大丽菊
每次　我都会并排给父亲点上七支香烟并向他致敬
我的父亲　你好

——《七支香烟》

父亲的教育方法接近古怪，所以我至今不会抽烟。

父亲古怪，但实际上是可爱，比如，冬天下雪，飞飞扬扬，雪里且有雪柱子在空中搅来搅去，小号龙卷风的那个意思，这个雪不能说小。父亲脱光了膀子只一冲，人已经定在雪地上，在用雪搓身子。老三老二老大，他这么喊，把我们也都给喊出去，让我们用雪搓脸和手，雪其实是热的，这种感觉只有用雪搓脸和手的时候才会知道，若干年后我冬泳，在跳进结冰的水里的一瞬间浑身像是被针扎，但只需一会儿，周身便热起来。去年冬天的雪不小，看着雪，忽然又想起父亲，遂停了写小说，脱了衣服，赤膊定在阳台上，雪搓棉扯絮一般飞飞扬扬，我只觉脸上凉凉的两条，父亲想让我当个画家，想不到我却做了作家。靠文字挣不了几个银子，养家糊口还得靠卖画，忽然就又想开了，在心里对父亲说，写小说作画二者混搭起来才好，才能让日子过得花红叶绿。

父亲有很多酒友，风高雪猛，团坐在一起喝酒，大家忽然只觉对方是弟兄。父亲的朋友多，但其实他很孤独，冬天到来的时候他带我去滑冰，我坐在那里看他在冰面上滑来滑去，父亲的花样刀是从日本带回来的，厚牛皮鞋，下边的冰刀不是亮晶晶镀镍的那种，而像是涂了一层银粉，用现在的话是亚光。父亲在冰上可以滑许多花样，可以把身子一拧猛地在原地转起圈来，胳膊把自己抱紧，尔后再慢慢把胳膊放开扬起，而且越转越快，像芭蕾。后来我穿着这双花样冰刀鞋穿行于速滑的队伍里有说不出的滑稽，但我的速度绝不会慢下来。那时我才十一二岁，直到在冰场上看到了一场凶杀，虽然那个被捅了几刀的人并没有死，在雪地上留一道血迹，血迹在雪地上只是发黑，倒像是泼了一道墨。我不再去冰场，是因为父亲给我找了画画儿的老师，给我哥找了弹琴的师傅，他希望他的儿子做艺术家，这样一来我们就都有了事做。我的工笔老师名叫朱可梅，我跟他学画，是从帮着裁纸、磨墨、兑颜色拉纸开始。朱先生脾气可真大，有一次骂人，出口竟然是这样的粗话，"你懂个鸡巴！鸡巴！"是骂工会刘主席，工会刘主席要他画正月十五的灯笼，不知怎么又说画得不好。朱先生最喜欢的画家是齐白石，不怎么喜欢王雪涛。他说吴昌硕太灰、任伯年笔好但少意境。徐渭是个疯子，容易让人学坏。八大的鸟是漫画，总是在那里瞪人也不好，八大出身虽富贵画却不富贵。而朱先生说他自己画了一辈子都没着落，我不知道朱先生要着落到什么地方去？朱先生画紫藤的老杆用一种笔，画紫藤的花又是一种笔，朱先生用大笔画很细的线，很小的叶片，而落款却是用小衣纹，小笔写大字，写两三个字，墨就没了，再蘸墨再写，朱先生的题款总是浓浓淡淡直至枯干，很好看。朱先生画画儿，养花养草，没事拉京胡，一边拉嘴一边跟着动。忽然他不拉了，过来看我，小声说："这地方交代清，这些叶子是这根上的呢，还是那一根上的？画画儿别复笔，别描，一描就臭了"，"写字不能描，画画也不能描。"后来，我已经大了，但还是经常去朱先生那里看他画画儿，朱先生坐着，我站着，我们师生之间没有对坐的习惯，也不敢，是执弟子礼。我给朱先生磨墨兑颜色。我磨的墨，朱先生用的时候总是说："合适。"朱先生教学生画画，从来没什么理论。朱先生说："屁！中国画就是这样一代一代传下来的，我画你看，比任何理论都好，理论是什么？理论是没事在那里嚼蛆！"

又说:"赵佶就不画素描!"又说:"学中国画就要先学会磨墨兑颜色裁纸。"

后来,我去大学美术系上课也是从来不讲,只画,画一幅或两幅,学生围在一边看,画完,学生就临这张,便是一课。在课堂示范的那画到最后,往往是哪个学生漂亮顺眼便钤了章送她。画的时候,有时犯嘴痒,自己便先说起来。我对学生们说:"我画你们看,比任何理论都好,理论算个什么?算个……"这么一说我忽然想笑,想起我的老师朱先生来了。学生们在旁边已是一片小笑。我还噤不住声,又小声说:"妈的,别笑,理论算个姐。"说到此处,忽然想起我那年轻的父亲,一次我画虾子,也是烦了,十节八节地画个不休,父亲忽然断喝一声,怒起眉眼,虾子是那样长吗?便画给我看,说虾子再大也只是七节。父亲下笔一画吓我一跳,竟是笔墨俱佳。父亲去世多年,他那三十多岁的模样也跟了我多年,父亲竟没让我看到他老的样子,这亦是人生一苦。但千宝贝万宝贝现在我还留着他三样东西,一个核桃木小匾,上边不知是谁的字:菊香书屋;另一个是木盖锅底端砚,木盖上刻一枝梅,我知道那是他的手艺,亦填了石绿。那一枝梅端端在那木盖上开了五十有二年;还有一件是牛皮的印盒,可以穿在裤带上,亦是日本货。有一阵子我把它穿在自己的裤带上,里边放了我的一方闲章,白芙蓉石,明透,直想让人咬它一口,上边浅浅刻四字:好色之徒。这闲章时常上上下下左左右右地钤在我的花鸟画上,后来忽一日打开牛皮印盒取出此章给冯其庸老先生看,冯先生觑一眼,直接一句话:不好。

父亲去世多年,唯有这个牛皮印盒跟着我,有时摸摸,长方一块硬在腰眼上,只觉后边还跟了一个人,虽是父亲,却比我年轻。

多少年过去,但又好像时光还停留在原来的地方,父亲的双筒猎枪,父亲的侦探小说,父亲的象牙烟嘴,父亲的皮夹克,父亲的花样冰刀鞋,林林总总都不知去向,等想起,一切都已无影无踪,一如彩云随风散尽。在我的感觉里,父亲总是在和我捉迷藏,他突然出现又总都是在梦里,他每次出现又总是那么年轻。我明白我现在的一切都是父亲给的,但我与他不同是不喜欢侦探小说,家里的侦探小说太多,只要书店里有家里必定有,恰好我是有什么偏不吃什么的主儿,什么书都肯看,就是不喜欢侦探小说。记得父亲有一次不知道是说谁，太他妈蠢，都是因为他不看侦探小说！记得父亲说此话时外边正在下大雨，猛的一个大雷，焦脆响亮，吓得父亲扶着桌子忙一蹲，若再打一个响雷，人或早已在桌下。那一次在学校，我给学生示范作画，放大笔画芭蕉，外边的雨只是铺天盖地，天上云如泼一万斛墨，正画到趣处，忽然一个雷，是劈，直直劈下，焦脆响亮，直把人七魂六魄惊散需重新组合才是，我两腿且只一软，手扶画案便是一蹲，只想下一个雷会不会落我头上，旁边的几个女生马上花枝乱颤腰肢扭起，笑着说想不到王老师这般胆小，做模特是不可能了。我心里却在说，我可真是我父亲的儿子，色色样样怎么都和他一个样。

在学校上课，课后每每学生请酒，虽不醉亦是七七八八话多，学美术的女孩什么没见过，忽然某日某女生先连干三杯，因我有话在先，只说你要连喝三杯让我做什么我就做什么。见那女生连喝三杯脸上桃花杏花胭脂西洋红一丝都没有，便知她好酒量。见她款款把酒杯放下倒问我，刚才的话算不算数？我只以为一幅画便是结局，倒想不到她竟然不要画，且两眼含笑又不说要什么，大家便继续喝酒。下午天快黑，一个电话打过来，便是此女，先问酒是否喝多，然后是笑，说王老师说话要算话，画就不要了，只需给我和×××当一回模特。电话这边的我顿时酒醒，喝口茶舒展了舌头把话说过去，也只是虚虚的没什么力气：全模还是半模？对面又是笑，且是两个人的二重笑。片刻，电话那边只说我们穷学生也请不起什么模特，王老师输此一回，劳烦一次当然全模。我再喝口水，重新舒展了舌头再把话送过去，这次不但是虚，且做贼心虚了几分：当真全脱吗？那边却又没了话，是窃窃地笑，而不是吃吃发声。只这笑声，让我突然胆子又归到原位，这回说话不虚了，舌头也听了使唤：我怕什么，全脱就全脱。遂定了日子去做模特。这女生，我后来只叫她小林。我可真是我父亲的儿子。也是那次，示范画一幅梅，小林真是面目姣好，大三学生的风情无法细说，梅画好，周围层层叠叠起一圈儿叫好，真是一如春水涟漪。虽众人喊好，而那画我却偏偏只给了小林，叫收拿我印章包的王马飞给小林盖章，一个不行，再盖一个。王马飞一边铃印一边唠叨，什么叫好花入眼，这就是好花入眼，入眼。我把声音调到最小，对王马飞说，一切经历，对我来说都是财富，一切经历，对我来说都是财富，一切经历，对我来说都是财富。王马飞呵呵呵呵，呵呵呵呵，看着我两眼笑起，不再说什么。

　　至今，早上一起来的写字画画是我那年轻的父亲给我规定好了的。每天早上起来，先吃饭，下碗"殿前榨面"，再打颗鸡蛋在里边，或吃馒头，来点咸菜或来点油炸小虾皮，或者在馒头上抹些花生酱，但更多的时候是桂林豆腐乳。茶是必需的，自己吃早餐，不妨花样多些，忽一日早餐想念牛油果，便面包牛油果。但不变的主题是臭豆腐馒头，如果不出门，竟然一大早就啃吃大蒜。安顿好这些，再净过嘴脸，然后才是坐下来画画儿，每每是必画一只工笔虫子，蜻蜓、蚂蚱、胡蜂、土狗、螳螂、蛐蛐，乃至蜘蛛苍蝇。或是一张山水，山水费时，画一画就必须张起，王八看绿豆样坐在那里看半天取下再画，然后再张起再王八看绿豆，然后再画，这便是日课，几十年这样下来，然后还要写几幅字，现时写字也只往丑里写，写字这滥事，先是要往好了写，写成花，谁看了谁爱，但好看的花都一样，不好看的花才各是各的本色。先往好了写，之后是再往丑里写，这丑便是花落果结，画家写字与书家不同，是要字与自己的画合，颜真卿柳公权好，把他们的字题在你的画上好不好，倒让人想起俞振飞与梅老板搭戏，每场下来梅老板都气紧，因为掌声都冲着俞老板来。梅老板终也有动气的时候，他对俞说，是看你的戏，还是看我的戏？俞振飞遂一揖而别。画家写字，不是要字好，是要字与自己的画合，一如娶老婆，只脸上好是万般的不可以，此语一出，如贴微上，想必一时会点赞无际。

　　吃完早餐，净过嘴脸，画过写过，把字与画张在壁上细看一回，自己心里便知公母，书画之道不是你想做什么就做什么，好画只能偶遇，比艳遇都难上十分。这与写小说同理，好的小说也需一头撞到，也一如艳遇，完全无法事先安排。写完画完，然后，才是一天的正经事——坐下来捣鼓小说，在心里，画画儿真还不是什么了不起的事，唯有写短篇小说的时候我才觉得自己像是个艺术家，只是用电脑写作时，这种感觉被大大打了折扣。当年写作，唯有纸笔，各种故事七红六绿都是从纸上种出来，说纸说笔，我神经兮兮，是十分的挑剔，人人都用的各种稿纸里边我只挑那种淡灰格子的，比如，青年出版社的那种大稿纸，可以让你在上边大肆修改，80年代作家写作，简直是无一例外，几乎全部靠写，一个字一个字地写，一个字一个字地抄。在一次大学的讲座上，是八月，桂花还没开，蝉发狠在叫，正热得紧，也许是热昏了头，忽有人站起傻傻提问：您的第一部长篇，三十多万字，真是一个字一个字地抄？我马上呵呵呵呵起来，呵呵呵呵，呵呵呵呵，难道可以两个字两个字抄吗？人们还不知道电脑为何物的80年代，对作家而言真是个辛苦的年代，是，一定要写，是情同耕种，一如老农伺候土地，时间耗到才会有收获，趴在那里，把背拱起，眼睛近视的，脸几乎贴在稿纸上，一个字一个字地写。我的第一部长篇《乱世蝴蝶》，最后一遍抄完，右手的手掌上留下了厚厚的茧。好多年后，才慢慢蜕去。说作家的写作是个体力活，可以说一点点都不夸张。用陕西某人话说，"没有身体，吃架不住！"作家有写死的，从古到今，不在少数！而现在的写作就相对轻松得多。但我还是怀念80年代，当然我也喜欢电脑，现在我也离不开电脑。这个时代几乎没人不受电脑左右，你去银行取钱，有时候一连去几次，银行的人会用同样的话鹦鹉给你："电脑出问题了，取汇款不能办！"但是你要存钱，可以！可以可以可以！这是个让人有许多说不完的烦恼的时代，如果电脑一出毛病，作家的烦恼就更大，走出来，走进去，抓耳搔腮。我不大懂电脑，说来好笑，有一年过年的时候，我索性在电脑前上它一炷子香，唯愿电脑在新的一年里不要给我找麻烦，不要写一万，再一开机丢五千！朋友看了，嘻嘻哈哈拊掌大笑，你怎么不再给它供几个饺子？你怎么不再给它供盘水果？你怎么不再给它供一杯水酒？朋友一路说来，声音忽然调小，要我附耳过去，我却躲，他偏要近过来，我再躲，他又近过来，满嘴酒气，定心一听，原是一句淡话：你怎么不给它找个小姐按摩。我说你这话也值得这么神神叨叨？你这话放微信上连家常素菜都不是。

忽然就又想到我年轻的父亲，不知他那边有没有手机？如果有，试想发几个荤段子逗逗他，看他是什么反应？但以他的脾性，我知道他喜欢什么。热壶好酒，花生米呼地一吹又呼地一吹，说，这个比手撕乌贼鱼干更好。

我的父亲，我那总是在梦里出没的年轻的父亲，铁锈色保尔·柯察金套头运动衣，三接头皮鞋，我好有范儿的父亲，你混搭得好！但他最好的作品是我，亦是混搭得好。

评鉴与感悟

我并不懂画,有一回祥夫老师喝多,送了一幅《蜜蜂》,见到的朋友都说好。尔后翻拣旧书看到,也会从柜子里拿出来好好端详一回。其实更喜欢祥夫老师的文章,小说自不必说,单是散文,爱煞。《混搭》一篇,是回忆父亲,却又没掺杂苦情,倒把父亲的影响,还有对父亲浓烈的爱都写出来了。偶尔也会琢磨,祥夫老师的文章为什么好看?仅仅是天分和勤奋吗?还是跟他对待生活的态度有关。讲究。凡常事物,就是早间的一饭一粥,他也摆布得有板有眼,极具仪式感。仪式不是说排场有多大,而是对生活的一分好奇,一分热情,一分耐烦。

长满苔藓的石头

/胡烟

我相信,每个人都从水里来。这并不是一个谬论。白天,穿好装束,迎着太阳,闲庭信步做着一些光明正大的事情。夜晚,我说的是那些澄澈的夜晚,我们还要回到水里。我们先是踩着一条幽秘的小径,安安静静地消失在丛林里。穿过草木深处的甬道,那里别有洞天。那是一个水底下的世界,那里有无法言说的复杂、神秘、柔软,有我们不熟悉的花花草草、鸟兽虫鱼,那是一个令人感到熟悉的而又陌生的世界。在那里,我们以为我们离开了空气会窒息,然而一点也没有,我们不言不语,从容而坦然。

遗憾的是,越过白天的明晃晃的时空,城市的夜晚,难免太过喧嚣。霓虹灯耀眼,重金属的音乐,经常迷惑、拖延着我们的身心,饭局上的觥筹交错,又似乎让彼此迷醉,好像回到水底这件事,变得不是那么经常而且必须。然而,说到底,我们终究是要回去的。那些到海岛休闲的游人,最渴望的体验便是潜水,有什么能推翻这一规律呢?现实残酷,水底温柔。

我经常回到我的水底世界。那应该是在一个森林深处的湖泊的中央。夜幕越来越深的时候,我来到湖边,抓住记忆的缆绳,屏住呼吸,沿着水面,下沉,再下沉,终于抵达了属于我的领地。舞动的水草,都是我喜欢的样子,它们不管夜有多深,都翩翩起舞,毫无睡意。水里的舞蹈,没有一丁点声响。满眼的淡绿色或者淡蓝色,静音的模式,让我的脸不戴面具，让我的心干净得没有一点迷蒙。

夜晚，我回到我的水底世界，最常做的事，是一一端详着我那些形状各异的石头。我的水底世界里，停泊着一颗颗石头，大小不一，有的陈旧，也有的新生。苔藓正在它们身上安家。那几块老一点的大石头，已经绿得毛茸茸，看不出石头起初的纹路。然而，我的记忆却清晰得像草原夜空升起的月亮，光照着大地上的一切——我记得每一块石头的来历，必须记得。每一块石头，都是我生命中不可复制的过往。每一块都无可替代。

那块最老的石头，绿苔藓已经要变得草黄，似乎也要跟着石头一起老去了。那是我家胡同深处养兔子的老弓奶奶。由于她老伴是个驼背，所以被我们小孩称作老弓爷爷。她自然成了老弓奶奶。老弓奶奶是个小脚老太太，夏天经常一手摇着蒲扇，一手扶墙，颤颤巍巍地从胡同里出来。我妈在胡同口补网，她就坐着小马扎，帮着我妈缠梭子。一边谈天说地一边缠梭子，满眼的笑。我放学，到老弓奶奶家看兔子，给兔子喂食。

那是个星期天，我们正吃午饭，听说老弓奶奶不行了，我爸急忙奔过去。直到晚上，听说老弓奶奶走了。我一直注意聆听着胡同深处的声音，没有哭声。原因是老弓奶奶太老了，随时就要走的，好像熟透了的苹果落在了草丛里，没有一点声响。

老弓奶奶就那么消失了，没有痕迹，安静得我经常忘记这一点。傍晚放学，我经常疑惑着，老弓奶奶怎么没出来乘凉了？哦，她走了。那时候，我还不知道死亡是什么。死亡到底是什么？死亡的人去了哪里？死亡并不是消失。比如，白天你看不见她，但在水底世界，她明明白白地在那里。那个我的念头偶然掠过她的白天，延伸到深夜，我就在我的水底发现了她。她安静地卧着，一动不动，任凭苔藓在她身上生根。随着时光的生长，她也慢慢长大——她真的变成一块石头。每次回到水底，我得往深处走，走得越深，碰到她的几率就越大。我会蹲在她旁边，轻轻地端详她，聊上几句闲话。通常是，她默不作声。我在近旁守着，能感受到她散发出的温和的热。坐久了，那种宁静的心绪会蔓延，蔓延到我浮出水面，蔓延到我白天的走路吃饭和上班，都以一种温和的心面对事物。这就是夜晚对人的影响。

逝去的人，生命远不止消逝。他们以各种生命形态存在于我们周围。白天，炽烈的阳光让我们近乎失明。夜晚，他们成为精灵四处游走。其实我想说，那些逝去的生命，他们所占的比例，仅仅是我水底世界的很小一部分。

每个人都有不只一个自我。每个人的水底世界，角色相互交错。如果说我跟那些沉寂的石头是隔水相望，那么现实中，我跟他或者她，是隔着什么？人与人之间，远远不只时空的相互疏离。那些被称作隔膜的东西，究竟来自现实世界的哪层因子？我时常游走于白天与黑夜之间，寻找更加接近真理的答案。

我的石头是有性别的。那个青色的巨石，已经长得像假山一样高了。毛茸茸的苔藓，暴露了他的年龄。虽说他岿然不动，却依然难掩俊美的身形。这是一块重要的石头。他曾在我的现实世界举足轻重，他曾经是我生活的全部。年轻的时候，他让我的天空蔚蓝，让我的海洋辽阔。他是我青春的代名词。坦白地说，他是我的前任男友。曾经的山盟海誓司空见惯的脆弱，早就不值一提了。分手之后，我几乎是不假思索地将他从地面上藏到了水底。不然，还能怎么办？此刻，或许他享受着他那个世界的阳光，然而，在我的世界里，他已然享受不到了。他沉寂在水里，跟周围的石头不相往来。若不是苔藓的覆盖，他一定沉寂得快要发霉。从某一角度说，我的这种做法这有点武断，像是摆出了决绝的姿态。在我心里，我还是羡慕着那些分手后还能成为知己的朋友，但羡慕之余，我依然固执地将之投入水底。

我有足够充分的理由。分手之后，我们各自有了家庭，烛光晚餐俨然不合时宜，回味过去又不能对现实有丝毫的帮助。展望未来，已经完全没有彼此共同的那一块天空。如此推论下去，我的水底世界，便是他最好的归宿，温柔而静谧。在这里，他可以自由生长，路过的时候，偶尔，我也投之以眷顾的目光。这真的没有什么不妥。

其实，爱情在一个人生命中，远远不是最重要的，至少我是这么认为。吸引我常常到水底游走的，是停在河床中央的那几块石头。她们形状美丽，姿态优雅。她们即使在白天，也会牵动着我的心。我常常犹豫着要不要把她们身上的苔藓冲刷干净，双手捧着她们，像手捧一轮月亮那样，在某一个漆黑的夜晚，让她们浮出水面，等待清晨的第一缕晨光照耀，再等待喷薄而出的太阳，彻底蒸发掉她们身上的水汽，之后清清爽爽地，让她们像从未路过我的水底一样，回到现实中去。然而，我犹豫得太久，我的这种优柔寡断，让她们在水底沉积成为习惯。当苔藓越来越茂盛的时候，我的被称为勇气的力量越来越单薄，越来越站不住脚，最后蒸腾成了空气，消失于无形之中。

先说中央，那块形状最美丽的石头，她是我的闺蜜。大学同寝三年，在时光的撮合之下，我们顺理成章成为无话不谈的朋友。她美丽开朗善良，高个子长发，走到哪里，总是吸引大片异性的目光。在她的引荐下，我认识了我现在的先生。她是我的媒人。结婚时经济拮据，先生决定不买钻戒，遭到她的坚决反对。她说钻戒象征婚姻的永恒，不能轻忽以对。在她的坚持下，我们的婚礼仪式上出现了货真价实的钻戒，不然一定是那种在批发市场买来当替代品的假冒产品。她为我们主持婚礼，她是我当之无愧的"娘家人"。跟她在一起聚餐，气氛总是会热闹到极点。闷闷的我，经常被她调动起，甚至压榨出仅有的一点点激情。有她的时光便有绚烂。

她是一朵缤纷烂漫的花朵，不染尘世。我们的友情，也可以用绚烂经不起世俗考验来形容。像是三月的樱花，满树怒放；凋零，也在一夜之间。起因是她用我的证件办了银行卡，当我收回那张卡的时候，发生了一点语言交流的小摩擦。其实完全可以很快化解，伤口也会自然痊愈，像是什么都没有发生一般。但她被情绪所控制，愤怒超出我的想象。擅长冷战的我，想要用时光的自然疗法来弥合伤口。几天之后，我发现她的朋友圈屏蔽了我。我像是被击中了最脆弱的部位，情感之墙一下子坍塌。

起初，我犹豫着要不要把她变成石头，投入水底；又隐约计划着找个机会用鲜花和甜言蜜语去挽回。但我脆弱的心，怕经不起更深的拒绝。我就这么徘徊着徘徊着，拖延着拖延着，不知不觉，她悄然滑落到我的水面以下。当我深夜在水底发现她的时候，我感到震惊，随后又感到理所当然。那种无力感和悲怨交集，让我忍不住轻轻哭泣。然而，周围的水迅速消解了我那微咸的眼泪。每当我路过她身边，不论什么时候，想要把她捧回水面的想法，都会轻轻掠过。我给自己找了一个理由，不再想要触碰她——就让她成为我水底最美丽的装点。就这样，现实中，我失去了她的音讯。水底，苔藓爬满了她的整个身体。这让我更加相信，水底不是虚拟的，现实和水底的世界，不知道谁是谁的镜子。

在我的水世界，她依然是最美的一块石头。苔藓碧绿，充满激情与魅力。如果石头会恋爱，相信周围的石头一定会被她吸引。可惜，我的石头们，彼此之间并不交流，甚至连一点小心思都没有，他们在我的世界，是不会思想的。任凭我来安放。

旁边有两块并排的石头，也是崭新的。跟其他石头相比，她们算是初来乍到，苔藓还未全部包裹她们的身体。她们来到这里的原因，是关于嫉妒与被嫉妒。这是一个属于女人的古老而常新的话题，一个经常会引发小题大做的话题。她们是我的同事兼好友。

小白是我嫉妒的对象。我们一同参加工作，就业培训时熟稔起来。初来乍到，在一个陌生的环境里结下了相依为命一般的友谊。我们一起K歌，到处找好吃的馆子，粗犷地说话，大声讲着笑话。小白聪明能干，左右逢源，做事成熟又低调。在她看来，我有点风花雪月不接地气，而我也认为，她入世的那部分有时显得冷漠。

我们一同去过拉萨。我经常想，在那个湛蓝的天空下洗涤过的友谊，应该是纯净无瑕的。我们同去了纳木错湖。呼吸困难的状态下欣赏那种令人心醉的美，是不是可以算作患难之交？回程，我们坐着长长的列车，白天与黑夜，进行着长长的攀谈：婆媳关系、情感话题、理想未来……

突然那一天，单位公布了她升职的消息。虽然她的能力有目共睹，但还是给我不小的震惊。霎时间，一股嫉妒之风，在暗中刮遍了整个办公室，传言是她如何有城府，运作人际关系云云。而我嫉妒的理由是，升职的事，她并未向我吐露半个字，这样不坦诚，怪我错把她看作知己。我掩饰着自己的嫉妒和不满，仍旧与她有说有笑。但女性天然的敏感，让我们都意识到，哪里变了味道。我们的交流开始有所保留，越来越保守、拘谨，慢慢演变成客客气气的路人。令我颇为沮丧的是，我们竟无力去打破心灵的屏障，当我发现自己在疏远她的时候，她表现出的自立、坚强、乐观，让我觉得我在她的世界毫无分量。正在我试探性地关闭自己的心扉的时候，她调走了，去了一个更有前途的岗位。

临走之前，我们没有话别，没有互道珍重。那种情境，好像一边做事，一边听一首优雅的曲子。当音乐戛然而止的时候，谁都没回过神来，依然在忙着手边的事情。像是秋风吹落叶那样自然地，她沉入我的水底，岿然不动。

每当清晨上班的时候，我路过她的新单位，期盼着能在清凉的树下有一个美好的重逢，将过去的隔阂消弭在一个浪漫的场景之中，但始终没有遇见，一次也没有。重逢，只是我心里的一个念头。在工作的生涯中，我们一同开篇，却很快走上了不同的岔路。雪域高原，那两个纯净的倒影，我相信是修行一千年所得，能在那一刹那同时倒映于纳木错的湖边。尽管如此，因缘的无常如同秋风吹云彩般，瞬息万变。往事不堪回首。

现实中，我一厢情愿地打探着她的消息。深夜的水底，是我最真实的交流。我知道，无论我说什么，她都关闭了心扉。石头听不见，也看不见。

漠漠是也是我的同事。我们有着相同的理想和价值观，都想做出些济世的事业，经常对一些追名逐利的事发表着不屑和嘲讽的观点。漠漠坚强独立。她家境不好，凭着自己的努力，借学费读完了名牌大学。她遇事不慌，像男人一样淡定和勇敢。她快言快语，让人觉得通透爽利。她经常穿着别人穿剩下的衣服，吃着路边摊，但内心有着高贵的灵魂。我相信，我们是灵魂之伴侣，闲暇经常盘算着在一起做些什么大事业。

所以，当我在水底跟她四目相对的时候，我内心流淌着忧伤。真希望她永远不要出现在我的河床。我想，我的一生，总有一些朋友是要一直晾晒在阳光里的。

如同命运的玩笑一般，我升职之后，她选择了辞职。如果我将这一行为理解为嫉妒的话，未免过于肤浅了。但如果抽丝剥茧，又难以说清道明。人是一种情感何其复杂的动物啊，没有一个人能够快速而准确地打开一个关闭的心扉。起初，我将她的辞职理解为追求更高的理想，当她婉言谢绝我的帮助时，我越来越没有勇气向她投注我的问候和关心了。

我预感着她要滑向我的水底，成为又一块令我心为之颤抖的石头。

那天下班回家，当717路公交车在那一站启动的时候，我眼前突然现起她送我回家的情景。车要开了，我们的话还没说完。车门将她的话关在外面。我留恋着她。她的情谊那么真诚质朴，超越友谊。她远去的背影又那么孤单，父母的离世对她这样的年龄称得上残忍。那一刻，我在心底发誓，关怀她陪伴她一生。从某种意义上说，生命之路就像冬天一样漫长，我们不需要形单影只的凄美，我们要一路同行。

然而在现实面前，我又一次退却了，我输给了自己的软弱。辞职的她消失在我的视线外。深夜我走近她，只能是重复着那一动作，将白天纷繁的念头放下，走向丛林的深处，慢慢沉下来，沉下来。见到她，见到朋友们，送上轻轻的问候。这些石头的表情都很木然。不怪他们，这是石头的本质。

我不得不接受了这一现实。

说来惭愧，我河床里的石头有很多。那些我儿时的、中学的玩伴，几乎都变成缤纷的小卵石，平铺在河床底部了。我想要捡起其中的任何一块，都变得颇有难度。因为他们都是一样的，我没有理由去特别眷顾哪一块。他们中的大多数，已经被我遗忘了名字。还有小学三年级帮我补习的班主任老师，中学时候那个喜欢在课间翻我书包找零食的淘气同桌，甚至还有我们家看门的老狗，他们都在。当我脑筋清醒的时候，当我有足够的时间在水底驻足的时候，仔细清点，发现他们一个也没少，全都在那里。

还有一次，很危险。我因生气，犹豫着要不要将对我暴怒的父亲放进河床，被他坚决制止了。

走的路越长，河床里沉积的石头越多。有的老人，河床里堆满了石头，所以，他们的白天是短暂的，他们盼望着，夜幕早点降临，好去水底看石头。一块一块地端详抚摸，有时是在石头面前自言自语。那是夜的语言。跟石头的对话越多，现实中的话越少。我相信，拥有很多石头的人，早晚会成为沉默寡言的人。但不证明他们的人生是苍白的，因为没有一个人，可以走进另一个人的水底。没有一个人，可以见证别人水底的单调与丰富。

如果有一位作家，可以走进别人的水底，那真称得上是一个过瘾的神话。光搜集每一块石头的故事，一定可以是一部很好的小说集。每一块石头抵达河床，都像是天空陨落的一颗星星。像我的爷爷奶奶，他们是我天空最明亮的星星，在我猝不及防的时候落下来，"扑通"掉进我的河床，我的生命由此激起巨大的涟漪。当我在水底发现他们已经变成巨石的时候，悲伤了很久很久。

现在，你们听到的只是我的一面之词。我这样滔滔不绝地讲述着自己的石头——那些在时光里长满苔藓的石头，并不是一种很明智的行为。因为，我也同样沉寂在别人的河床。我听不到他们深夜对我说的话。他们在吐露心扉的时候，我也只是一块石头，正开启着"不听、也不看"的模式。

选自《北京文学》2018年第6期

评鉴与感悟

深夜的水底，长满苔藓的石头到底是什么模样？胡烟不过是用了个比喻。过往人事，渐次沉淀，有的风化成沙粒，有的钙化成石头，有的玉化成珍玩。但，无论以何种形式消散，积聚的石头总是沉默不语，只是回过神来翻检，才意识到，正是它们建构了我们历经的漫长道路。

那个画《地狱变》的人,是我

/钱佳楠

亲爱的人,

最近的几个月,每次给你写信都感到这可能会是最后一封。

你可能也知道了,我开始给《纽约时报》供稿。事情还得从几个月前《纽约时报》的编辑在晨间简讯里推荐我发在"The Millions"(一百万)上的文化随笔说起,她在之前的一天就给我发了一封邮件,希望我有时间也能给他们写点东西。

但我不会预知我给他们写的第一个稿子竟是这一篇。那是最消极的一个晚上,我随手写下这些东西然后直接发给了我的编辑,还在信里说:我没有跟你商量过我要写这个,这都是些随感性的东西,要是太随意,就退掉,没关系。第二天早上,编辑回复说她喜欢,会送审,又过了一天,她告诉我他们三天后就想登,把作者合同发给了我。最终的见报拖了一周,是因为稿子被《星期日评论》的编辑"抢走了",要用到星期天的报纸上。

其实在等待的这个星期里,我已经知道稿子刊出后我会被千夫所指,我用母亲生病的事登上了全球最大报纸最重要的版面之一,但也因为这是《纽约时报》,这是我苦苦等待的机会,我没有勇气跟编辑说,这稿子是我某天半夜脑子发昏的时候写的,还是不要登了吧。

幸运的是,在等待的那个星期里,在上海的家人和朋友帮了我很大的忙，母亲现在没有大碍，在慢慢恢复。但是这个事件让我认清了自己自私的面目。

与担心、伤心、痛心同时到来的是我一瞬间对一种叫作"命运"的东西的愤怒。那天晚上，在写《纽约时报》的文章之前，我先是给导师，而后是一位华裔好友写信，我说我心里除了担心，真正的恐惧在于：我不希望同样的一幕在我身上再度上演，我怕每次自己觉得快要伸手够到什么的时候，就会有种说不清道不明的力量把我拽回原点。我没有原谅过自己离开伦敦，没有原谅过自己要用几年的时间工作赚钱让家里安心才能再申请离开，并且直至现在，我用英语写作，也是跟自己赌气，有一天要以作家的身份回去。而今，我不希望，将来自己的心愿单上又多一样，要以作家的身份重来美国。

你看到了，这些愤怒都是"我"，都是一个野心勃勃的人对自己的未来锱铢必较，这其中没有给家人留位置。虽然第二天，我就跟表哥说，我应该不申博士了，现在母亲情况稳定，我教完这学期最后一节课就回来，请你们帮我照顾，再给我这最后一年的时间，让我尽可能完成我想做的事。那几天，和所有离家在外担心亲人的人一样，我也是整宿整宿落泪，我想到，或许自己人生中最快乐的日子就是和母亲一起饭后散步，或者在家里一起连看TVB的老剧，母亲是我最后的爱。然而，我深知自己有着不可一世的另一面——"温柔乡是英雄冢"，我渴望飞得更高，更远。

我记得外婆身体不好的那几年，母亲拉着我从浦西赶到浦东，当时觉得简直跋山涉水，外婆离开前有着种种照顾不到的时候。我记得母亲跟我说过两句话，第一句是"你以后住得离我近一点"，但是她稍微想了想，又补了第二句："没用的，你以后有了自己的生活，就会明白，永远是一代人欠了一代人。"

我记得十多岁的自己信誓旦旦地打保票，说自己不会。而今的我隔了一个大洋，还无情地要求她再给我一点时间。

上学期跟着保罗·哈丁重读《李尔王》，忽然有这样的感悟，兹摘录如下：

> 莎士比亚的"四大悲剧"，我向来最不喜欢《李尔王》，因为剧中

人物落入了童话里原型人物的俗套。剧目甫开场，李尔王的三个女儿一张口，我们就已预见接下来会发生什么，李尔王一定会被两个巧舌如簧的女儿虐待，而最善良的小女儿虽然会被重新"发现"，但一定不会有善终。

这一次，或许是读原文的关系，竟然读着读着就不自觉地淌下眼泪。我留意到年轻时忽略的细节——李尔王并非惨遭孩子抛弃的可怜老头儿。他的长女高纳里尔怠慢他的理由很充分：一来，父亲老糊涂，连平日最疼爱的小女儿都可以说不要就不要，很难说不会对自己做出什么事来；二来，父亲的一百个侍从在自己的领地上为非作歹，快把这儿变成赌场和妓院了，她必须阻止事态进一步恶化。从这个角度看，《李尔王》的悲剧首先是成年儿女如何面对既缺乏智慧又性格乖戾的年迈父母。

中国因为自古是农耕文明，向来讲究尊敬老人，也将老人的生活经验视为智慧，于是年长的父母仍然可以有足够的资历调教成年的孩子。然而，即便有此传统，现代社会实际展示的是相反的真相，时代的巨轮滚滚向前，年轻人势必比老人更适应新的变化，年龄常常就是优胜劣汰的筛漏。甚至，韶华易逝的人早就心知肚明，一如玛丽·霍普金在经典老歌《那些日子》里唱的："我们变老了，可是没有变聪明。"

因而，高纳里尔和里根的问题有点绕回了类似儒家孝道的问题，这个命题在现今的中国仍未退场。面对比自己愚笨的父亲，她们面前两条路，一是"子为父隐，""无违"地侍奉他，如此，她们会失去自我，成为一套陈旧体系下的傀儡；另一则是剧中她们的选择，抛弃父亲，不让他挡住自己的成就、野心和欲望，她们的自我会绚烂绽放，但她们将背负道德的谴责。

年轻时会无意识地用非黑即白的视点审视人物，高纳里尔和里根无疑是"坏女儿"。而今，我却感到她们的"冷血"不失为象征，是她们选择与父母决裂后必将面临的道德困境。先撇开这两个女儿的过分行为不说，即便不这么绝情，但凡离开父母，心中定会有歉疚。我记得高中语文课上，我的老师读着史铁生的《秋天的怀念》就潸然泪下，说起她离家到上海闯荡，只有过年才回家一次，而每一次回去都发现父母在加速地衰老。一个留学生朋友被美国男友求婚时悲喜交加，喜固然是因为这是她的幸福，但同时也悲伤未来注定与父母聚少离多——在这些追求自我的背后，或多或少都隐着对父母的抛弃。

当然，莎翁并未点到即止，他还有更犀利的怀疑——所谓的"追求自我"会不会沦为"作恶"的遮羞布？所谓的"理想"会否只是自私和贪婪的虚饰？《李尔王》里，高纳里尔、里根以及暗算生父和长兄的爱德蒙都被永远无法满足的欲望驱使着走向更深的罪恶，高纳里尔甚至因嫌弃丈夫"怯懦"，移情爱德蒙，想与后者合谋杀死丈夫。而这些道德的深渊都始自对人类最基本的情感纽带（父母子女之爱）的拒斥：当孩子可以为了自己的将来抛弃父母，他有什么不能抛下？他有什么做不出来？

这是怎么选都会悔恨的人类困境，怪就怪为何这种最深切的爱偏偏是以分离为目的？戏剧尾声，李尔王抱着小女儿考狄利娅的尸体，呼喊着："哀号吧！哀号吧！你们都是铁石心肠的人！"然而，我们又不得不承认，正是靠着这副铁石心肠，人类才能头也不回地往前走。

我的母亲当然和李尔王不同，她一生劳苦，几乎凭一己之力支撑这个家。而今，我到底成了不肖子孙。我承认，也无意掩饰这一点。并且，我虽然深知人类情感的重要，但是在亲情和文学，在亲情和事业的关系中，我其实不止一次地选择了后者。如果我某个阶段选择了前者，到头来一定憋屈，一定再度逃离。

上中学时常常讨论摄影师面对灾难应当先救人还是先举摄像机，我想，现在的我一定是先举摄像机的人。更可怕的，我骨子里可能也是芥川龙之介小说《地狱变》里的画师良秀——倘若可以，我简直想住在现在正在写的东西里。已经是两年前了，当时著名的美国华裔作家任碧莲半开玩笑地说：我们这些人（作家）是被柏拉图的理想国驱逐的人。最近的我仍在翻译奥康纳，看到笃信天主教的她一再自嘲去不了天堂——"炼狱就是我最好的去处了"。

所以不用担心，如我这样的人或也求仁得仁，我不够重视的，自然也不会眷顾我，公平得很。

是我。

选自微信公众号"钱佳楠"（2018年）

评鉴与感悟

这一篇应该算是钱佳楠对公众反应的答复。她先前写了一篇文章，谈身在国外读书，无法回上海照料病重的母亲，然后引申比较了不同医疗制度的差异。文章发在《纽约时报》上，结果引起一些议论，挨了爱国、忠孝几记闷棍，攻击她如何自私、冷漠，自己身上的原因不找，反倒把责任推给政府之类。她不过是表达了身为弱势个体，期待更好公共服务的渴望。怎么会有这么多误解呢？我们身处折叠又分裂的时代，一个人要真正理解另一个人并不容易。一路读了她写下的众多公开信，或谈公共事件，也说自己的读书和学习，观点或许有失偏颇，但青年就得有青年的样子，何况她说的也是由衷的话，比起自己不信还敢信口雌黄的人，不是更让人敬佩吗？

世界的世界

/李达伟

1

（其实我们又有多少人真正看清那个世界的世界的结局，以及看清我们自己的结局。）

问：你们是怎样改变着那个世界的世界？那个世界的世界经受了一些改变之后，它就变成了世界，而不再是世界的世界？你们又是怎样被那个世界的世界改变着？（我需要好好理理这几个问题，好几个问题堆积在我面前，而且这些问题不是轻易就能回答的，那是充满了各种陷阱的问题，我真能准确地回答这些问题吗？答案必然是否定的，但我依然在一本正经地答着。）答：我们就是以多种粗暴的方式，改变着那个世界的世界，砍伐古木是其中一种，那是有声音的改变。我们也在无声无息地改变着那个世界的世界。我们加入了狩猎的人群中，过度放牧狩猎开垦，世界的世界就这样变成了世界，那种有着纵深感和繁复感的世界的世界便开始变得单薄了。我们都在经历着人性的变异，以及对世界保留的希冀的垮塌，垮塌的不只是建筑，不只是时间，不只是众多的肉身，垮塌的是众多的肉身内部最为重要的平衡。世界的世界就在诸多因素的作用下变成了世界，当世界的世界变成世界时，我们也悄然改变了，我发现牧人的数量正在减少，我们看那个世界的方式也在改变着，我们突然间就变成了世界的一部分。而不再是世界的世界的一部分。（这样的表述中，我希望能有一些无法言说的内涵。这里面有着关于人与自然、人与灵魂等等方面的悖论与诘问。我们的对话有点接近谈论人与自然、人与灵魂等等的关系了。我们是意识到了那个世界的世界正在变化着。我们那些在其中生活的人的状态也正在变化着，我们在一些时间里会有种命运与那个世界捆绑在了一起的强烈感觉，我们能否真正离开那个世界的世界，这在很长时间里，我们是不曾认真思考过的，而现在在无尽的对话面前，我们是该认真思考一下那个世界的世界的命运，以及我们的命运了。）问：你是否有了强烈的命运感？答：强烈的命运感开始伴随着天地万物闪烁着，在我们没有思考过离开这个世界之前，那个世界的世界的命运就是我们的命运，而当我在放牧的过程中看到了某个人背着行李从我眼前走过，过了一会儿，我看到了爬到了对面的山坡上，他在那里停留了一会儿，（那时我的眼睛还能清楚地看清那个山坡上的人，而现在我的视力减弱已经看不清那个山坡上的任何东西了，我的眼前模糊一团。）我看清了那个人。他掏出了烟，他应该也是看到了我正在看他，他朝我比画了一下，然后开始缓缓地抽着烟，抽完，掐灭，然后朝我的方向挥了挥手就离开了。是他让我意识到了可以通过离开的方式逃避自己的某种命运，而这时那个人还没有从我眼前经过，我感到一些莫名的惶恐彻底把我攫住，并想置我于死地，那时我们很多人都开始感到恐慌了，我们眼前的高山草甸在不断消失，大地被扯成各种碎裂的形状。

另一个我：我也离开了，我也没有看到那个世界的世界的最终结局，其实我们又有多少人真正看清那个世界的世界的结局，以及看清我们自己的结局。

2

（那是一个远离喧闹嘈杂乖戾仇恨报复的世界，在那里宜放牧饮酒阅读思考。）

姨爹也曾是牧人，我们突然之间便把目光转向了姨爹，主要是那时姨爹出现在了我们面前。姨爹曾跟我说起过他的牧人生涯，我们在这里谈他时，我只是想谈谈姨爹的阅读。姨爹的阅读于那个世界的世界是一个事件。我的爷爷极力反对依然坚持阅读的姨爹。阅读让姨爹的未来充满了另外一种可能,但那时的爷爷没有看到另外的一种可能,爷爷觉得姨爹的阅读纯属多余,矫情。姨爹觉得在那个远离喧闹嘈杂乖戾仇恨报复的世界里宜放牧饮酒阅读思考。姨爹不喝酒,他看着饮酒的爷爷乐了。在多年以后,我也在那个世界的世界,开始了属于我的阅读。多年以后,那是我的高山草场,我的另外一个家,从家里出发需要两个多小时,我想起了姨爹。我问:姨爹,在那个世界之中,阅读是怪异的吗?阅读是必须的吗?姨爹答:在那个世界里阅读很重要,那是一个远离喧闹嘈杂乖戾仇恨报复的世界,在那里宜放牧饮酒阅读思考。我意识到了阅读的重要。在那个世界的世界,确实是可以逃避喧闹嘈杂乖戾仇恨报复,那里确实适宜放牧饮酒阅读思考。我捧起一碗苞谷酒,往地上倒了一小点,敬我们心中的神灵,然后抿了一口,敬我们那些沉静的阅读时光。我必须要多谈谈姨爹。姨爹只是放牧了一段时间。姨爹并没有谈论那些曾经杂沓的过往,而只是偶尔谈起并不杂沓纷乱的牧人生活。一些东西已经无法挽回,就像我那些曾经被深山中的万物滋养过的生活。姨爹坚持着阅读,爷爷坚持着饮酒。姨爹后来成了一个民办教师,后来转正,后来退休。退休后的姨爹又成了一个牧人,但他不再放牧羊群,而只是放牧几头牛,姨爹依然坚持着阅读。阅读已经成为一种习惯。我们一直没有谈论姨爹阅读的内容。我也没有跟姨爹谈论我阅读的内容。

姨爹(现在的姨爹被哮喘病折磨着):在那个深谷之中,我觉得是可以暂时逃避人世的喧嚣与不可思议,至少那段时间,我没有被哮喘病折磨着,而现在只要天气有所变化,我就会喘不过气。

3

(我梦见浩浩荡荡的人群悲戚地离开了群山。)

我也总有这样的感觉,那个世界是现实的世界,是真正存在于身体外部的世界,是我的眼睛可以不断拦截,也可以不断报以温柔与轻叹的外部世界。我的轻叹将是缠绵悱恻的,我的轻叹必然有着会让众多人厌烦的缠绕。这个世界还是我体内的世界,在体内发酵,在体内不断繁殖。我感觉到了体内的世界,被自然在特殊时间里制造的色泽填充了,那是色彩的变奏,是色彩的覆盖。我体内的世界在色彩的填充下不断膨胀。一个很大的空间。我喜欢被不同的色彩填充着体内，我喜欢体内的世界。我梦见浩浩荡荡的人群悲戚地离开了群山，原来我以为只有很少的人在山上，如果我知道有这么多的人的话，我将不会有着那么强烈的孤独感。当意识到这些人离开之后，我的孤独感变得更加强烈了。梦境是很有意思的。有时梦境即现实。一个人在山谷中生活的时间里，我认真对待着自己的那些梦境。梦境的意义只有在那种情境下才会凸现出来。我活在梦境之中。多少人活在梦境之中。

时间可以折叠，我把一棵草折在一起，放开；我把一根栎木折断，丢入那些有许多干木堆积的世界里，那是古木的世界。那个世界曾经有着无论横向还是纵向，都让人难以想象和无法抵达的东西。我也希望自己也是可以折叠的，那时我可能就会拥有几个灵魂，就像两头蛇一样，传说那是有两个灵魂的，只是两个灵魂在相互牵扯着，让它更多时候变得无所适从，但我所需要的那几个灵魂将不是彼此不适的存在。我只是希望拥有几个灵魂之间的对话，一种类似碰撞或者冲撞的东西。我梦见了自己是可以折叠的。我梦见了自己拥有了好些灵魂。我的世界不断被这些灵魂扩充着。在那个世界的世界，我必然也要制造属于自己的世界的世界，"世界的世界"，这样的表述是有些拗口，但里面是有着一些我所想要的东西在里面。我梦见了一些灵魂在奔逃，我想扯住其中一个灵魂，但那些灵魂从我的手中滑脱了，一个又一个灵魂接连逃脱，灵魂的逃脱所带来的就是一个空壳。"空壳"这样的表述，一直让我迷恋。我是需要众多的灵魂把空壳填满。斥责：你只剩下一个空壳。我又梦见了某个人对我如此指责，只是我看不清此人的面容。我答：……其实我在这样的指责面前变得哑口无言。用虫鱼星辰日月草木河流等等来填充这个空壳，在那个世界的世界之中，在面对着这些事物时，我感觉到了一些灵魂正在回归，正在被唤醒。每个灵魂都有所指，喜欢虫鱼的灵魂回来了，喜欢日月星辰的灵魂回来了，喜欢雪山河流的灵魂醒来了。纷繁的灵魂把空壳填充成一个释放出各种光泽的躯体。肉身又可以进行折叠了。

另一个我：反叛精神，反叛语言，反叛世界，其实我是曾试过，但我感觉到了反叛的无力，我的反叛早早就夭折了。微弱的反叛留下的叹息。又是叹息。沉重的叹息，抑或只是轻柔的叹息而已。

4

（我们的身体在复活，而他的身体正在死去。）

他快被痛楚压垮了，他的大女儿在去深山里采摘五味子时，从悬崖上跌了下去。他一辈子是牧人，是他的牛群还是羊群还是他的马群暂时拯救了他。他是被击伤了，他是被吞噬了，我们目睹着他日渐变得恍惚。只有在面对着自己放牧的牛马时，他好像又变得精神了些。身体复活，我们的身体在复活，而他的身体正在死去，我是看到了那具正颤颤巍巍奔赴死亡的躯体。他出现在了我的面前，或者我出现了他的面前，那时他的大女儿还没有出事，我经常会有意无意出现他面前，我们之间是有一些距离的，我爬过了一座不小的山才出现在了他面前。在那个木屋里，除了他以外，还有一些人，他们都是牧人。他们主要放牧牛马，他们每年只是在山上放牧一段时间。我感谢他们能至少出现一段时间，当他们赶着牛马离开后，我就很难再遇到别的牧人。我为何会出现在他面前，几乎与放牧无关。我来到他面前是为了一些姑妄听之的民间故事，那些故事很多是有关那些山川地理。（这里提提那个有关石狮的故事，也是他讲给我的。石狮从白岩山上往下跑着，似乎奔跑就是一个孕育的过程，一座又一座岩石山出现，我所在的地方可以清晰地看到一个石狮奔跑的痕迹，石狮的奔跑必然要卷起种种尘埃，必然还有雷鸣般的轰塌声，但那个世界的世界没有听到，准确些应该是那个世界的世界的人们没能听到。可能天地间的一些精灵是听到了，天空扑腾着黑压压的鸟群，鸟群在天上飞过，而地上同样有着许多黑压压的动物在奔逃，甚至有一些植物同样混杂在了那些黑压压的动物之中，植物的影子总是很显眼。他伸了伸舌头舔了舔很干的嘴唇，吞咽了一点口水继续讲着。石狮奔跑的路径，最后都成了岩石山，我仔细看着白岩山的形状，像极了石狮奔跑的样子。我的眼前有一块被赋予了神性的大石头，那是一块在那个世界的世界的潜意识里已经形成共识的东西，那是一块神石。他说，石狮跑到那个地方后，感觉很累，便想歇一会，这一歇就再也不想动了。出现在我眼前的石块，同样就是栩栩如生的石狮，我可以有图为证。有一户人家曾请石匠破了一点那块石头，那晚那户人家的羊圈莫名着火，所有的羊被烧成焦炭，惨不忍睹。是石狮！没错，是石狮！许多人都是这样说的。可能在这里面有着一些以讹传讹的意味,那户人家把那块石头补了起来,再之后,就再也没有人家去动那块石头。石块,也可以是一个有灵异的东西。因物赋形,因物赋意,在那个世界的世界的口述史中,是很普遍的。有些自然万物必须要被释义。没有被释义,那将是一个暗世界,暗世界必然会带来诸多的对于自身的迷惑。用释义来解决自己内部的困惑,口述史的源头似乎就是这样开始的。那个世界的世界想寻求一点点亮光。我同样是为了寻求一点点亮光,而来到他面前,如果说得文绉绉点的话,我的到来就是对于某种光亮的强烈渴望。我承认在他讲述故事的过程中,我感受到了那些亮光于我的刺激,我被照亮了,我的世界明朗了,我的时间的纵深感开始加强,空间感同样也在拓展。现在,我就在书斋之中回望那些故事以及故事背后的自然世界,丝毫没有模糊感,太清晰了,是太清晰了,自然万物对于人的作用确实是太大了。一些老人正在离开人世,又一个老人的离世刺痛了我,我又开始有一点点浮夸地表达了,但是否是真正的浮夸,只能让读者来判断了。这里提到了读者,民间故事的读者。有多少人会对这些故事感兴趣,我是对这些故事感兴趣,也许,我希望并不只是故事这么简单。有时我会觉得那些民间故事很重要。那些民间故事有助于我们抗拒放牧生活的单调贫乏。)我问:……我不知道该怎么继续问他一些问题,在他咬了咬嘴唇后疲惫地抬起了目光后,我开始变得龃龉,语言卡在了脖子里。我不好意思地摇了摇头。他问:你想跟我说什么?(问的语气,我不敢随意评判)我答:……含糊不清的语言,我是想问问他大女儿的近况,据别人说还一直躺在床上,身子的一半已经无法活动。

  另一个他:其实我已经失去讲述记忆的能力了。那种讲述过程中的兴奋,以及很难描述的那种感觉,都已经消散不见。我发现连表述感觉的能力都已经在退化并有彻底湮没的可能。我是在女儿的事情之后,突然间就变得哑口无言了,突然之间发现沉默对于我来说太重要了。在这之前,沉默总是让我心慌。我们太过脆弱了,藏在暗处的意外随时等待着吞噬我们,在无处藏身的世界里,你才会发现生的美好。石狮的奔跑是多么有力量,在给你讲述这个故事时,我曾讲得唾沫横飞手舞足蹈,那时的我同样充满力量,而现在力量从肉身的某个缝隙里喷吐出来,肉身泄成一个干瘪的气球，我不去照镜子，但我经常会出现在那条清澈的河流边，不是雨季的话，它都是清澈的，清澈冰凉得让你忍不住就想喝上几捧。我是在河流之内看到了自己的颓败，我伸出了颤抖的手，水从手指尖的缝隙里滴漏下来，我的力量也是以这样的方式在流失。

5

（我们就在那种很真实的清冽中，制造了一个近乎虚幻无骨的空间。）

灵魂如那些在山野中蹿跳奔逃的生命。我的羊群是从容的。我看到了别人家的羊群也是从容的。而在放牧灵魂的过程中，我自己是很难做到从容而自由的。众多的他，在那个世界里呼吸一直清冽不曾变质的空气，清冽开始变得丰富起来，众多的他被这样的气息瞬间吞没了。但我们很少会主动去谈论清冽的空气，我们也不会轻易去谈论在那些清冽的空气濡染之下的众多的灵魂的状态。其中有一些灵魂必然也是清冽的。我们就在那种很真实的清冽中，制造了一个近乎虚幻无骨的空间，这样的世界似乎存在又不存在，一个又一个的小空间，一个又一个的大空间。内心里隐藏着的世界日渐庞大，我有时会觉得那些草木能感应到我的内心世界。我把内心世界藏得更深。隐藏得很深的东西，会不会多少有些可怕？

羊群被泥石流卷走了，卷走了空，卷起了过去，卷起了旧的时间，我们在庆幸，我们在悲痛，我们也在惶恐，还卷起了众多的古木，一个疯狂的伐木者说泥石流比较疯狂。我们是在为那个被泥石流卷走的彝族女人悲痛，我们也为自己还能继续活着感到庆幸。我们疯狂地找寻着那个女人的尸体，我们顺着那条已经变得浑黄的河流找寻着，那时河水的流量已经回归到原来孱弱的样子，孱弱竟也只是它的假象，我们总以为那条河流的流量，无论如何都无法再回到那个遥远的过去，疯涨的河流从我的肉身之内冲了过去，就那样把我彻底冲溃了，我总觉得那将是一条必然会干涸的河流，只留下一个河床，就像只留下一个空壳。我的老岳父从乡镇府走了六七个小时才来到了那户彝族人家中。我在人群中看到了这个在以后会和我有着一定关系的中年男人，他挂着一根竹杖，汗水把他的头发浸湿，他用不同于我们那个世界的口音安慰着那家人。我们漠然地看着他，看着他给了那个悲痛欲绝的男人一个信封，他只是坐了很短的一会，甚至连一杯水都没有喝完就离开了那个世界。问：爸爸，为何你会走得那般匆忙（这时我已经是他的女婿，我们是在无意间提起了那个过去）？答：在那种情形下，我必然会变得那样匆忙，你不知道我是在逃离那个世界，在那个世界之中，我不知道该说些什么，语言失去了作用，眼前颓败落后的情形让我惊惧。（我没能在那时就跟未来的岳父说上几句话。我能理解岳父内心的尴尬。现在去往那个世界，依然还是需要走路。我不知道换成另外一个人，在面对着那样的情形，他又将会是什么样子。）

另一个我：打开另一扇窗，我们不谈文学，我们谈谈文化，我们不谈文化，我们谈谈文化背后的真实。深谷中的生活平缓匀进，我真的不渴望会时时有惊涛骇浪，只希望偶尔荡起的惊涛骇浪。

选自《散文》2018年第1期

评鉴与感悟

偶尔走神，会想，动不动声称自己的好恶，是不是在用另一种保护壳遮掩自己的局限？好多时候，对周遭的世界视而不见，时日一长，竟成为习惯。为自己辩护起来，说些无关痛痒的话，好像这样就能原谅自己的浅薄。所以读到达伟兄的文字，我还是在困惑。他反复甄别的"世界的世界"到底是什么。单用思索人生、生命、存在这些词来形容，还是空泛。我感慨的，可能还是他的努力。当我们与不可名状的世界缠斗，是不是和冲向风车的堂吉诃德有几分神似？显然这样的联想毫无意义，达伟只是纯粹地用诗性文字为他生存的山河精描涂画，著述作传。

声　明

本套"北岳·中国文学年选系列丛书"收录了2018年度众多优秀文学作品及文化时评类文章。在编选过程中,我们及各选本主编已尽力与大多数作者取得了联系,但仍有部分作者因故未能取得联系。见此声明,烦请来电,以便奉送薄酬及样书。

联系人：庞咏平

电　话：0351—5628691